夏目漱石の明治

―自由民権運動と「大逆」事件を中心にして―

小宮 洋
Komiya Hiroshi

風詠社

はじめに

漱石は、書評「マードック先生の日本歴史」（一九一一年）の中で、「維新の革命と同時に生まれた余から見ると、明治の歴史は即ち余の歴史である」と述べている。この一文は、丸山真男によると、「『近代化』の矛盾と破綻を見抜いていた漱石でさえ」、「自己の人格的発展と明治社会の発展とがぴったり寄り添っていたことを告白（した）」（『戦中と戦後の間』）ということになる。確かに『こゝろ』の「先生」も、「明治の精神が天皇に始まつて天皇に終つた」と感じ、妻に向かって「自分が殉死するならば、明治の精神に殉死する積だ」と語った。

また、『法学協会雑誌』（一九一二年八月号）の巻頭言「明治天皇奉悼の辞」は、（署名はないが）漱石が書いたものとされてきた。そこでは、明治天皇を「過去四十五年間に発展せる最も光輝ある我が帝国の歴史と終始して忘るべからざる大行天皇」と讃え、文末は「我等臣民の一部分として籍を学界に置くもの顧みて天皇の徳を憶ひ謹んで哀衷を巻首に展ぶ」で結ばれている。「無署名文であるが、それには漱石独自の明治天皇観が凝縮されている」（岩波『図書』二〇一七年四月号）という研究者もいる。

しかし『こゝろ』の「先生」の「明治の精神」に対する感慨も、「奉悼の辞」における明治天皇への敬愛の念も、そのまま漱石の思いの表白とは限らない。漱石は『こゝろ』の「先生」とイコールではないし、「明治天皇奉悼の辞」には漱石の署名がない（平成版『漱石全集』では、漱石筆と確定できないとして「参考資料」扱いにされている）。仮に漱石の執筆であるとしても、それは「籍を学界に置くもの」、つまり法学協会のメンバーの立場に立って書かれたものなのだ。

また「明治の歴史は即ち余の歴史である」というのも、それは、丸山真男がいうように「自己の人格的発展と明治社会の発展とがぴったり寄り添っていた」ことを強調したものではない。「マードック先生の日本歴史」を一読すればわかることだが、漱石がそう述べたのは、次のような意味と文脈においてであった。すなわち、マードック先生の『日本歴史』が、日本の近代化への「驚嘆の念」を出発点としているのに対して、文明開化の流れにどっぷりと浸かっていた自分には、自己の成長も日本社会の変化も、その時々においては「天然自然」「尋常正当」に見えたし、「驚嘆の念」を感じることなど全くなかった、というのである。漱石が強調したかったのは、マードック先生と自分との違い、その近代日本の把握における決定的な違いなのであった。漱石が日本近代化分析の出発点としたのは、「驚嘆の念」ではなく、神経症的な不快感であった。

三題噺ではないが、私は拙稿において、「漱石の明治」というテーマを『夏目漱石／自由民権運動／「大逆」事件』をキーワードにして論評しようと試みたつもりである。漱石における「明治の精神」は、自由民権運動の中で培われ、漱石にとっての「明治の歴史」は、明治天皇の死によってではなく、「大逆」事件とともに終った、というのが私の見立てであった。ただ、「大逆」事件に関しては（意図的であるかどうかは別にして）、漱石が沈黙を貫いたことはよく知られているし、自由民権運動についても、私の知る限り漱石の文章は残されていない。とはいえ、時代を揺るがした自由民権運動と「大逆」事件が、何の痕跡も残さずに漱石の内部を通り過ぎていったと考えるのは、きわめて不自然である。そうだとすれば、私の三題噺的な見立ても、十分成り立ちうる余地があるだろう。

だが残念ながら、本書が所期の目的を十分実現したとはいえない。「大逆」事件を区切りとして、漱石の日本社会に対する認識が大きく変化したということを、私は本書の主要論点の一つにしたかったのだが、それを十分掘り下げることができなかった。つまり、「自由民権運動と『大逆』事件を中心にして」というサブタイトルには、誇大広告のきらいが「無きにしも非ず」である。そのことをあらかじめ本書を手に取った人にお伝えしておきたいと思う。御寛恕のうえ、本書を読んでいただければ、望外の幸せである。

なお、現在岩波書店から『定本 漱石全集』が刊行中であるが、本書における漱石の文章の引用は、一九九三（平成五）年から一九九九（平成十一）年にかけて刊行された岩波書店版『漱石全集』によった。それを、本文では平成版『漱石全集』とよぶこととする。

引用に当たっては、難読語や誤読のおそれがある語にはルビを付したものもある。逆に、総ルビがほどこされている文章などについては、ルビを削除したところもある。また、『漱石全集』掲載の書簡・日記などには句読点が使われていない文章が多いが、その場合には読みやすくするために、文と文との間を（場合によっては文節間を）一マス空けたり、あるいは句読点を補ったりした。

二〇一八年六月

小宮 洋

目次

第一章　明治十四年の夏目漱石

1　実母の死、鳴動する時代

漱石の実母・千枝（国立国会図書館所蔵『漱石写真帖』より）

一八八一（明治十四）年一月九日、漱石の実母・夏目千枝が亡くなった。享年五十五歳。漱石が十四歳の誕生日を迎える一ヶ月前のことであった。その日は日曜日であったが、漱石は長兄・大助の所に出かけていて不在であった。彼女の死は子供たちの予期しえない突然の死であったと思われる。死因は分からない。

「江戸の花」といわれた火事は、明治になっても頻発した。この年も一月から二月にかけて、三件の大火が発生した。とりわけ、一月二十六日、神田区松枝町（現・千代田区岩本町）を火元とした火事は、西北の強風に煽られ、神田を全焼、日本橋の一部を焼き、隅田川を越えて本所・深川まで飛び火した。五十二ヶ町、一万六百三十七戸を全半焼し、関東大震災以前における最大の火事といわれる。幸いなことに、火元の風上にあたり距離も離れていた夏目家には、累が及ぶことはなかった。夏目家では千枝の初七日も四十九日の法要も、無事に済ますことができたであろう。

　漱石は、よく知られているように、生後すぐ「古道具《ふるぐ》の売買を渡世にしてゐた貧しい夫婦もの」(1)のもとに里子に出され、二歳になる前には塩原昌之助・やす夫妻の養子となった。八歳（または九歳）の頃、養父母が離婚したため、以後夏目家に戻って育つが、二十一歳の時夏目家に復籍するまでは、法律上漱石は、塩原昌之助の長男・塩原金之助であり、学校でもそのように名乗っていた。養父・塩原昌之助は、漱石の死後になって明かしたことではあるが、「（離婚後漱石を夏目家に帰した後も）衣服の費用は元より、食料、小使、または病気の折の薬礼、なにから何までみな」夏目家に支払っていた、と主張している(2)。この養父の言い分をそのまま鵜呑みにすることはできないが、漱石が実家で生活しながら、塩原家にも頻繁に出入りしていたのは事実のようだ。

　漱石は、大人たちの都合でたらい回しにされて幼少年期を過ごした。漱石には、生母、里親、養母、養父の後妻と、四人の「母親」がいたことになる。

自伝的小説『道草』において、物語の語り手である「作家漱石」は、養母・やすに擬せられた女性を「御常」と呼び捨てにし、養父・塩原昌之助の後妻・かつに当たる女性を、素っ気なく「島田の後妻」、「御藤さん」と呼んでいる。「御藤さん」はともかく、主人公の「健三」が乳幼児期の大半を「健坊」「御母《おっか》さん」と呼び合って生活を共にした「御常」の扱いは、余りにも冷淡である。「健三」は「御常」について、「いくら御常から可愛がられても、それに酬いる丈《だけ》の情合が此方《こっち》に出て来得ないやうな醜いものを、彼女は彼女の人格の中《うち》に蔵《かく》してゐたのである」（『道草』四十二）とさえ述べている。ここでは、養母「御常」の人格はまるごと否定されているようだ。

それだけではない。「健三」は、二人の父親（実父と養父）に対する激しい嫌悪感をも隠さなかった。「健三」からすれば、彼らは利己的で低劣な人間に過ぎなかった。「実父から見ても養父から見ても、彼（「健三」のこと。引用者注）は人間ではなかつた。寧ろ物品であつた。たゞ実父が我楽多《がらくた》として彼を取り扱つたのに対して、養父には今に何かの役に立てゝ遣《や》らうといふ目算がある丈《だけ》であつた」（『道草』九十一）と、「健三」は回想している。実父・養父と二人揃って、我が子を人間扱いしないとは！

ただ、『道草』執筆中の漱石は、いわば近親憎悪的感情からの脱却過程、あるいはその止揚過程にあったようだ。漱石は十年前、「予の周囲のもの悉《ことごと》く皆狂人なり。それが為《た》め予も亦《また》狂人の真似をせざるべからず(3)」と、身近な他人を気違い扱いにし、自己の絶対化を頑固に押し通すことができた。しかし『道草』においてはそれができなかった。「作家漱石」は、神を信じないはずの「健三」から、「神の眼で自分の一生を通して見たならば、此《この》強慾な老人（「養父・島田」のこと。引用者注）の一生と大した変りはないかも知れない」（『道草』四十八）という思いを引き出している。「健三」の自己絶対化の確信は崩壊しつつあった。その崩壊感覚は、『こゝろ』の「先生」が、自分は結局自分を裏切った「あの叔父と同じ人間だと意識した時(4)」より、さらに深まり内面化しているように見える。「健三」は「先生」のように、動揺して「急にふらふら」したり、「自分にも愛想《あいそ》を尽かして動けなく(5)」なるようなことはなかった。

漱石もまた『道草』の「健三」と同様、身内に対して冷淡であった。養父母だけではなく実家の家族に対しても、「有るものは軽蔑と反感位のもの」（『漱石の思ひ出』「五　父の死」）であったという。ただ、実母・千枝と長兄・大助の「二人だけは、後々までもほめもし又なつかしがつても居りました」（同前）ということであった。

幼少年期の漱石は、養父母と生活を共にしていた頃はもちろん、塩原姓のまま夏目家に戻されてからもしばらくの間は――お手伝いさんの一人からこっそり、「貴方《あなた》が御爺さん御婆さんだと思つてゐらつしゃる方は本当はあなたの御父《おとっ》さんと御母《おっか》さんなのですよ(6)」と教えられるまでの間は——実父・実母を祖父母と信じ込んで育ち、彼らにそのように接してきた。しかしその後いつの頃からか、漱石は夏目小兵衛《こへえ》直克《なおかつ》と千枝の末っ子として遇されるようになったようだ。では、夏目家において塩原金之助が夏目家当主の末っ子であると公認されたのは何時《いっ》からなのか、また、十歳前後の漱石が、誰を「御父《おとっ》さん」「御母《おっか》さん」と呼んでいたのかは分からない。漱石が養家から実家に戻った後の数年は、恐らく彼のアイデンティティが大きく揺らいだ時期であっただろう。

随想集『硝子戸の中』で、漱石は、実母と子供の頃の自分にまつわる一つのエピソードを書き残している。それは——

ある時漱石は、実家の二階で昼寝をしていた。そして夢を見た。夢の中で漱石は、子供の自分にはとうてい返済できない程の、多額のお金を使い込んでしまったのだった。

　気の狭い私は寐ながら大変苦しみ出した。さうして仕舞に大きな声を揚げて下にゐる母を呼んだのである。（中略）母に、私の苦しみを話して、何《ど》うかして下さいと頼んだ。母は其時《その》微笑しながら、「心配しないでも好いよ。御母《おっか》さんがいくらでも御金を出して上げるから」と云つて呉《く》れた。私は大変嬉しかつた。それで安心してまたすや〳〵寐てしまつた。

（『硝子戸の中』三十八）

漱石は「母の記念の為に此所《ここ》で何か書いて置きたい」としてこのエピソードを紹介したうえで、「私は此《この》出来事が、全部夢なのか、又は半分丈《だけ》本当なのか、今でも疑つてゐる」と述べている。とはいえ、おぼろげな印象の断片であったとしても、実母の傍で「安心してまたすや〳〵寐てしまつた」という記憶は、漱石にとって大切な思い出であったのだろう。

ここで漱石は、夢うつつの苦しみの中で「大きな声を揚げて下にゐる母を呼んだ」（傍点引用者）と、間接話法で記しているが、この時、塩原金之助は、長い間「お祖母《ばあ》さん」と呼び慣らわしていた実母を、「御母《おつか》さん！」と呼ぶことができたのだろうか。このエピソードが夏目家に引き取られて間もない頃のこと、つまり十歳以前のことだとすると、漱石は実際には階下の実母を「お祖母《ばあ》さん！」と呼んだのかもしれない――いや、その可能性が大である。だが実母は、漱石の呼びかけに対して祖母としてではなく、母として「心配しないでも好いよ。御母《おつか》さんがいくらでも御金を出して上げるから」と応じてくれた。この時、漱石は生まれて初めて本当の母親を実感したのではないか。幼い漱石は安堵し、安らかな眠りに落ちていった。

以上は推測を交えた解釈であるが、さらに推測を膨らませると、新たな疑問もわいてくる。

少年漱石は、養父とその後妻・かつを何と呼んでいたのだろうかという疑問である。塩原金之助であった頃の漱石は、当然塩原家に出かけることがあった。そんな場合に漱石は、実家の両親の存在を無視して、ためらいなく養父を「御父《おとつ》つぁん」と呼び、後妻のかつを「御母《おつか》さん」と呼ぶことができたのだろうか——現在、残念ながらその疑問に答えることはできない。

経済的にはともかく、漱石の生育環境は決して恵まれたものではなかった。後年、訪ねて来る若者たちを深い包容力をもって受け入れた漱石が、家族や親族に対して見せた（時には狂気かと疑われるほどの）否定的感情の噴出は、幼少期の「両親」との特異な関係がもたらした、いわばエディプスコンプレックスの歪みによるのかもしれない。漱石は子規に宛てた書簡の中で「（小生は）小児の時分より『ドメスチック　ハツピネス』抔《など》いふ言《こと》は度外に付し居候《をり》へば、今更ほしくも無之《これなく》候」と述べた。「家庭的幸福など欲しくもない」と言い切る二十八歳の青年の心は——そこには露悪趣味の衒気もあるのだろうが——やはりさびしい。

実母を失った十四歳の漱石に、心の空虚を埋めてくれる家族はいなくなった。彼が一目置いていた長兄・大助は、家を出て勤務先（陸軍省）の官舎に住んでいた。東京府立第一中学校・正則科に在籍していた漱石は、「毎日々々弁当を吊して家は出るが、学校には往かずに、その儘《まま》途中で道草を食つて遊んで居た」(7)という。

学校を怠け出した理由は、府立一中・正則科には英語の授業がなく東京大学予備門（後の第一高等学校）への進学に不利であり、「自分の抱いてゐた、志望が達せられぬことになるから、是非廃《よ》さうといふ考を起したのであるが、却々《なかなか》親が承知して呉れぬ」（同前）からだと、漱石自ら語っている。だが、奇妙なことに漱石は、我を張って府立一中・正則科を中退すると、大学予備門進学に有利な変則科に転科するでもなく、英語塾に学ぶでもなく、漢学塾・二松学舎に入学したのだ。(8) 母が死んで数ヶ月後のことであった。二松学舎に在籍したのは一年程であったが、それにしてもこれは、「自分の抱いてゐた志望」（大学予備門進学）を放棄することの意思表示であった。

ところが十六歳の夏、漱石は一転して私塾・成立学舎に入学、「大学予備門に入る為に（中略）殆んど一年許り一生懸命に」（談話「落第」）、英語を中心とした受験勉強に専念したという。秋には実家を出て下宿生活を始める。こうして漱石は、一年後には大学予備門予科への入学を果たすことができた。

当時は中・高等教育機関の確立過程で、制度の改定がしばしば行われていたから、漱石のように迂回コースをたどって上級教育機関に進む者も決して少なくなかった。だが、府立一中・正則科から二松学舎へ、二松学舎から成立学舎への転学は、単なる進路の迷いではなく、思春期における漱石の、烈しく振幅する心の軌跡でもあったのではないか。

繰り返しになるが、漱石の実母・夏目千枝が亡くなったのは一八八一（明治十四）年のことであった。この年、漱石の心は大きく揺れたが、揺れたのは漱石の心だけではなかった。時代が大きく揺れていた。

一八八一年はいわゆる「明治十四年の政変」の年であり、大衆的基盤を獲得しつつあった自由民権運動が最盛期を迎えた年であった。

前年の十一月、国会期成同盟第二回大会は、全国の民権結社が憲法草案を研究・作成し、一年後に持ち寄ることを決議した。そのこともあって、一八八一年だけで二十近くもの私擬憲法が起草された。

その大部分は、立憲君主制、二院制（下院の選挙制）、議院内閣制を規定していた。共和制を唱える草案はなかったが、強大な天皇主権を基本とする欽定憲法（後の帝国憲法のような）を志向する草案もなかった。民権派の間には、国家体制における「君民共治」的な発想が共有されていたようだ。中には、植木枝盛案のように「抵抗権」「革命権」を認めたものもあったし、天皇に関しては女帝の存在や議会の皇位継承への関与に触れているものもあった。

一八八一年に作成された私擬憲法の一つに、詳細な人権保護規定を特色とする、いわゆる

「五日市憲法」がある。西多摩地方の民権結社「五日市学芸講談会」が、千葉卓三郎という若い小学校教師を中心に作成したものである。

「五日市学芸講談会」には七、八十人の会員がいたとされるが、その職種は、農民（豪農から一般農民まで）・教師・僧侶・神官・林業労働者・筏組合の親方・医者・織物仲買業者・米穀商と多彩であった。のみならず、千葉卓三郎（東北出身）のような「よそ者」も受け入れている。年齢層は二十歳代の若者が多く、最高齢は六十歳、最年少は十三歳であった。彼らは毎月五の付く日に集まり、例えば「国会ハ二院ヲ要スルヤ」「女帝ヲ立ツルノ可否」「出版ヲ全ク自由ニスルノ可否」などのテーマについて、自主的に研究・討論を重ねていた。このことは、不平士族の反政府運動に始まり豪農層へ広がった自由民権運動が、地方の自営農民や自営業者、書生層や知識階層にまで裾野を拡げ、大衆運動としての実質を獲得しつつあったことを示している。(9)

五日市町には「新聞縦覧所」があり、「学芸講談会」の中心メンバーの屋敷には、当時刊行された高価な新刊書が備えられていた。後になって日本の初期浪漫主義運動を領導する北村透谷も（「五日市学芸講談会」とのつながりはなかったようだが）、多摩地方の民権運動の渦中に身を投じた若者の一人であった。

国会開設の早期実現を要求した自由民権運動は、「開拓使官有物払下げ(10)」反対運動と結びつくことによって、空前の盛り上がりを見せた。漱石が実母の死にあい、府立一中を退学後、二松学舎に在学していた頃のことである。色川大吉は「一八八一（明治一四）年は自由民権運動の最高潮の年であり、全国各地の草の根からの力によって専制政府を内部崩壊の危機に追いつめた年である」（岩波新書『自由民権』）と意義づけている。

漱石の思春期は時代の激動期と重なっていた。

注

（1）『硝子戸の中』の「二十九」による。『硝子戸の中』は一九一五（大正四）年一～二月に『朝日新聞』に連載された。

（2）平成版『漱石全集 別巻漱石言行録』の関壮一郎筆「『道草』のモデルと語る記」（初出は雑誌『新日本』一九一七年二月刊）による。「『道草』のモデルと語る記」には、昌之助とかつの一方的な言い分だけが取り上げられており、信用しがたい部分が多い。

（3）夏目鏡子述・松岡譲筆録『漱石の思ひ出』岩波書店（一九二九年第一刷）の「二一 離縁の手紙」による。

（4）『こゝろ』「下 先生と遺書」の「五十二」による。

（5）同前。

（6）『硝子戸の中』の「二十九」による。『硝子戸の中』「二十九」には、「本当の両親を爺婆《ぢいばば》とのみ思い込んで何《ど》の位の月日を空《くう》に暮らした」かは「丸で分からない」が、漱石が夏目家に戻ってからのある夜、「下女」の一人が、こっそり「貴方《あなた》が御爺さん御婆さんだと思つてゐらつしやる方は、本当はあなたの御父《おとつ》さんと御母《おつか》さんなのですよ」と教えてくれた、とある。つまり、実家に戻ってもしばらくは（その期間は不明。数ヶ月だったかもしれないし、数ヶ年だったかもしれない）、漱石は夏目直克夫妻の孫として扱われていた。

（7）平成版『漱石全集　第二十五巻』の談話「一貫したる不勉強——私の経過した学生時代」による。初出は『中学世界』十二巻一号一九〇九（明治四十二）年一月一日。

（8）荒正人著・小田切秀雄監修『増補改訂 漱石研究年表』集英社（一九八四年刊）の明治十四（一八八一）年の項によると、中学を退学したのは「前年またはこの年の春までの間」、二松学舎に入学したのはこの年の「四月（推定）」ということである。なお、漱石十代の履歴については、主に『増補改訂 漱石研究年表』と、小宮豊隆著『夏目漱石』岩波書店（一九三八年刊）によった。

（9）私擬憲法に関しては、永井秀夫著『日本の歴史25 自由民権』小学館（一九七六刊）、牧原憲夫著『民権と憲法』岩波新書（二〇〇六刊）などを参考にした。

（10）この問題は、「一八八一（明治一四）年政府が、一〇年間多額の資金を投じた開拓史の官有物を五代友厚らの経営する関西貿易商会にわずかの値で払下げようとした事件。同じ薩摩藩出身の開拓長官黒田清隆と五代との癒着があるとして世論の猛攻撃をうけ、政府は払下げを中止した」（『広辞苑』第五版）ことをいう。

2　自由民権運動のただ中で

自由民権運動の最盛期は、政談演説会——今でいう政治的な市民集会——の最盛期でもあった。特に一八八一（明治十四）年〜一八八二（明治十五）年は、大都市ばかりではなく全国各地で、政談演説会が頻繁に開かれていた。政府は政談演説会の〝蔓延〟に対して、すでに一八七八（明治十一）年、「近來地方ニ於テ、國事政體《せいたい》ヲ談論スルノ目的ヲ以テ、何某《なにがし》社ト稱シ、或ハ演説會ヲ開キ、多衆聚合《しゅうごう》スル者有之《これある》」（太政官達第二九号）[1]と警戒を強めていたが、一八八〇（明治十三）年には、民権運動と結びついた政談演説会を弾圧すべく、罰則規定を加えた「集会条例」を公布した。

官憲の介入で混乱する政談演説会（自由党機関誌『絵入自由新聞』〈「戀の革命」の挿絵〉明治21年3月14日号より）

　条例により、「政治ニ関スル事項ヲ講談論議スル集会」は認可制となり、集会には「正服ヲ着《ちゃく》シタル警察官」が派遣され（もちろん「密偵」も潜入していたが）、警察官が「公衆ノ安寧ニ妨害アリト認ムルトキ」は、その一存で解散を命じることができた。また、軍人、警察官、及び「学校ノ教員生徒 農業工芸ノ見習生」の結社・集会への参加は禁止された。

だが、政談演説会の拡大は収まるどころか、むしろ熱気を帯びてきた。例えばこんなこともあった――聴衆およそ二千人、立合いの警察官が演説中止を言い渡すが、会は続行。警察官は七、八人に増員される。しかし、激高した聴衆が「巡査の提灯を撮《ぬす》み 破り 或《あるい》は押倒し種々様々と罵《ののし》り」、実力で警察官を追い返してしまった。これは、『東京横浜毎日新聞』の記事[2]によるのだが、東京や横浜などの大都市での出来事ではない。長崎県東松浦郡唐津（現・佐賀県唐津市）で起こったことであった。

一八八一（明治十四）年、内務省総務局の集計によると、演説会の演題認可件数は全国で一万を超えた[3]。とりわけ新聞が「官有物払下げ問題」を取り上げ始めると、東京では土日には必ずといっていいほど（土日以外の日にも行われたが）、政談演説会が開催された。八月二十五日（日）新富座で開かれた政談演説会は、その最大規模のものであった。『東京日日新聞』によると、開場は午後一時であったが、すでに朝の十時には千人ほどが詰めかけていた。摂氏三十三度の猛暑の中、聴衆は三千人を優に超えたという。もちろんエアコンの設備などない。前売り券は完売、増刷した券も当日の昼前には売り切れてしまい、せっかく遠方からやって来たのに入場できず、空しく引き返す者も多かった。会場は熱気にあふれ、特に当時『東京日日新聞』の主筆であった福地桜痴の演説では、満場「大喝采」「喝采歎息」がしばしば起こり、さらに「喝采」に加えてスタンディングオベーション――「聴衆中或ハ起立シテ同意ヲ表《ひょう》スル」こともあったという。

後に漱石の親友となる正岡子規も、民権運動の高揚と演説会流行の影響を受けた者の一人である。「明治十五、十六の二年間は何も学問せず」（「筆まかせ」）、政談演説に熱中していた。三つの演説会グループに加入するほどの熱の入れようであった。中学校の講堂で行われた演説会で「天将《まさ》ニ黒塊《こつかい》ヲ現ハサントス」と題して演説を行い（「国会」を「黒塊」ともじったのは、演説の不許可を避けるためであろう）、「弁士中止」を食らい職員室に拉致されたこともある。(4) 子規はこの年松山中学校を退学して上京、大学予備門入学を目指す。そして一八八四（明治十七）年、東京予備門への入学を果たした。漱石も同じ年予備門に入るが、二人が交際を始めるのはその五年後のことである。

さて、漱石は十三、四歳の頃（府立第一中学校に在学中）、先に紹介したように「毎日々々弁当を吊して家は出るが、学校には往かずに」――では、いったい何をして「道草を食つて遊んで居た」のだろうか。

まず考えられるのが寄席通いである。漱石は子供の頃から講釈（講談）を聴くのを好んだ。

彼が「能《よ》く日本橋の瀬戸物町にある伊勢本といふ寄席へ講釈を聴きに行つた」（『硝子戸の中』三十五）というのは、「当時私のゐた家は無論高田の馬場の下ではなかつた」（同前）と述べているところからすると、漱石が九歳になる前、すなわち夏目家に戻る前のことである。恐らく養父に連れられて行ったのであろう。

夏目家に戻った当座は「母から小遣を貰つて」、近所の豆腐屋の隣にあった寄席へ「講釈を聞きに出掛けた」りしたが（『硝子戸の中』二十）、成長するにしたがって行動範囲を拡げ、「東京中の講釈の寄席は大抵聞きに廻つた」（談話『僕の昔』）ということである。

小木新造著『東京庶民生活史研究』日本放送出版協会（一九七九年刊）などによると、一八八一（明治十四）年、東京十五区内には百三十七軒の寄席があった。その中には講釈専門の寄席（釈場）もあったから、漱石は主にそこに出入りしていたのであろう。寄席は東京全域にくまなくあったが、特に府立一中のあった神田や、日本橋、京橋、芝、浅草に多く、それぞれ十五軒前後あった。当時、木戸銭は三銭程度で（大工さんの日当が五十銭であった）、歌舞伎の八分の一以下の入場料で済んだようだ。それでも、子供の小遣いで連日寄席に入り浸るのは難しかったであろう。「毎日々々……学校に往かずに」というのは、漱石の誇張した表現ではなかったのか。彼は「毎日々々」学校をサボっていたわけではなく、真面目に教室で授業を受けた日もあったのではないかと思われる。

しかし学校に行く気が起こらず、お金もない時など、漱石は下谷区西町（現・台東区東上野）の塩原家で時間をつぶすことができた。そこには、養父の後妻・かつの連れ子――漱石の一つ年上の美少女・れんがいたし、かつに言わせれば「金ちゃんは塩原の殿様だから」（「『道草』のモデルと語る記」）ということで、結構我が儘が許されていたようだ。寄席の木戸銭程度の小遣いを手に入れることなど、それほど難しいことではなかったであろう。

美少女・れんについていえば、少年漱石が彼女にほのかな恋心を抱いていたのは、ほぼ間違いないことだと思われる。それは、『道草』の「御縫さん」や『文鳥』の「美くしい《ママ》女」を通して、容易に想像できる。『道草』六十二において「健三」は「御縫さん」について、「強烈な好い印象のない代りに、少しも不快の記憶に濁されてゐない其人《その》の面影は、島田や御常のそれよりも、今の彼に取つて遙かに尊《たつと》かつた。人類に対する慈愛の心を、硬くなりかけた彼から喚《そ》り得る点に於て。また漠然として散漫な人類を、比較的判明《はつきり》した一人の代表者に縮めて呉《く》れる点に於て。」と述懐している。漱石とれんは、漱石が七～八歳の頃、養父と後妻のもとで、一年間ほどではあるが、同居していたこともある。二人は幼馴染みでもあった。それにしても、「御縫さん」（＝れん）が「漠然として散漫な人類を、比較的判明《はつきり》した一人の代表者に縮めて呉《く》れる」とは、どういうことなのか。意味を取りにくい表現であるが、「健三」にとって「御縫さん」は〈あるべき人間のシンボル〉としてイメージされている、ということなのであろうか。だとすれば、「御縫さん」は「健三」の理想の女性でもあったことになる。

『文鳥』では、鈴木三重吉に勧められて飼った可憐な文鳥の仕草に重ね合わせて、漱石は、「文鳥が自分を見た時、自分は不図《ふと》此《こ》の女の事を思ひ出した。此の女は今嫁に行つた。自分が紫の帯上《おびあげ》でいたづらをしたのは縁談の極《きま》つた二三日後である」などと、感慨を込めて回想している。ここでいう漱石の「いたづら」とは、この「美くしい女」が「机に凭《もた》れて何か考へてゐる所を」、帯上《おびあげ》の房の先で「頸《くび》筋の細いあたりを、上から撫で廻し」たことをいう。「女はものう気に後《うしろ》を向いた」が、「眼尻と口元には笑《わらひ》が萌《きざ》して居た」——この若い女性がれんである。れんは漱石の初恋の女性であった。漱石は文鳥を死なせてしまうが、その小さな遺体は長女・筆子が裏庭に埋葬した。

閑話休題。

お伽衆の「軍書講義」「軍談言上」が起源だとされる講釈（講談）は、『平家物語』『太平記』などの軍記物から『水滸伝』『南総里見八犬伝』などの和漢の伝奇小説へと題材を広げ、さらにお記録物（「赤穂義士伝」や鍋島騒動の「佐賀の夜桜」など）、世話物（「左甚五郎」や「紀伊国屋文左衛門」など）とレパートリーを広げていった。こうして講釈は、江戸末期から明治にかけて、庶民の娯楽として全盛期を迎えることになる。一九〇七（明治四十）年には、講釈師・松林《しょうりん》伯知が『吾輩は猫である』を講談に仕立てて（この頃になると「講談」という呼称が一般化する）講演をしている。漱石はその看板を見て、「面食ラッタ。全体ドンナコトヲ述ベル了簡カシラ」と、夏休み中で福岡（京都郡犀川村）に帰省中の小宮豊隆に、わざわざ看板の図を描き添えて送った。漱石は「面食ラッタ」というが、決して悪い気はしなかったのであろう。

漱石は『硝子戸の中』で講釈師の田辺南麟と四代目・宝井馬琴について触れているが、明治十年代に一世を風靡した講釈師は、二代目・松林伯円であった。彼と落語の三遊亭円朝が出る寄席の木戸銭は、三銭から五銭に跳ね上がった。伯円は自ら創作した「鼠小僧」「天保六花撰」などの白波物を得意としたが、一方で「佐賀の乱」「神風連の乱」「西南戦争」「壬午軍乱」などを取り上げ、「新聞伯円」とも称された。そして、自由民権運動の進展に呼応する形で、「民権講釈」とでもいうべきものを演じるようになり、警察に召喚されたこともあった。福澤諭吉の「帝室論」を講釈したこともある。帝国憲法発布後の一八九二（明治二十五）年には、鍋島邸において明治天皇に、「赤穂義士伝」「豊太閤桃山談」「楠公 桜井駅の別れ」を御前講演している。伯円は一九〇五（明治三十八）年七十一歳で没したが、『東京朝日新聞』（二月十日）は彼を追悼し、「奮來の講談を改良し、文明の思想を取つて 以て大いに世の風教に資せんと決意し 好んで志士の事歴を調査し之を講談に登《のぼ》するに至りしなり左《さ》れば伯圓は藝人として最も其想を高くせしもの」と評価した(5)。

学校をサボって寄席通いをしていた頃の漱石が、二代目伯円の講釈を聞き「民権講釈」を知って、「国会開設問題」や「開拓使官有物払下げ事件」等の社会問題に関心を示すようになっていった——そう考えるのは(その事実を、漱石の作品や日記・書簡などで直接確認することはできないのだが)、十分許容されうる推測であろう。

また推測の域を出ないのだが、漱石は第二回内国勧業博覧会の会場を訪れた可能性もある。第二回内国勧業博覧会は、一八八一(明治十四)年三月一日から六月三十日まで上野公園を会場として開催され、八十二万人の来場者があった。開場式には明治天皇が臨幸し「自今官民のますます黽勉《びんべん》(努力すること。引用者注)して産業の盛大を期し我全国をして永く殷富の幸福を享けしめん事を望む」云々と勅語を下した。

博覧会は花見、行楽の季節と重なって、大いに賑わった。宮中の女官たちまでもが博覧会を見物した。錦絵『内国勧業博覧会ノ図』によると、彼女たちの装束は束髪、十二単衣に袴、履物は靴、手には蝙蝠傘という和洋折衷の珍奇なスタイルであった。展示物よりも来場者の目を引いたであろう。鶴や猩々の彫刻を配した噴水が人気を博した。

この年は前年からの物価高騰で、「乞食・淫売・車の後押し——米価騰貴の地獄相展開——」(『東京曙新聞』)、「天保年度大飢饉ノ時ト格別ノ差異アルナシ」、「人民一般既ニ其ノ生計ノ困難ヲ極ム」（以上『朝野新聞』）と報じられるほどの不況が続いていたが、いつものように、そのしわ寄せは底辺の貧しい人々に集中した。夏目家や塩原家のように「乞食・淫売・車の後押し」に落ちぶれることのなかった人たちが、花見・行楽を兼ねて大挙して上野の博覧会に集まった。勧業博覧会は、文明開化の外皮を着せた殖産興業政策の「成果」を、庶民に向かって誇示する格好の場であった。来場者の多くは、政府の思惑通り、こけおどしの洋館が建ち並ぶ展示会場の景観を見て、そこに日本近代化の「順調な発展」を感じ取り、密かな満足感を覚えたであろう。

漱石は、一九一一（明治四十四）年の講演『現代日本の開化』において、「日本の現代の開化は外発的」で「不自然な発展を余儀なくされ」ていると言い切ったが、十四歳の彼に日本社会をトータルに批判する力はなかったはずだ。彼が勧業博覧会を訪れたとして、恐らく、日本の近代化を「外発的」「不自然」と批判することはなかったであろう。

漱石が博覧会見物に出かけたとするのは、根拠のない推定である。博覧会の開催期間は、実母の初盆も終わらない時期であるから、漱石としては、行楽気分で博覧会に出かける気分にはなれなかったかもしれない。

「国民的作家」・漱石といえども、その生涯には、後世の者の知りえない空白部分がいろいろとある。彼の十代半ばの数年もそうである。その頃の漱石については小宮豊隆でさえ、英語を勉強できないという理由で府立一中を退学しながら「漢文を専門に教へる二松學舎に這入つたのは、大きな矛盾であり、又大きな道草である。是《これ》は一體《いつたい》どうした事であるか」と述べ、「二松學舎から成立學舎へ移る間には、凡《およ》そ一年半の月日が挟まつてゐる。この間漱石が何所《どこ》で何をしてゐたか、まるで分からない」（評伝『夏目漱石』「八 彷徨」）と、匙を投げている。

小宮豊隆によれば、漱石が取得した二松学舎の免状で残っているのは二通――一八八一（明治十四）年七月付の「第三級第一課卒業」の免状、及び同年十一月付の「第二級第三課卒業」の免状――である。二松学舎には「第一級第一課」までのカリキュラムがあったから、二通以外の免状が残っていない（＝存在しない）ということであれば、それは、漱石が二松学舎をも中途退学した可能性を示唆する。漱石は「約一年許《ばか》りも麹町の二松学舎に通つて、漢学許り専門に習つてゐた」（談話「一貫したる不勉強」）と言っているが、ここでもやはり「道草を食つて遊んで居た」のかもしれない。そして、成立学舎入学までの「凡そ一年半」の完全な空白期間……漱石は何を考え、何をしていたのか。

母の死がもたらした心の深手を克服し、「家」からの離陸を開始した多感な少年・漱石は、好きな漢籍を読むだけではなく、軍談から時事講談に至るまでの講釈や政談演説会を聞いて回り、当時マスメディアとして影響力を増しつつあった新聞の社説を読んだであろう。新聞は本屋や薬屋に置いてあり、郵送販売もあった。小規模ながら新聞社の直売店からの宅配も始まり、御用聞きを兼ねて八百屋さんなどが配達をしてくれることもあった。また、上野、神田、日本橋その他にあった「新聞縦覧所」や浅草奥山の「新聞茶屋」へ行けば、安価で各種新聞を読むことができた。漱石の能力と語学力からすれば、新聞の社説を理解するのは容易であったろう。

民権結社「嚶鳴社」の機関紙的な役割を果たした『東京横浜毎日新聞』は、社説で国会開設の早期実現の必要性と、選挙制度の具体策や憲法制定会議の設立を論じた。「嚶鳴社」は、新聞による言論活動だけではなく、政談演説会はもちろん、手弁当による地方遊説を積極的に展開した。永井秀夫著『日本の歴史25　自由民権』の叙述を借りると、「神奈川を中心に民権派ジャーナリストの動向をつぶさに研究してきた渡辺奨氏によると、明治一四、一五年の二か年で東京をのぞく関東一円に嚶鳴社がおこなった遊説回数は二五九回におよんでいる。この数字は（中略）新聞にあらわれた回数であるから、実数はこれをはるかに上まわるはずである」（「国会開設の波」）ということであった。

「開拓使官有物払下げ事件」が表面化すると、政府寄りといわれていた『東京日日新聞』も政府批判を始め出した。確かに、千四百万円もの税金を注ぎ込んだ官有物を、たった三十八万七千余円（しかも無利息三十年賦）で、薩摩出身の政商・五代友厚らが経営する関西貿易商会に投げ渡すのは（開拓使長官は薩摩閥の黒田清隆であった）、いかにも分かりやすい不正ではある。

漱石が「道草を食つて遊んで」回るのを止め、学歴エリートの道に戻ることを決意した後の、「明治十七年頃のこと」として、甥の夏目孝（漱石の三兄・直矩の子）は「色の眞つ黒な金之助（漱石）は短い袴に髙朴齒を鳴らし詩を吟じたり、高橋家（漱石の実母の姉の嫁ぎ先。引用者注）の使用人達と腕角力を取つたり、一轉して天下國家を論ずるのであつた」（「三田附近と漱石」[6]）と記している。これは後年の小説家・漱石のイメージからはほど遠いが、十代の漱石にはいわば志士的な、あるいは壮士的な一面があった。彼は決してひ弱な文学少年ではなかった。小学生の頃には刃物を振り回して喧嘩をしたこともあったらしい。[7]

注

（1）「布告」からの引用は、明治文化研究会編『明治文化全集 別巻 明治事物起原』日本評論社（一九九三年刊）の「政談演説禁止令」の項による。

（2）一八八〇（明治十三）年十二月十二日の「雑報」による。記事の内容は、稲田雅洋著『自由民権の文化史――新しい政治文化の誕生』筑摩書房（二〇〇〇年刊）の「第一〇章 政談演説会の隆盛と雄弁家たち」の中に紹介されている。
（3）注（1）の『明治文化全集 別巻 明治事物起原』の「政談演説の統計」による。それによると、明治一四年の演題認可件数は一二〇一二、明治一五年は一三二一二とそれぞれ一万を超えているが、明治一六年には、七一九七とほぼ半減している。
（4）子規と政談演説の関わりについては、坪内稔典著『正岡子規 言葉と生きる』岩波新書（二〇一〇年刊）を参考にした。
（5）二代目・松林伯円に関しては、インターネット百科事典『ウィキペディア』などを参考にした。
（6）夏目孝筆「三田附近と漱石」は、『漱石全集 月報 昭和三年版・昭和十年版』岩波書店（一九七五年刊）からのものである。「月報」によると、初出は『三田新聞』となっている。
（7）平成版『漱石全集 別巻 漱石言行録』の篠本二郎筆「腕白時代の夏目君」による。初出は昭和十年版『漱石全集』月報第二号。

3　明治十年代の〈残党〉漱石

「東京府立第一中学校」退学→漢学塾「二松学舎」へ（中退？）→「空白の一年半」→英語塾「成立学舎」へ→「東京大学予備門」入学と、十代の漱石は進路に関して大きく揺れた。

この時期の漱石について、小宮豊隆は「少年漱石の中の、東洋か西洋か——西か東かの戦ひの第一聲」（『夏目漱石』「八 彷徨」）であったと言い、さらにこう述べている。

> それは結局漱石の母の死が漱石に打撃を與へ、人生の競争場裏に立つて、人人と功名を争ふ心のきほひを失はしめ、靜《しづか》に引き籠つて、自分の好きな事をして暮すといふやうな、退嬰的な態度をとらしめるに至つたのだとするより外、或は適切な解釋がないかも知れないとも思はれる。
> （『夏目漱石』「九 母」）

江藤淳もまた、『漱石とその時代 第一部』において、この頃のことを「知性の猶予期間《モラトリアム》」と位置づけ、漱石が「かなり深刻な精神の危機におそわれていた」と推測している。

> それは、通常思春期にさしかかった少年の体験する混乱より、もう少し程度の激しいものである。（中略）これが最初の神経症の徴候を示しているかどうかを断定する資料はないが、この間彼が完全に心身ともに健康だったとする根拠もないのである。
> （中略）
> しかし、もし金之助の危機が、兄（長兄・大助のこと。引用者注）が自分を出発させようとしている新しい時代への嫌悪と不安から生じていたとするなら、それもまた不在と実在

の世界の割れ目に立ちすくんだ者の混乱にほかならなかったともいえる。

（「7 儒学と洋学の間」）

江藤淳が、漱石を「不在と実在の世界の割れ目にたちすくんだ者」というのは、「夏目家と塩原家のあいだに宙吊り」になり、同時に「新旧ふたつの時代、あるいは世界像のあいだに落ちこんで、行きくれている」漱石の、「幼い魂」（同前）のことであった。それは裏を返せば、小宮豊隆のいう「彷徨」する漱石の、「東洋か西洋か——西か東かの戦ひの第一聲」に通じるものでもあった。そして、そのマイナス面を強調すれば、「自分の好きな事をして暮すといふやうな、退嬰的な」「知性の猶予期間《モラトリアム》」ということになるのであろう。あるいは、その頃の漱石には、江藤淳がいうように「最初の神経症の徴候」が現れていたのかもしれない。漱石の「神経症」はほぼ十年周期でおこり、その最初の発症は二十歳代の後半のことといわれる。ただイギリス留学以降、漱石が「神経衰弱」と自称する精神的不調が、今でいう統合失調症によるものだとすると、思春期にその最初の症状を見るというのは大いにありうることである。

少年時代の漱石の「空白期間」に関するこのような捉え方は、日本近代化の歪みを「外発的」と批判し、なおかつその歪みの中で主体的に生きようと苦闘した後年の漱石の生き方から「逆算」すれば、無理なく導き出される結論である。実際、小宮豊隆と江藤淳の考えに異を唱えるような見解は（寡聞ではあるが）存在しない。

ただ、少し違った角度から漱石の少年時代に焦点を当てた研究者もいた。次は、瀬沼茂樹著『夏目漱石 近代日本の思想家6』東京大学出版会（一九六二年刊）からの引用である。

漱石の漢文の教養は二松学舎の短い時期にほぼ素地を完成した。（中略）中学から二松学舎の少年期の教養は、その教科からみて、いわゆる「経史文」をふくむ「文学」の学習であった。すでに唐木順三や猪野謙二がいったように、漱石は、一方において「唐宋数千言」（『木屑録』序）といった唐宋の詩文を範とした「文章の学」として、他方において、「左国史漢」（『文学論』序）といった史書から観得した「有用の学」として、文学を概念しはじめていた。前者は「風流韻事」の文学として、その俳諧的要素（滑稽的要素）をまで含めて、文人的要素を現し、後者は「経国済民」の文学として、その功利的要素（倫理的要素）や内面的倫理化を含めて、国士的要素を現している。この二つの要素は矛盾しながら、終生、漱石のなかに生きているものである。

（「第一章 作家以前の思想形成」）

瀬沼茂樹が述べるように、二松学舎で漢学を学ぶことを通して、「風流韻事」に遊ぼうとする「文人的要素」と「経国済民」を目指す「国士的要素」が、漱石の精神の内奥に育まれていった――とすれば、これもまた、後年の漱石から「逆算」できる推定である。漱石が学者から作家に転身するかどうかの分岐点にあった頃、彼は鈴木三重吉に宛てて、「僕は一面に於て俳諧的文学に出入すると同時に一面に於て死ぬか生きるか、命のやりとりをする様な維新の志士の如き烈しい精神で文学をやって見たい」（一九〇六年十月二十六日付）と書き送った。そう書いた頃、漱石には『讀賣新聞』から入社の要請が繰り返されていたし、その後『朝日新聞』も漱石招聘に名乗りを上げる。漱石が帝国大学をやめて一介の「新聞社員」になるという決断を下すためには、当時の社会通念からして、確かに、脱藩して浪士になる程の志士的な気概が必要であっただろう。

少年漱石の「国士的要素」と自由民権運動との関わりに言及した論考はほとんどないが、皆無ではない。例えば、柄谷行人はその著『漱石論集成』（第三文明社一九九二年刊）の中で、「『明治の精神』とは、いわば〝明治十年代〟にありえた多様な可能性のことです」と、漱石の「明治の精神」における〝明治十年代〟の意義を強調した。

……彼ら（北村透谷や西田幾多郎のこと。引用者注）はそれぞれ政治的な闘いに敗れ、それに対し、内面あるいは精神の優位をかかげて世俗的なものを拒否することで対抗しようとしたのです。しかし、透谷は自殺し、西田は帝国大学の選科[1]という屈辱的な場所に戻っていきました。（中略）たぶん、同じようなことが漱石自身にもあったはずです。彼はべつに政治的な運動にコミットしていませんが、明治十年代に明治維新の延長として革命が深化されねばならないということを感じていたでしょう。

（「漱石の多様性—『こゝろ』をめぐって」）

彼が生涯をかけてもよいと思った「漢文学」は、晩年の彼が向かった南画や漢詩の世界ともちがっている。それは「アジア」及び「民権」と結びついた何かだったのだ。（中略）漱石は、いわば明治十年代の残党である。『野分』や『二百十日』では、俗世間に対して怒号する主人公が描かれている。しかし、彼らは『共産党宣言』がすでに翻訳されていた明治四十年ごろの現実からみれば、古めかしい。それは漱石のなかで明治十年代からもちこされてきたものだ。漱石が「明治の精神」とよぶのは、明治全体の時代精神の如きものではありえない。彼はそれを唾棄していたからである。

（「断片09」）

このように柄谷行人は、漱石の「明治の精神」を論じる際のキー概念として、「明治十年代」を重視する。彼は、明治十年代にはらまれていた「多様な可能性」が、「明治二十年代において整備され確立されていく近代国家体制の中で排除されていった[2]」とし、漱石における「明治の精神」とは、その排除された「多様な可能性」そのものだと主張した。ただ、それらが自由民権運動の動向や思想と関連づけられ、具体的に論じられることはなかった。したがって、柄谷行人によって「民権」と並列させられている「アジア」が、いったい何を意味するのかははっきりしない。が、それは恐らく、民権運動のリーダーたちが持っていた強烈なナショナリズムに関わるものだと思われる。

「民撰議院設立建白書」を提出し、自由民権運動の口火を切った板垣退助らのグループは愛国公党と名乗っていたし、国会開設運動を推進した全国的な運動体「国会期成同盟」は愛国社の後継組織であった。

一八八〇（明治十三）年四月、結成直後の「国会期成同盟」が作成した「國會ヲ開設スル允可ヲ上願スル書」は——政府によって門前払いされたが——九点にわたって「臣等ガ國會の開設ヲ望ム所以」を述べる中で、国家の安泰・強化にとってこそ国会開設が必要であるということを、盛んに強調している。そのいくつかを挙げると、いわく、

○「人民ノ一致協和スルヿ《こと》ハ 各人同ジク其國ヲ愛スルノ心ヨリセザルハ莫ク……」

○「王室ヲ危殆ニ陥レ 王位ノ鞏固《きようこ》ヲ失ヒ易キヿ《こと》ハ 専制政體ヨリ甚シキハ莫《な》ク……」

○「皇基ヲ振起スルモ亦《また》國會ヲ開テ人民ノ愛國心ヲ發セシメ 及ビ全國ノ一致スルニ非《あら》ザ

レバ能《あた》ハザル……」

○「萬民克《よ》ク一致シ　同ジク報國ノ心ヲ發セシムルノ道ハ　國會ヲ開設スルヨリ良キハ莫ケレバ也」

等々である。

これらの旺盛な国家意識が国内政治のあり方から対外政策に向かう時、甲申政変(3)、清仏戦争(4)等のアジア情勢の流動と相俟《ま》って、残念ながら、それは日本のアジア侵略を積極的に肯定する方向に収斂されていった。一方で、明治十年代に民権派の一部に存在した、アジア諸国——日本と朝鮮と清国——が協同して西洋列強の侵略を食い止めるという発想は、雲散霧消していく。アジア諸国との共生・共同は、明治二十年代になって排除された「多様な可能性」の一つといえるであろう。

だが、漱石は多くの人々のように、アジアとの共生からアジア蔑視・アジア侵略の肯定へと、安易に乗り移ることをしなかった。彼はイギリス留学中の日記に、「日本人ヲ観テ支那人ト云ハレルト厭ガルハ如何《いかん》。支那人ハ日本人ヨリモ遙カニ名誉アル国民ナリ、只不幸ニシテ目下不振ノ有様ニ沈淪セルナリ、心アル人ハ日本人ト呼バルヽヨリモ支那人ト云ハルヽヲ名誉トスベキナリ」(一九〇一年三月十五日)と記している。ところが、例えば福澤諭吉は、すでに一八八五(明治十八)年——甲申政変の数ヶ月後には、『脱亜論』を掲げ、アジアとの共生を軽々と放棄した。彼はその中で、「（此二國ノ者共ハ）一ヨリ十ニ至ルマデ外見ノ虚飾ノミヲ事トシテ 其實際ニ於テハ眞理原則ノ知見ナキノミカ 道徳サヘ地ヲ拂フテ 殘刻不廉恥ヲ極メ 尙傲然トシテ自省ノ念ナキ者ノ如シ」（『時事新報』三月十六日社説）と、清国と朝鮮を罵倒している。

民権活動家を「血気の少年」「無智無識の愚民」「無産の青年書生輩」(5)などと小馬鹿にした福澤諭吉と違って、漱石が「明治十年代の残党」であったというのは間違いない。

柄谷行人以上に明確に漱石の自由民権運動へのコミットに言及したのは、伊豆利彦である。彼はその著『夏目漱石』（新日本新書）の中で述べている。

漱石の母の死は一八八一（明治十四）年、漱石が満十四歳頃のことですが、その直後に東京府立第一中学を中退し、麹町の二松学舎に転校して、専ら漢学を学びました。少年漱石は漢籍や小説に熱中し、文学で身を立てようとしたといいます。母の死で自己に目覚め、自分の好きなことをしようと考えたとも思われますが、当時勃興した自由民権運動の影響があったことも当然想像されることです。

漱石は自分の文学に対する考えは、左国史漢というような少年時代に親しんだ中国の古典文学によって養われたと述べていますが、これらの書物は歴史書で、その中心には経世済民の思想がありました。不幸な人民を救済し、天下に平和と幸福をもたらすという経世済民の思想は、自由民権運動の思想でもありました。少年漱石はこの理想に激しく心をゆり動かされました。そして、それは漱石の文学的生涯の根底に永く生きつづけたのです。

（「1 維新『革命』の渦中に生まれて」）

だが、伊豆利彦もまた、「（漱石が文学で身を立てようとしたのは）自由民権運動の影響があったことも当然想像されることです」、「少年漱石は（自由民権運動の）理想に激しく心をゆり動かされました」と明言しておきながら、そこでストップしたままで、それ以上一歩も踏み出すことがなかった。「それは漱石の文学的生涯の根底に永く生きつづけたのです」と、漱石の作品や思想の中に、自由民権運動から受けた影響の痕跡らしきものを、いくつか指摘することしかできていない。

漱石と自由民権運動との関わりは、熱心な漱石研究家にとっても、本格的な探求の対象にならなかったようだ。

注

（1）選科生は「本科生が定員にみたないときに募集され入学を許可された、中学校→高等学校を経由しない学生。図書館の利用などさまざまな点で本科生と差別された」（竹内洋著『日本の近代12』「学歴貴族の栄光と挫折」）という。選科生は卒業しても学士の資格は与えられなかった。

（2）『漱石論集成』の「漱石の多様性―『こゝろ』をめぐって」による。

（3）一八八四（明治十七）年の朝鮮における政変。「開化派」の金玉均などが日本軍の援助のもとに決起し、一時王宮を占領したが、清国軍の出動によりクーデターは失敗した。これにより、日本の朝鮮に対する影響力は一時弱まった。

（4）一八八四（明治十七）年〜一八八五（明治十八）年、ヴェトナムに宗主権を持つ清国と、ヴェトナムの植民地化を狙うフランスとの戦争。清国は敗北、ヴェトナムはフランスの保護領となった。

（5）「血気の少年」「無智無識の愚民」「無産の青年書生輩」の引用は、明治維新史学会編『講座明治維新4　近代国家の形成』の「四　自由民権運動と明治一四年政変」からの孫引き。

4　国会開設の勅諭と仲よし三人組

大隈重信・福澤諭吉・岩崎弥太郎の三者がつるんで、開拓使官有物払下げ反対運動と国会開設運動を陰で煽っているという「情報」が、「事実」として政府内の薩長政治家グループに共有され、密かに大隈重信包囲網が形成されていた。

明治天皇が七十日を超える山形・秋田・北海道巡幸から帰京したその日（一八八一年十月十一日）、間髪を容れず、岩倉具視・伊藤博文らは大隈重信不参加のまま御前会議を開き、大隈重信の参議罷免を強行し、同時に官有物払下げの中止と国会開設の実施を決定した。会議は深夜に及んだ。明治天皇は大隈罷免を渋ったが、最終的には同意した。未明、大隈邸を訪れた伊藤博文と西郷従道が辞表提出を求めると、大隈重信はそれを受け入れた。そして「国会開設の勅諭」が下される。さらに大隈重信辞任に続き、小野梓、河野敏鎌、前島密、矢野文雄、犬養毅、尾崎行雄らの大隈派や慶應義塾出身の官僚たちが、続々と政府から追放されていった。こうして薩長の藩閥政治体制が確立した。

以上が「明治十四年の政変」の概要である。

明治天皇の「国会開設の勅諭」は、「将《まさ》ニ明治二十三年ヲ期シ 議員ヲ召シ 國會ヲ開キ 以テ朕カ《（ガ）》初志ヲ成サントス」と、九年後の国会開設を宣言した。だがそれは、民権運動の要求を受け入れたからではなく、天皇の「初志」を貫くことであり、「其組織權限ニ至テハ 朕親《みづか》ラ衷ヲ栽シ……」と、国会の組織・権限については天皇自らが関与し、決定すると言明した。国会開設は、天皇の責任においてやるのであり、国民が口を出すべき問題ではない――つまり「俺がやる、お前たちは関係ない」というわけだ。そして最後に、「故《こと》サラニ躁急ヲ爭ヒ 事變ヲ煽《そそのか》シ 國安ヲ害スル者アラハ《（バ）》 處《しょ》スルニ國典ヲ以テスヘ《（ベ）》シ」と締めくくることを忘れなかった。国家に盾をついたり、「直ちに国会開設を」などと騒ぎ立てたりする者があれば容赦しない、というわけである。

さっそくマスメディアが狙い撃ちにされた。(1)十月十八日、民権結社「嚶鳴社」系の『東京横浜毎日新聞』が一週間の発行停止処分を受けたのを手始めに、十月二十五日までの間に『扶桑新誌』(2)『大坂新報』『茨木新聞』『静岡新聞』など十一社が発行停止処分をくらった。また、検事の取調べを受けたのは、『朝野新聞』二件、『郵便報知新聞』三件、『江湖新報』十五件等、計二十六件であった。さらに、『報知』二十余件、『朝野』十件、『東横』十六件、『東京曙』七件、『中立正党政談』(3)七件が、黒田清隆開拓長官から告訴される。これらは全て、政変直前の「開拓使官有物払下げ」問題に関する報道を対象にしたものであった。十一月には『大阪朝日新聞』『熊本新聞』『神戸新報』が発行停止処分を受けた。年末には東京裁判所で、九人の新聞・雑誌編集者に罰金や「禁獄」の刑が言い渡された。これらも「官有物払下げ問題」に関するものであった。

明治天皇の勅諭は、アメ（九年後の国会開設）とムチ（「処《しょ》スルニ國典ヲ以テス」という脅し）を巧みに使い分けることによって、政府の思惑通り、自由民権運動を攪乱することに成功した。民権運動の主流は政党（自由党及び立憲改進党）の樹立・強化に力を注ぎ、分裂と対立を激化させ、エネルギーを消耗させていく。そして大勢において、民権運動に内包されていた国家主義的な方向に傾斜していった。また、「急進グループ」はいわゆる「激化事件」を引き起こしつつ、厳しい弾圧にさらされた末に壊滅していった。

板垣退助を党首とする自由党は、一八八一（明治十四）年十月二十九日、「国会開設の勅諭」発布と踵を接するようにして結成された。そしてその翌日、東京で「青年自由党」という青年結社が結成される。「青年自由党」は、板垣退助の自由党と直接の関係はなく、帝大生、専門学校生、塾生、中学生などを集めた組織であった。毎月第二、第四日曜日に演説討論会を実施した。党員は結成半年後の時点で百六十三人、東京在住者が一番多く四十八名であった。また、新潟、茨城、千葉、栃木、長崎の各県にそれぞれ二桁台の党員がおり、他は一桁台で十二の県に散らばっていた。東京には、「青年国会党」という青年結社もあり、地方出身者別に「京都府青年会」「西京青年会」「信濃青年会」などと称する小結社もあった。地方にも「東北青年懇親会」「新発田青年同盟会」「浜松青年演説会」「青年研修社」（鹿児島）など、多くの結社やサークルが存在した。(4)

これらの青年グループは、集会条例に抵触することを避けるためであろう、自らを、政治結社ではなく演説討論や学術研究のための団体であると標榜していたが、そこから、いわゆる「壮士」と呼ばれる青年活動家が育っていった。彼らの一部には「国会開設の勅諭」を「偽勅」と断ずる者や、暴力による「圧政政府の転覆」を企図する者さえいた。

漱石が二松学舎・第二級第三課を卒業したのは、国会開設の勅諭の発布・自由党の結成と続き、自由民権運動の流動化が始まった、ちょうどその頃であった。そして、ここから漱石の動静はぷっつり途絶える。一八八三（明治十六）年夏成立学舎に入るまでの約一年半、「漱石が何所《どこ》で何をしてゐたか、まるで分らない」（小宮豊隆）ことになる。

謎の空白期間が終わり成立学舎に入学すると、漱石は、大学予備門を目指して「好《すき》な漢籍さへ一冊残らず売つて了《しま》ひ夢中になつて勉強した」（談話「落第」）と述べている。だが、これは額面通りには受け取れない。

「好な漢籍さへ一冊残らず」売り払ったはずの漱石が、成立学舎時代にも盛んに漢詩を作っていたのだ。その事実は、八十年後それらの漢詩の一部が松岡譲によって発掘され、「新発見の漱石詩」（岩波『図書』一九六七年一月）として発表されることによって、明らかになった。現在その八首の漢詩は、平成版『漱石全集 第十八巻』に収録されている。

漢詩は、茨城県真壁郡下館町（現・筑西市）で発行されていた『時運』という、小さな地方誌の第八号（一九〇六年六月刊）に掲載されていた。それらを掲載し紹介したのは、同誌の漢詩欄の選者・奥田必堂である。彼は本名を「悌」といい、「月城」とも号した。晩年出家し、「光盛」とも名乗った。自由民権運動とその思想に強い影響を受けていた少年時代の一時期、彼は漱石の親しい友人の一人であった。

漱石と奥田必堂が知り合ったのは、漱石の「二松学舎」の同級生・安東真人《まひと》を介してであった。三人の交流は、漱石が二松学舎をやめてから成立学舎時代にかけての頃――つまり「何所《どこ》で何をしてゐたか、まるで分らない」頃――であったと思われる。以下は、奥田必堂が漱石との関わりについて述べた文章である。

同じ年輩のやんちや盛り、茶目坊同志の事とて何時の間にか忽ちに三人（安東真人、奥田必堂、漱石の三人。引用者注）大の仲好しに成つて仕舞つた、時々庄屋さん時代の昔しの儘《まま》の藁屋であつたあの喜久井町のお宅（漱石の実家。引用者注）へも遊びに行き、一度は金之助君と俺と一所に神田西紺屋町の金子と云ふ家に下宿して居つた事もあつた、（中略）俺は神田の共立學校と、下谷の島田塾とへ通ひ、金之助君は駿河臺の成立學舎に通つて居つた。御互に漢詩や漢文が好きなんで、毎日作り合つて居たので、今茲《ここ》にはないが故郷の書齋には金之助君の詩草も澤山ある筈《はず》だ。（『漢詩の作り方』[5]「漢詩漫談」）

奥田必堂の実家は下館町にあった。奥田家は代々漢方医兼儒者の家柄で、必堂はその長男であった。松岡譲によれば、彼の故郷の書斎にあったという漱石の詩草は、第二次大戦末の戦禍のどさくさに紛れて焼失してしまったらしい。

少年時代漱石と漢詩のやりとりをしたこともある奥田月城（必堂）（日本医事新報社『日本医事新報』No.2051〈昭和38年8月17日〉杉野大沢筆「夏目漱石と奥田月城」より）

『時運』に掲載された八首の漱石の漢詩の中に、「送奥田詞兄帰国」（奥田詞兄の国に帰るを送る）と題する七言律詩がある。ということは、二人の交際はそれほど長くなく、恐らく二年足らずのことであったのだろう。それでも、奥田必堂が夏目家を訪ねたり、二人で下宿生活を共にしたということが事実だとすれば（事実であると思われる）、二人の関係（あるいは安東真人を加えた三人の関係）が、漢詩を作り合って楽しむだけのつながりとは考えられない。彼らは、薩長藩閥政府を批判し、自由と民権を論じる「同志」でもあったのではないか。

「金之助（漱石）は短い袴に高朴歯を鳴らし詩を吟じたり、高橋家の使用人達と腕角力を取ったり、一轉して天下國家を論ずるのであった」（夏目孝「三田附近と漱石」）――このエピソードの時期が「明治十七年頃」というのが事実であるとすれば（事実であると思われる）、漱石の自由民権運動に対する共鳴は明らかである。明治十七年は予備門受験の年であるから、漱石もさすがに受験勉強に集中したであろうが、前年（成立学舎入学前後）の彼は、大学予備門を目指す一方で、「大の仲好し」三人組で漢詩を作り合ったり、政談演説に熱中したりしていたであろう。三人組は（高い確率で）「青年自由党」などの青年結社に関わっていた、といえないこともない。

必堂が故郷に帰った翌年の一八八四（明治十七）年九月下旬（漱石が大学予備門に入学した頃）、自由民権運動における「激化事件」の一つ「加波山事件」が起こる。加波山は必堂の故郷・下館のすぐ近く（東へ約十五キロの地点）にあり、事件のリーダーで絞首刑に処せられた富松《とまつ》正安は、下館の自由党員であった。配布された加波山決起の檄文には、「自由ノ公敵タル専制政府ヲ転覆シ而シテ完全ナル自由立憲政体ヲ造出セント欲ス」と書かれていた。富松正安が設立した「有為館」（青年自由党員の育成機関）に、必堂が所属していたか、あるいはそのシンパであったことは、（確証はないが）間違いあるまい。だが、富松正安は「有為館」の若者たちが決起に加わることを認めなかった。(6) 武装蜂起に直接参加したのは、十六名の自由党急進グループに過ぎなかった。「加波山事件」は、「火つけ強盗と自由党は決して頭をもたげさせぬ」と言い放った福島兼栃木県令・三島通庸《みちつね》の弾圧に対する、純粋ではあるが、自暴自棄的な復讐戦であった。

奥田必堂はその頃を振り返ってこう述べている。

時は一轉《いつてん》して自由黨志士の時の政府に反抗して活躍するの時代となり、我郷にても下舘の士富松正安、安田駒吉等[7]の加波山暴徒の汚名の下に萬斛《ばんこく》の恨を呑んで不祀《ふし》の鬼となれるあり、少年の私の燃ゆるが如き好奇心と功名心とは當時佛蘭西革命史や經國美談などを讀み耽つて居た時の事とて、心窃に已《おの》れ之が後繼者になりて壓政政府を轉覆し呉れんものと。蟷螂の臂、田作の齒ぎしり程にもなき柄相應の努力苦心をなし。狭き少年同志の天地の中で夢中になつて居ました。

（『飲光』[8]第五号「光を飲むまで」）

その後奥田必堂は、衆議院選に立候補（落選）したり、中国大陸や朝鮮半島に頻繁に渡り、陸軍の秘密工作に従事したりと、波乱に富んだ人生を送った。著書『漢詩の作り方』の序文には「光盛上人は天下の志士也、國士也、年少にして中國に志あり。四百餘州を周遊し中國の文學に就ては其《その》造詣する處《ところ》甚深甚高なり」と記されている。壮年期の彼は、いわゆる典型的な「大陸浪人」であった。「国士立雲頭山満翁は『士魂僧業』と書して月城に贈つた[9]」そうである。

成人後の漱石と必堂の人生に、接点は全くなかった。ただ、漱石が『それから』を執筆し始めた頃、必堂が早稲田南町の漱石宅を訪れたことがあった。漱石の日記に「晴。奥田悌来」（一九〇九年六月一日付）とある。奥田必堂によると、「其《その》要件は、俺が暫《しば》く住んで居つた早稲田南町の宅を先生（漱石のこと。引用者注）が見附けて呉れたり、借家の保證人に成つてくれたりしたので御禮に行つた」（『漢詩の作り方』）ということであった。二十六年ぶりの再会であった。

仲好しトリオのもう一人・安東真人は、「加波山事件」の翌年、東京職工学校（現・東京工業大学）を中退して郷里の熊本に帰り、小学校、九州学院予備門、済々黌《せいせいこう》の教師などを歴任する。

熊本の五高教授時代、漱石は十数年ぶりに安東真人と再会する。夏目鏡子の『漱石の思ひ出』によると――

……其方《そのかた》（安東真人のこと。引用者注）が家庭の事情で学校も中途で退学されて、其頃熊本の郡部の島崎といふところに住んでられて、済々黌あたりの先生をしてゐられたのを漸くつきとめて訪ねまして、その訪問記を書き綴りました。何枚位のものか忘れましたが、その文章を長谷川貞一郎さん（漱石の大学時代からの友人で同僚教師、この頃漱石宅に下宿していた。引用者注）に読んで聞かせてゐたのを覚えて居ります。それはどこの雑誌に出たこともないやうですし、家に草稿もありませんし、全集にものつてゐないやうですが、どうなつたものですかしら。（中略）この安藤さんとは大変仲よしだつたといふことで、いつも「日本新聞」を送つて居たさうですが、この父の死（漱石の実父の死のこと。引用者

注）で上京するについて、当分新聞は送れないなどといふ手紙を上げたりして居たといふことです。（「六　上京」）

漱石が安東真人に送っていたという『日本新聞』（単に『日本』ともいう）は、国民主義（反欧化主義）を掲げ、厳しい藩閥政府批判で何度も発禁処分を受けた、陸羯南の日刊新聞であった。また、正岡子規が推進した短歌・俳句革新運動の拠点でもあった。漱石は『日本新聞』を東京から取り寄せて読んでいたが、自分が読んだ後、それを安東真人に転送していた。

漱石が『日本新聞』を購読したのは、俳句の指導を受けていた子規への義理からだけではなかったであろう。漱石は三十歳になっても、民権少年時代以来の政治に対する強い関心を失ってはいなかった。安東真人もそうであったのだろう。安東真人は六年後（漱石のイギリス留学中）、三十九歳で病没する。

漱石は、自由民権運動に深入りできなかった。恐らく自由民権運動への関わりをめぐって、実父・直克や長兄・大助から叱責されたり、警告を受けたりしたことがあったと思われる。直克は警視庁の警視属であったし、大助は陸軍省大臣官房に勤め翻訳係をしていた。二人と

漱石の長兄・大助（国立国会図書館所蔵『漱石写真帖』より）

も下級役人であったとはいえ、大衆運動や反政府運動を抑圧する実力部隊の側に属していた。父や兄からすれば、民権運動に対する弾圧が強化されていた時期でもあり、正義感が強く頑固一徹な漱石が「何を仕出かすか分からない」という危惧を抱いていたであろう。漱石からすれば、父の叱責はともかく、一目も二目も置いていた長兄・大助の意見を無視することは難しかったと思われる。

大助は、漱石が小学校を卒業した頃から、漱石に英語を教えた。「教える兄は癇癪持《もち》、教はる僕は（英語が）大嫌い」（談話「落第」）であったが、それでも、「ナショナルの二位《ぐらゐ》」の力（現在の中学二年修了程度の英語力）[10]は身につけた。また、漱石は将来の職業選択について大助に相談をしたこともある。すなわち「私も十五六歳の頃は、漢書や小説などを読んで文学といふものを面白く感じ、自分もやつて見ようといふ気がしたので、それを亡くなつた兄に話して見（た）」（談話「時期が来てゐたんだ」）という。その時、「兄は文学は職業にやならない」と言って漱石を叱りつけた。だが、漱石は兄の叱責に反発を示さなかった。長男・大助と末っ子・漱石との間には十歳以上の年齢差があり、大助は漱石の父親的存在でもあった。大助は漱石を可愛がり、「自分は病身ではあり、到底妻帯も出来さうにないので、『金ちやん』を養子にして後を取らせよう」と考えていた(11)――そういう話が夏目家には言い伝えられていた。

大助は二十八歳の時家督を相続し、夏目家の当主となった。「加波山事件」が起こった年である。また、この年の十月末には、自由党員を含む「秩父困民党」に指導された数千人の「負債農民」が蜂起し、一時秩父地方一帯を制圧、その鎮圧のために軍隊が出動するという「秩父事件」が勃発した。

遊び人の二人の弟（漱石の次兄と三兄）に見切りを付けていた大助は、金之助を文明開化の社会人として大成させ、夏目家を再興しようと考えたようだ。そこには、自分が達成できそうにない夢を、真面目で利発な末弟に託そうという思いもあったであろう。その期待の〝養子〟が文学（漢文学）に没頭したり、まして自由民権運動に首を突っ込んで「無頼の徒」（若い民権活動家をそのように見なす人も多かった）と交わることなど、容認できるはずがなかった。

大助は肺結核の療養を兼ねて、大学予備門に入学したばかりの漱石とお手伝いさんと共に、芝区（現・港区）の海辺にあった高橋家（母千枝の姉の嫁ぎ先）の蔵にしばらく住んだ。蔵といっても高橋家が島津家から拝領した大きな建物で、食事などは付いて来たお手伝いさんが世話をした。大助は「（高橋家の）使用人十数人と金之助を引連れて夜の雑踏へ出た」（夏目孝筆「三田附近と漱石」）こともあった。兄弟が高橋家に滞在した期間ははっきりしないが、前にも述べたように、漱石が詩を吟じ天下国家を論じたというのは、そこでのことである。

　不治の病とされた結核に感染することを恐れず、陸軍省や大学予備門から遠い海辺の町に兄弟で住んだのは、もちろん酔狂からではあるまい。大助としては、弟を、混迷する民権運動の喧騒からできるだけ遠ざけておきたかったのだ。「三田附近と漱石」で夏目孝は、「蟹やしやこを食ひながら、地球と民族について、大一（大助のこと。引用者注）は金之助に談義するのが得意であつた」と述べている。「地球と民族について」とは何のことかよく分からないが、「談義する」とは――「夜の雑踏」へ繰り出すこともそうだろうが――大助による「金之助洗脳作戦」の一環であったのではないか。

　大助はこの三年後に亡くなる。大助三十一歳、漱石は二十歳であった。夏目家の相続者を決める段になって、大助の意向を汲んだ三兄・直矩が相続の意思があるかどうかを尋ねると、漱石は「こんな家の後をとるのはいやだと一言のもとにはねつけた」[12]そうである。

注

（1）この段落の内容は毎日コミュニケーションズ出版部編『明治ニュース事典Ⅱ』毎日コミュニケー

ションズ（一九八三年刊）による。
（2）『扶桑新誌』は、『東洋新聞』にも関わった林正明（「共同社」）が発行した、民権派の雑誌。
（3）『中立正党政談』は、慶應義塾出身者を中心とした民権活動家が創設した「三田政談会」の機関誌。
（4）「青年民権家」の動きについては、高島千代・田崎公司編著『自由民権〈激化〉の時代』日本経済評論社（二〇一四年刊）、福井純子筆「『青年』の登場――民権運動の新世代として――」（『近代熊本』第二十三号）、同「青年自由党の時代――メディアと市場《マーケット》――」（『近代熊本』第二十五号）などを参考にした。
（5）奥田光盛著『漢詩の作り方』は、一九三二（昭和七）年六月、「中央佛教社」から刊行された。
（6）法政大学史学会編『法政史学 第七十九号』に掲載された飯塚彬筆「加波山事件と富松正安『思想』の一考察」による。
（7）保多駒吉のこと。下館の自由党員で、加波山の決起に加わり死刑となる。
（8）『飲光』は、大正時代末期、栃木県足利郡小俣町の鶏足寺内「飲光社」が発行していた雑誌である。その第五号は、一九二三（大正十二）年五月刊。「光を飲むまで」は、奥田必堂が「月城」の名で『飲光』に連載したエッセイである。
（9）長塚節研究会編『論集 長塚節㈠』教育出版センター（一九七一年刊）の「会員のページ」の関卯一筆「夏目漱石と奥田月城、長塚節」による。関卯一はアララギ派の歌人、短歌研究社『短歌研究』一九七一年十月号に、「漱石の親友奥田月城に漢文を少年の日に我習ひけり」、「月城が借家する時漱石は身元保証人になりくれしとぞ」、「月城を国士頭山満翁『士魂僧業』と頌《ほ》め給ひき」など、五首の歌を載せている。

（10）川島幸希著『英語教師 夏目漱石』新潮選書（二〇〇〇年刊）の「第一章 漱石の英語力」による。
（11）夏目鏡子述・松岡譲筆録『漱石の思ひ出』の「七 養子に行った話」による。
（12）同前

5 民権運動の激化と福澤諭吉

福澤諭吉は民撰議院（国会）の早期開設を主張していた。板垣退助らが主導した国会開設請願（あるいは建白）運動が盛り上がった頃（一八八〇年夏）には、相模九郡二万数千人の名を連ねた国会開設建白の代筆を買って出たこともあった。ところが、自由民権運動のさらなる高揚（＝政府批判の拡大）に直面すると、その政治スタンスを徐々に変化させていった。一八八一（明治十四）年六月、彼は門下生への書簡の中で、次のように述べている。

地方処々《しよしよ》の演説、所謂《いわゆる》ヘコヲビ書生の連中、其《その》風俗甚《はなは》だ不宜《よろしからず》、近来に至ては県官を罵詈する等は通り過ぎ、極々《ごくごく》の極度に至ればムツヒト云々《うんぬん》を発言する者あるよし、実に演説も沙汰の限りにて甚《はなは》だあしき徴候、斯《か》くては捨置難《すておきがた》き事と、少々づゝ内談いたし居候《をりさうらふ》義に御座候。

（ロンドン滞在中の小泉信吉・日原昌造宛書簡）

実際この年から翌年にかけ、各地の政談演説会や民権講談の中で、天皇を正面から批判する者の姿が散見されるようになっていた。例えば、「元来天子と云ふものは（中略）之《これ》を一言にして云はゞ、大賊の第一等なるもの」（静岡）、「（神武天皇の）子孫は則ち国賊の末裔にして、現に今上皇帝の如きも均《ひと》しく我国の賊といふべし」（伊賀上野）、「（悪人である）帝王が無限の権威を逞《たくまし》ふし、下民を牛馬の如く制圧」（福島）、「天子は人民より税を絞りて独り安座す」（高知）、「神武天皇は支那より渡り来て、日本国を盗みたる者」（熊本）などである[1]。

福澤諭吉はすでに二年前、「夫《か》の仏蘭西《ふらんす》の騒乱（フランス革命のこと。引用者注）は、過激の党派、国会を急にしたるが為めに、其禍《そのわざわい》は竟《つい》に国王を弑《しい》するに至りて、嘗《かつ》て微効を奏せず、却《かえつ》て臭名《しゆうめい》を天下後世に遺《のこ》したるにあらずや」（『国会論』第二）と述べていたが、明治天皇を「ムツヒト」と呼び捨てにする「ヘコヲビ書生」の出現に、国家転覆を目指す革命の萌芽を感じ取ったのだろうか。彼は自由民権運動に対する批判を強めていく。

一八八〇（明治十三）年の十二月下旬、福澤諭吉は、大隈重信・伊藤博文・井上馨の三人の参議に招待され、大隈邸で彼らと会談した。会談の用件は、政府公報的な新聞の発行を引き受けてほしいという、福澤への懇請であった。彼らは福澤が、「内国に在《あり》て民権を主張するは、外国に対して国権を張らんが為なり」（『通俗国権論』）とか、あるいは「百巻の万国公法は数門の大砲に若《し》かず、幾冊の和親条約は一筺《きょう》の弾薬に若かず」（同前）などと公言していたことを知っていた。また、この数年来慶應義塾の経営が——廃塾の危機は脱したものの——必ずしも順調でないことを知っていた。政府首脳の狙いは、そういう福澤をイデオローグとして政府の側に取り込み、自由民権運動の分断と弱体化を図ろうとするものであったろう。福澤はその場では諾否を留保。翌一八八一（明治十四）年一月、「唯《ただ》幾万の金の為に、今の内閣の御伽《おとぎ》を相勤《つとむ》るものなれば、老生の屑《いさぎよし》とせざる所、断じて之を謝絶せんと覚悟を定めて」(2)、井上馨のもとを訪問した。

福澤諭吉が政府機関紙の発行を断ると、井上馨は「容《かたち》を改めて」政府首脳が国会開設の明確な意志をもっていることを打ち明けた。そして「(国会開設は)伊藤、大隈の二氏と謀《はか》りて固く契約したるものなれば、万々動く可きに非ず」と強調した。話を聞いた福澤は感激し、「是《これ》までの御決心とは露知らざりし、斯《か》くては明治政府の幸福、我日本国も万々歳なり」と、即座に新聞発行を承諾した。二人の間には、

福澤「(国会開設は)今より何ヶ年何ヶ月の後を期するや、其《その》御見込は如何《いかん》」

井上「先《ま》ず三年さ」

などの立ち入った問答も交わされた(3)。

福澤諭吉はさっそく新聞発行の準備に取りかかったが、開拓使官有物払下げ問題から「明治十四年の政変」に至る政府内の暗闘の煽りを食って、新聞発行計画は反故にされてしまった。のみならず慶應義塾系の官僚が政府から追放される羽目に陥り、結果として、福澤はコケにされた形になった。憤慨した彼は、伊藤博文・井上馨宛（大隈重信は政変で失脚）に詰問の手紙を出すが、二人に軽くあしらわれてしまう。

以後、福澤諭吉は時の政権から距離を置くようになる。官界に進出する慶應義塾出身者の数も減少していった。だが、「天然の自由民権論は正道にして、人為の国権論は権道なり」「我輩は権道に従ふ者なり」(4)という、国権重視の政治スタンスが揺らぐことはなかったし、彼のプラグマティックな政治思想は、しばしば明治政府の国家戦略を先導する役割を果たした。

いわば「御用新聞」のために準備していたスタッフや印刷機械を転用して、彼が日刊紙『時事新報』を創刊したのは、政変の翌年の三月であった。この頃福島県において、「自由党の撲滅」を宣言した県令・三島通庸の強権発動と、自由党員・河野広中が議長を務める県会及び農民層との対立が深まり、いわゆる「福島事件」の激発に向けて歯車が回り始めていた。四月には自由党総理・板垣退助が刺客に襲われ重傷を負うという事件が起こる。政府の弾圧の強化、それに対する自由民権運動の分裂・先鋭化が表面化しだした。それは、漱石が奥田必堂・安東真人と親しくなり、二松学舎を辞め「空白の一年半」に入る頃でもあった。

『時事新報』第一号に掲載された「本紙発兌《はつだ》之趣旨」には、この時期における福澤諭吉の〝文明開化論〟の特徴がよく現れている。それを一言で言えば、国権の強化ということであった。「一身の独立」も「国会の開設」も国権の強化のためであり、それを「一国の独立」につなげるべきだ、というものである。

「本紙発兌《はつだ》之趣旨」は、例えば次のようにもいう――「畢生の目的、唯《ただ》国権の一点に在る」、「唯国権の利害を標準に定めて審判を下だすのみ」、「国会の開設あらば、由《よっ》て以《もっ》て我政府の威権を強大にして、全国の民力を一処に合集し、以て国権を皇張するの愉快を見る可《べ》し」等々である。また、「我輩の主義とする所は、一身一家の独立より之を拡《おしひろ》めて一国の独立に及ぼさんとするの精神」であり、これに反する者は「相手を問はず、一切敵として之を擯《しりぞ》けんのみ」[5]とも述べている。ということは、「圧制政府を転覆し真正なる自由政体を確立する」[6]ためには、「言論」より「腕力」が必要だと主張する青年民権家などは、当然福澤諭吉にとって排斥すべき「敵」であったろう。

だが福澤諭吉は、民権運動に向かって「腕力」を振るう明治政府を、「敵」とみなすことはなかった。『時事新報』創刊直後の三月二十八日の社説――タイトルは何と「圧制も亦愉快なる哉」(！)である――によれば、「自《みず》から圧制を行ふは人間最上の愉快と云《いう》て可《か》なり」だそうである。

その上で彼は「官民の調和」を提唱する。

方今、我日本も海外の諸強国に対峙して、将《ま》さに文武の鋒《ほこさき》を世界中に争はんとするの時なり。此《この》大切なる時に当《あたり》て、何事か最も緊要なる可《べ》きや。恰《あたか》も全国を一家の如くに調和して、其《その》全力を一政府に集め、先づ政権を強大にして国権皇張の路に進むの一事あるのみ。

（『時事大勢論』(7)第六）

「国権皇張の路に進むの一事あるのみ」――しかし、この数年来の情勢は「官民の調和」どころか、「民情俄に一変して、日《ひび》に軽躁に赴き、性急慓悍、駕御《がぎょ》（うまく使いこなすこと。引用者注）す可《べ》からざる風」になりつつあった。福澤諭吉は、「天下の治乱は政府の責任」なのであるから、今後数年「刮目して政府の挙動を視ん」（以上同前）と述べて、政府にハッパをかける。だが「全国を一家の如くに調和」させることなど、「駕御《がぎょ》す可《べ》からざる」情勢を作り出した一方の当事者である政府に、できるはずはなかった。そうだとすれば、「畢生の目的」である「国権皇張の路に進む」ことも困難になるだろう。そこで彼は天皇の存在に着目する。そして『帝室論』を書いた。

『帝室論』は『時事新報』社説として、一八八二（明治十五）年四月二十六日～五月十一日の間に十二回にわたって発表され、すぐに単行本化されたものである。

折から、「我皇國の主權は、聖天子の獨り總覧し給ふ所たること勿論なり」と綱領に謳う、立憲帝政党が結成されていた。また、政府内には相変わらず天皇親政を主張する動きがくすぶっていた。『帝室論』はその「緒言」によると、このような「儒流皇学者流」の主権論を批判する目的で書かれた。と同時に、フランス的な共和制論、ないしは人民主権論——当時、中江兆民訳による『民約訳解』(ルソーの『社会契約論』)が雑誌『政理叢談』に連載され始めていた——を批判する意図もあったようだ。

「帝室は政治社外のもの」であって、「日本人民の精神を収攬するの中心」であるというのが、福澤諭吉における皇室の本質的存在意義であり、あるべき姿であった。

福澤諭吉によれば、政治は「甚だ殺風景なるものにして」「社会の形体を制する」ことはできるが、「社会の衆心を収攬する」ことはできない。「国会の政府」になっても政党間の厳しい対立が続き、やはり政府の法令は冷酷なものであろう。だが、「帝室は独り万年の春にして、人民これを仰げば悠然として和気を催《もよ》ふす」であろうし、「帝室の恩徳は其《その》甘きこと飴の如くして、人民これを仰げば以て其慍《そのいかり》を解く」ことができるであろう。すなわち「帝室」とは、「直接に万機に当らずして、万機を統《す》べ」、「直接に国民の形体に触れずして、其精神を収攬し給ふもの」なのである。政党政派を超越した皇室がなければ、「日本の社会は暗黒」になるだろう。したがって、民権派も帝政派も、政治的意図を持って天皇に接近しないよう「（我輩は）双方の諸士に向《むかつ》て飽くまでも冀望《きぼう》する」というわけである。

皇室は、直接、軍人の精神を収攬すべきであるともいう。そして、一月に下賜されたばかりの「軍人勅諭」に倣ったのか、天皇に和戦を親裁する権利を認める。その他、天皇は恩赦を与え、学問・教育・芸術を政治から切り離し、それらを保護奨励する役割を果たすべきだとする。ところが、このように「（帝室の）功徳の至大至重なる」にもかかわらず、皇室の財産や皇室への財政支出は、他国に比較して多くはない。福澤諭吉は、「皇室費の豊ならんことを祈る者なり」と、その増額を求める。そして「帝室」の「無偏無党の大徳」「一視同仁の大恩」をだめ押し的に強調して、『帝室論』を締めくくった。

福澤諭吉の『帝室論』は、天皇を日本国、及び日本国民統合の象徴と規定する現行憲法の象徴天皇制を先取りしたものだと評されたり、「同時代に例を見ない革新的なもの」といわれることもある。(8) 確かに『帝室論』においては、天皇を「政治社外のもの」として政治から隔離することが大前提とされていた。その上で、天皇は万機を統べ、日本国民の精神を収攬するという。この天皇存在の基本構造は、象徴天皇制に通じるところがあるようにみえる。だが『帝室論』執筆の動機が、また『帝室論』に刻まれた一字一句が、強烈な国権拡張意識に裏打ちされていることを、見過ごしてはならないだろう。

大久保利通が西郷隆盛に宛てた書簡（慶応元年）の一節に、「天下万民御尤《ごもっとも》と存じ奉り候てこそ勅命と申すべく候えば、非義の勅命は勅命にあらず」という文言がある。尊皇を掲げる討幕派のリーダーが、非公式の場では「非義の勅命は勅命にあらず」と言い切っていたのだ。その主旨は、より分かりやすくいえば「われわれ討幕派の納得しない勅命など勅命と認めない」ということである。彼らは天皇を「玉」（「ギョク」あるいは「タマ」）という隠語で呼び、密かに画策していた倒幕計画を「芝居」「狂言」などと言っていた。木戸孝允は「王政復古クーデター」の直前（慶応三年十月）こう述べている――「甘く玉を我方《わがほう》へ抱き奉り候御儀、千載の一大事にて、自然万々一も彼手《かのて》に奪れ候ては、たとへいか様の覚悟仕《つかまつり》候とも、現場の処、四方志士壮士の心も乱れ、芝居大崩れと相成《あいな》（る）」（品川弥二郎宛書簡）と。つまり、「玉」をどちらの勢力が抱え込むかが「芝居」の筋書きを左右する、というのだ。

引用した大久保利通、木戸孝允の書簡は、田中彰著『近代天皇制への道程』吉川弘文館（一九七九年刊）からの孫引きであるが、田中彰は、孝明天皇の死に関して、次のように推測し分析している。

慶応二年（一八六六）一二月二五日の孝明天皇の急死は、最近の伊良子孝氏の当時の侍医の日記による所見（『歴史と人物』一九七五年一〇月号）も毒殺説を裏付けているが、それは開国・倒幕路線をとろうとしていた討幕派にとって、攘夷にこだわり、倒幕にかならずしも賛成でない〝古い玉〟（孝明天皇）が政治的に邪魔になってきたことから、数え年一六歳の〝新しい玉〟（明治天皇）にとってかえることを意味したのである。
（『近代天皇制への道程』「第四章 天皇と近代天皇制」「二『玉』から『天皇』へ」）

孝明天皇毒殺説の真偽はともかく、明治天皇の「叡慮」を楯とし、西郷隆盛が指揮する薩摩藩中心の武力を背景にした「王政復古の大号令」は、その直後の御前会議（いわゆる小御所会議）において土佐前藩主・山内容堂が批判したように、「幼沖の天子を擁して」権力を奪おうとするものに違いなかった。午後八時ごろから深夜に及んだ御前会議は、主に山内容堂と岩倉具視の間で激論が展開された。だが、「唯之《ただこ》れあるのみ」と短刀を示し、テロをさえ仄めかして[9]〝激励〟する西郷隆盛に励まされた岩倉具視の迫力に、結局山内容堂も屈服し、徳川慶喜の「辞官・納地」（内大臣の辞任と二百万石の没収）を認めた。

自己の眼前で展開された「王政復古」のクーデターにおいて、明治天皇が発した言葉は「卿等《けいら》国家の為に尽力せよ」の一言だけであったという。この時天皇は白粉を塗り描き眉を

明治天皇の臨御のもとに行われた小御所会議の絵。徳川慶喜の処遇をめぐり、山内容堂（左）と岩倉具視（右）が対立しているところ（宮内庁所蔵『明治天皇紀附図』より）

した元服前の少年であり、女官たちに囲まれ、実社会から隔絶した後宮で生活を送っていた。確かに明治天皇は「幼冲の天子」であったが、御前会議において岩倉具視が「聖上は不世出の英材」、「今日の挙は、悉《ことごと》く宸断（天皇の裁定のこと。引用者注）に出づ」と強弁すると、山内容堂は黙り込まざるを得なかった。しかし、進行しつつあるクーデターが「宸断」によると信じる者は――その場には皇族や公家、尾張・越前・土佐・安芸・薩摩の諸侯及びその家臣たちが列座していたが――一人もいなかったであろう。

人間を超越した絶対的な存在である（かのように見える）天皇。一方で武力討幕派の策士たちのような政治的人間（岩倉具視は「権謀術数を用ゐ大事を成す[10]」と述べて憚らなかった）に、やすやすと翻弄される天皇。天皇は、維新の政治家たちのマキャベリズムをカムフラージュする「玉」であった。また明治維新は、そういう「玉」としての天皇を前面に押し立てて始まった〈革命〉であった。そして、「玉」

の機能が国家運営のレベルにまで拡大される時、「帝室は政治社外のもの」であるにもかかわらず、国家に向けて「日本人民の精神を収攬する」政治的役割を担うことになる。福澤諭吉の『帝室論』において、天皇は、「畢生の目的」である国権の強化という「芝居」を演出するために不可欠な「玉」であったのだ。つまり『帝室論』は、（福澤諭吉にその自覚はなかったかもしれないが）明治維新のリーダーたちの天皇観を見事に理論化したものであった。

注

（1）天皇批判の発言は、安丸良夫著『近代天皇像の形成』岩波書店（一九九二年刊）の「第八章　近代天皇制の受容基盤」「2『民権＝国権』型ナショナリズム」による。

（2）一八八一（明治十四）年十月十四日付、井上馨・伊藤博文宛書簡による。引用は新書版『福澤諭吉選集　第十三巻』岩波書店（一九八一年刊）から。

（3）福澤諭吉と井上薫の会見の様子も、（2）と同じ書簡による。

（4）福澤諭吉著『時事小言』慶應義塾出版社（一八八一年九月刊）の「第一編　内安外競之事」による。引用は新書版『福澤諭吉選集　第五巻』岩波書店（一九八一年刊）から。

（5）「本紙発兌《はつだ》之趣旨」の引用は、新書版『福澤諭吉選集　第十二巻』岩波書店（一九八一年刊）から。

（6）「圧制政府転覆し真正なる自由政体を確立する」の文言は、一八八二（明治十五）年八月、青年民権家・花香恭次郎らが六名で結成した「急進党」の盟約書の第一条にある。「言論」か「腕力」の問題は、同年四月の懇親会（演説会）で、花香恭次郎らの間で議論された。以上、高島千代・田崎公司著『自由民権〈激化〉の時代——運動・地域・語り』日本経済評論社（二〇一四年刊）の「第一部 激化事件の全体像」の第三章による。

（7）『時事大勢論』は、一八八二（明治一五）年四月五日〜十四日まで六回にわたり『時事新報』社説として発表された。その直後単行本として刊行。引用は新書版『福澤諭吉選集 第六巻』岩波書店（一九八一年刊）から。

（8）近代日本思想研究会著『天皇論を読む』講談社現代新書（二〇〇三年刊）の「1 戦前編」などによる。

（9）浅野長勲著『維新前後』東京芸備社（一九二一年刊）にあるエピソードとして、明治維新を取り扱った本にしばしば引用される。西郷伝説の一つであろう。

（10）一八六六（慶応二）年、岩倉具視が西郷・大久保に諮った「時務策」の中の言葉。安丸良夫著『近代天皇像の形成』岩波書店（一九九二年五月刊）からの孫引き。

6 〈玉〉と〈神〉との間

「日本人民の精神を収攬する中心」という天皇像は、明治維新における「玉」としての天皇をイメージアップしたものであると同時に、自由民権運動主流の中に広く浸透していた天皇像を集約し、正確にすくい上げたものでもあった。多くの民権運動の担い手たちには、支配者（例えば江戸幕府や明治政府）は圧政を事とするが、天皇は政治支配を超越した存在であり、常に〝人民の味方〟だという発想が共有されていた。天皇は「万機公論に決する」ことを望んでいるのに、専制政府がそれを阻害しているというのだ。政談演説会などでしばしば展開されたこの主張は、明治維新のリーダーたちに通じるマキャベリズム的言辞とばかりはいえなかった。民権派にとって、天皇は「日本人民の精神を収攬する中心」であったのだ。福澤諭吉が恐れた「ムツヒト云々」などと吹聴する若者など、圧倒的少数派に過ぎなかった。

では、十代の漱石は天皇をどうイメージしていたのだろうか。それは分からない。ただ成人後の言動からすると、若い頃の漱石の天皇観も、恐らく民権派主流のそれの枠内にあったと思われる。漱石にとって天皇は、良かれ悪しかれ、明治という時代の――つまり維新革命を継承する文明開化と自由民権運動との――シンボル的存在であったのではないかと思われる。

第五高等学校教授の夏目金之助（漱石）が、熊本で鏡子との結婚生活を始めて一年ほど経った一八九七（明治三十）年六月末、漱石三十歳の時、実父・夏目小兵衛直克が死去した。八十歳であった。漱石は学校の仕事に一区切りをつけると、ただちに鏡子を伴って上京。二人は鏡子の父・中根重一（当時彼は貴族院書記官長であった）とその家族が住んでいた、虎ノ門の官舎に宿泊した。漱石は夏休み中のほぼ二ヶ月間、東京（あるいは鎌倉）に滞在した。ただし、実家の夏目家にはあまり寄りつかなかったようだ。

中根家では、毎年夏、別荘を借りて鎌倉で過ごすことが恒例になっていた。漱石夫妻の官舎暮らしはその留守番を兼ねたものであった。ところが、上京後まもなく、長時間の汽車の旅がたたったのか、妊娠していた鏡子（本人は妊娠に気づいていなかった）が流産をしてしまい、彼女も鎌倉で静養をすることになった。そのため漱石は、東京と鎌倉の間を行き来して過ごすようになる。

その夏の八月二十三日、京都行幸(1)の帰途、新橋駅から皇居に向かう明治天皇・皇后の一行が、虎ノ門の官舎の前を通過することになった。すでに立秋を過ぎ秋の気配が感じられる頃であり、鏡子の母や、すぐ下の妹など弟妹（鏡子には五人の弟妹がいた）の一部は、鎌倉から官舎に戻っていたようだ。鏡子の『漱石の思ひ出』には、その時の漱石にまつわるエピソードが書き残されている。

丁度《ちやうど》夏目が鎌倉から虎ノ門の官舎へ帰つた時のことです。陛下がお通りになるといふので、家中のものが二階あたりの戸を閉めて（それがあの辺の官舎の規則だつたのです）みんな門のところにならんで、御送迎申し上げました。夏目も一緒にならんで居り

ましたが、其《その》うちにいつの間にやら姿が見えなくなりました。一番上の妹が気附いて、

「おや、夏目のお兄さんは。」

と訊ねると、母が、

「儀式張つたことが五月蠅《うるさ》いので隠れたのかも知れないよ。」

と申して居りますうちに、白茶けた仙台平の袴を浴衣の上につけて、大層改まつて出て参りました。

「あら、お兄さん、どうなすつたの、袴なんかつけて。」

妹が目を丸くして訊ねますと、夏目はすましたもので、

「熊本のやうな片田舎に居ると、陛下の行幸を拝するといふやうな機会はありませんからね。」

と申しまして、大層几帳面に御送迎申し上げたさうです。後で妹が、

「お兄さんて随分面白い方ね。」

と其話をして居りました。

（六　上京）

鏡子の妹・時子が「お兄さんて随分面白い方ね」と漱石を評したのは、仙台平の袴に浴衣姿というチグハグな服装で現れた漱石に対する、おきゃんな義妹・時子の好意的な(2)（？）評

価であったのかもしれない。また鏡子も、新婚時代の夫・漱石を、書生風のや、浮き世離れしたキャラクターの持ち主として記憶に留めていたのであろう。それはそれとしてこのエピソードには、鏡子にその意図はなかったのだろうが、はからずも、漱石の明治天皇に対する素直な敬愛の情がよく表現されている。

虎ノ門の官舎に住んでいた中根一家にとって、天皇一行を送迎するのは、それほど珍しいイベントではなかったと思われる。使用人・書生も含めて一家総出で門前に並んだが、服装の規制などはなかったようだ。時子が「目を丸くして」驚いたのは、漱石の服装だけではなく「儀式張つたことが五月蠅《うるさ》い」はずの義兄が、「大層改まつて」出て来たその態度にもよるのだろう。漱石は「大層几帳面に」明治天皇と皇后を送迎した。

ただ、漱石にとって明治天皇は、決して「神聖にして侵すべから」ざる存在ではなかった。漱石は後年、私的な文章においてではあるが、こんなことを書いている――。

○天子の威光なりとも家庭に立ち入りて故なきに夫婦を離間するを許さず。故なきに親子の情合を殺《そ》ぐを許さず　（一九〇五、六年「断片三二G」）

○他ノ侮蔑ヲ受クレバ他ヲ侮蔑スルノミ。陰陽剥復ハ天下ノ理ナリ。我ヲ侮ドル者ハ天子ト雖《いへど》モ侮ツテ可ナリ　（同前「断片三三」）

○皇室は神の集合にあらず。近づき易く親しみ易くして我等の同情に訴へて敬愛の念を得らるべし。夫《それ》が一番堅固なる方法也。夫が一番長持のする方法也。

（一九一二年六月十日付日記）

漱石にとって神聖にして侵すことができないものは、万世一系の天皇でも国家でもなく、個としての人間の尊厳であったのだ。この点が、視線を「一身の独立」から「一国の独立」に転換し、さらに「日本人民の精神を収攬する」帝室の政治的必要性を説く福澤諭吉と、漱石との、決定的な違いであった。極端な言い方をすれば、漱石にとって天皇は一人の「人間」であったが、福澤諭吉にとっての天皇は、国家の「玉」＝「操作の対象」に過ぎなかった。

漱石の明治天皇に対する思いは、「僕は天皇陛下が大好きである」（一九一一年「謀反論」）と言った徳冨蘆花の心情に近かったのかもしれない。しかし漱石には、「天皇陛下は剛健質実、実に日本男児の標本たる御方である」（同前）というような、天皇個人に対する幻想はなかったようだ。また、福澤諭吉のように、明治国家に対する幻想もなかった。漱石は講演「私の個人主義」でこう述べた。

或人《あるひと》は今の日本は何《ど》うしても国家主義でなければ立ち行かないやうに云ひ振らし又さう考へてゐます。しかも個人主義なるものを蹂躪しなければ国家が亡びるやうな事を唱道するものも少なくはありません。けれどもそんな馬鹿気た筈は決してありやうがないのです。事実私共は国家主義でもあり、世界主義でもあり、同時に又個人主義でもあるのであります。

「私の個人主義」の講演は、一九一四（大正三）年十一月二十五日、学習院で行われた。その頃、日本国民の間にはいわば〝一等国〟意識が醸成されつつあったが、漱石にすれば「個人主義なるものを蹂躙しなければ国家が亡びる」などと「馬鹿気た」ことをいう者が「少なくは」ない時代でもあった。そしてそういう発想は、昭和になって文部省が発行した例の『国体の本義』（一九三七年刊）において、国家の権威を背景に、より理論的な体裁を装って主張されることになる。その「緒言」にいわく――

……これらの思想（西洋思想のこと。引用者注）の根柢をなす世界観・人生観は、歴史的考察を欠いた合理主義であり、実証主義であり、一面に於いて個人に至高の価値を認め、個人の自由と平等とを主張すると共に、他面に於て国家や民族を超越した抽象的な世界性を尊重するものである。（傍点は引用者）

（中略）

抑々《そもそも》社会主義・無政府主義・共産主義等の詭激なる思想は、究極に於ては、すべて西

洋近代思想の根柢をなす個人主義に基づくものであって、その発現の種々相たるに過ぎない。（傍点は引用者）

このように『国体の本義』の「緒言」は、西洋思想の根底には個人主義があるとする。個人主義が諸悪の根源とでも言いたげである。[3] そのうえで、「今日我が国民の思想の相剋、生活の動揺、文化の混乱」等を解決しうるのは、国民が「西洋思想の本質を徹見し」、「国体の本義を体得することによつてのみ」可能であり、このことは「今や個人主義の行詰りに於て、その打開に苦しむ世界人類のため」でもあるという。ここで天皇は、国家の名において「現御神《あきつみかみ》として肇国《ちようこく》以来の大義に随《したが》つて、この国をしろしめし給ふ」（一三二―一三三頁）ものと規定された。ついに天皇は、「玉」から「神」に昇格したのだ。ただ、その「神」なるものは、国民の喜怒哀楽から遊離した畏怖・敬遠の対象ではあっても、近世の人々が皇居の砂や造花などに「雷除け」「虫除け」「盗賊除け」等の御利益があると信じた、素朴な「生き神信仰」としての神ではなかった。

ところで、漱石が「大層几帳面に」送迎した明治天皇は、彼にとって「玉」でもなく「神」でもなかった。それは「五箇条の御誓文」を天地神明に誓い、文明開化を先導し、「国会開設の詔」を発して、とにもかくにも漱石の「明治の精神」の醗酵を促進した――換言すれば、漱石のバックボーンである個人主義思想構築の触媒となった「近代日本」のシンボルであった。「維新の革命と同時に生まれた余」(「マードック先生の日本歴史」)と、漱石は言い切ることができた。漱石からすれば明治維新は「革命」なのであり、日露戦後までの四十数年間の歴史は、深刻なひずみを抱え込んではいたものの、確かに「現代日本の開化」の時代ではあった。「神経衰弱」に苦しむことのあった漱石は、その原因を文明開化のひずみにあると信じ込んでいたから、恐らく承服はしないだろうが、彼が十分明治の〝恩恵〟に浴した日本人の一人であることは間違いない。

もちろん「維新の革命」の恩恵とは無縁な人々がいた。

一八八一(明治十四)年一月、漱石の母の死の直後、東京で大規模な火災が発生したことはすでに述べた。この時の出火原因は放火であった可能性もある。というのは、一八八一(明治十四)年の東京における火災の五十八%が放火であった(4)(神奈川では何と七十八%が放火)という事実があるからである。この年の二月には、「米価高値に付《つき》仲町一丁目より三丁目まで今夜中に残らず焼き払ふものなり」と、放火を予告する札が張られたりした。米価騰貴に苦しむ無一物の都市貧民にとって、大火になれば炊き出しや義援金の分け前をもらえたし、復興のための仕事にありつくこともできた。

翌一八八二（明治十五）年以降の数年間は、一転していわゆる「松方デフレ」の影響で米価・生糸等の農産物の価格が大幅に下落し、農民層が深刻な打撃を受けた。一八八五（明治十八）年に米価は、一八八一（明治十四）年のほぼ二分の一に落ち込んだ。「土地の競売などの処分をうけたものが、三六万七〇〇〇人にのぼったという事実」があり、「借金を返済できないために高利貸の手にはいった土地の地価が二億円（全国地価の一割）以上」と推定されている。「高利貸や、富豪とよばれるものをのぞいては、中・小の地主までが大きな打撃をうけ」、「中堅以上の農家が、この不況期に少なからず姿を消して」しまい、農民の階層分化が進んだ⑸。

この時期は自由民権運動の激化の時代であり、「困民党」「借金党」などと称する農民たちの「減租請願運動」が拡大・過激化した時代であった。それは、漱石の「空白の一年半」から大学予備門入学頃までの時期と重なる。漱石は漢詩を読み、天下国家を論じ、水泳・ボート・乗馬・野球などのスポーツを楽しみ、予備門の友人たちと江ノ島までの徒歩旅行を試みたりして、青春を謳歌していた。だがこの時期にもやはり、自由や民権どころではない、また漢詩やスポーツや徒歩旅行などにも無縁な、その日暮らしの無数の人々がいたのだ。

そういう「維新の革命」にも「文明開化」にも取り残された人々の呻きを聴き取ることを、ハイティーン時代の漱石に要求するのは酷なことなのだが……。

注

（1）この年の一月十一日英照皇太后（孝明天皇の皇后）が崩御。四月十七日、明治天皇は皇后を伴って京都へ行幸し、皇太后の陵墓（後月輪東北陵）に参拝した。八月二十一日まで京都に滞在する。八月二十三日東京に帰る。天皇・皇后の京都滞在が四ヶ月に及んだのは、東京で麻疹が流行していたからだという。

（2）鏡子が漱石と見合いをした頃（二年ほど前）の時子について、鏡子は「当時華族女学校に通つてゐたおきゃんな時子」（『漱石の思ひ出』「二 見合ひ」）と述べている。彼女は著名な建築家・鈴木禎次と結婚する。鈴木禎次は漱石の墓を設計した。

（3）『国体の本義』は、その一四五頁で、「個人主義的な人間解釈は、個人たる一面のみを抽象して、その国民性と歴史性とを無視する。従つて全体性・具体性を失ひ、人間存立の真実を逸脱し、その理論は現実より遊離して、種々の誤つた傾向に趨《はし》る。こゝに個人主義・自由主義乃至その発展たる種々の思想の根本的なる過誤がある」と述べている。

（4）東京の放火に関しては、牧原憲夫著『民権と憲法 シリーズ日本近現代史②』岩波新書（二〇〇六年刊）の「第3章 自由主義経済と民衆の生活」、岩波講座『日本通史 第16巻近代1』岩波書店（一九九四年刊）の「帝都東京」などを参考にした。

（5）この段落の引用は、小学館版『日本の歴史 第25巻 自由民権』一九七六年刊の「近代産業の成立」からのものである。

7 「空白の一年半」が育んだもの

漱石が十七歳で入学した大学予備門は、二年後の一八八六（明治十九）年帝国大学令の発布に伴い、第一高等中学校（後に第一高等学校と改称）として独立した。漱石は一度だけ落第の憂き目にあったものの、一高・帝大と学歴エリートの道を進んでいった。大日本帝国憲法が公布された一八八九（明治二十二）年、彼は一高本科（文科）に在籍し、帝大進学を目前に控えていた。

漱石が講演「私の個人主義」の中で述べたことであるが、その頃一高生の間に、「国家主義を標榜した八釜《やかま》しい会」が創設された。漱石はその会の趣旨に「随分異存もあつた」が「勿論悪い会でも何でも」ないし、「まあ入つても差支なからう」と入会を承諾した。だが、「発会式」で会員の一人が行った演説は、ことごとく日頃漱石が主張していた説への反駁であった。漱石は「それに対して答弁の必要」を感じた。

そこで漱石は、「広い講堂」の演壇にのぼって、次のような内容の弁論を展開した。引用は「私の個人主義」からのもので、文章に演説としての臨場感はないが、漱石の主張のポイントはよく表現されている。

国家は大切かも知れないが、さう朝から晩迄《まで》国家々々と云つて恰《あたか》も国家に取り付かれたやうな真似は到底我々に出来る話でない。常住坐臥国家の事以外を考へてならないといふ人はあるかも知れないが、さう間断なく一つ事を考へてゐる人は事実あり得ない。豆腐屋が豆腐を売つてあるくのは、決して国家の為に売つて歩くのではない。根本的の主意は自分の衣食の料を得る為である。然《しか》し当人はどうあらうとも其結果は社会に必要なものを供するといふ点に於て、間接に国家の利益になつてゐるかも知れない。是と同じ事で、今日の午《ひる》に私は飯を三杯食べた。晩には夫《それ》を四杯に殖《ふ》やしたといふのも必ずしも国家の為に増減したのではない。正直に云へば胃の具合で極《き》めたのである。然し是等も間接の又間接に云へば天下に影響しないとは限らない。否《いな》観方によつては世界の大勢に幾分か関係してゐないとも限らない。然しながら肝心の当人はそんな事を考へて、国家の為に飯を食はせられたり、国家の為に顔を洗はせられたり、又国家の為に便所に行かせられたりしては大変である。国家主義を奨励するのはいくらしても差支ないが、事実出来ない事を恰も国家の為にする如くに装ふのは偽りである。

漱石が批判した「国家主義を標榜した」会は、「当時の校長の木下広次」が「大分肩を入れて」おり、「広い講堂」で「発会式」を行うほどであったから、学生の間にかなり影響力を持っていたと思われる。内村鑑三の教育勅語に対する「不敬」事件(1)（二年後の一月）において、内村鑑三弾劾の口火を切ったのは一高の学生たちであったが、その中にはこの会のメンバーもいたかもしれない。学生たちの中には、内村宅に瓦石を投げ込んだり、短刀を懐にして押しかけたり、「非国民には敬意を表する必要はない」と、玄関の三畳の間に放尿して帰って来る者もいた(2)。内村鑑三への攻撃は一高外に拡大しただけではなく、神道を持ち上げる国家主義者によるキリスト教攻撃の標的とされてしまった。攻撃は執拗を極めた。内村鑑三は病に伏し、妻は心労のあげくに急死した。

もちろん一高の学生たちが、一様に排外的な国粋主義思想に染め上げられていたわけではなかった。漱石の場合、国家主義団体の「発会式」で、演壇に立ち堂々と自己の弁明を開陳することができた。彼は――硬派の学生を刺激しないように気を配ったのだろうか――攻撃的な言葉の使用は避け、卑近な例を挙げながら、間接的に国家至上主義の矛盾を突いた。だが、漱石の主張は明快であった。「朝から晩迄《まで》国家々々と云つて恰《あたか》も国家に取り付かれたやうな真似」をするのは、「事実出来ない事を恰も国家の為にする如くに装ふ」もので、「偽りである」というのだ。国民個々の〈生活と権利〉が、空疎な〈国家という観念〉に優先するというのであろう。帝国憲法と教育勅語が発布されると、政府は天皇制を強化する方向に突き進んでいくが、漱石が自由民権運動との関わりを通して育んだものは、彼の内部にしっかりと根付いていたようだ。

「空白の一年半」から二十数年が過ぎた一九〇六（明治三十九）年、『帝国文学』一月号に掲載された短編小説『趣味の遺伝』の冒頭に、漱石は日露戦争の一コマを描き出した。それは独特の修辞と不気味な幻想がない交ぜになった文章で綴られている。意味が取り辛く長い引用になるが、全てを書き出してみる。

　陽気の所為《せい》で神も気違になる。「人を屠《ほふ》りて餓えたる犬を救へ」と雲の裡《うち》より叫ぶ声が、逆《さか》しまに日本海を撼《うご》かして満洲の果迄《はて》響き渡つた時、日人《※にちじん》と露人《ろじん》ははつと応へて百里に余る一大屠場を朔北《※さくほく》の野に開いた。すると渺々《※びょうびょう》たる平原の尽くる下より、眼にあまる獒狗《※ごうく》の群が、腥《なまぐさ》き風を横に截り縦に裂いて、四つ足の銃丸を一度に打ち出した様に飛んで来た。狂へる神が小躍りして「血を啜《すす》れ」と云ふを合図に、ぺら〳〵と吐く焔の舌は暗き大地を照らして、咽喉を越す血潮の湧き返る音が聞えた。今度は黒雲の端を踏み鳴らして「肉を食《くら》へ」と神が号《さけ》ぶと「肉を食《くら》へ！　肉を食《くら》へ！」と犬共も一度に吠え立てる。やがてめり〳〵と腕を食ひ切る、深い口を開けて耳の根迄胴にかぶり付く、一つの脛《すね》を啣《くわ》へて左右から引き合ふ。漸《やうや》くの事肉は大半平《たいら》げたと思ふと、又幂々《※べきべき》たる雲を貫ぬいて恐しい神の声がした。「肉の後には骨をしやぶれ」と云ふ。すはこそ骨だ。犬の歯は肉よりも骨を嚙むに適して居る。狂ふ神の作つた犬には狂つた道具が具はつて居る。今日の振舞を予期して工夫して呉れた歯ぢや。鳴らせ鳴らせと牙を鳴らして骨にかゝる。ある者は摧《くじ》いて髄を吸ひ、ある者は砕いて地に塗る。歯の立たぬ者は横にこいで牙を磨く。

……

※日人と露人＝日本人とロシア人。　※朔北の野＝北方の野。満州のこと。
※渺々たる＝広く限りない様。　※獒狗＝猛犬。　※幂々たる＝雲の垂れこめる形容。

悪夢のような、生々しい戦場のイメージである。日本とロシアの兵士たちは「狂へる神」の声に応えて殺戮し合い、満州の曠野に人間の「一大屠場」を出現させた。「神」は小躍りして、血に餓えた犬たちに向かって、人間の「血を啜《すす》れ」「肉を食《くら》へ」「骨をしやぶれ」と絶叫するというのだ。小説の語り手である「西方町の学者」は別のところで、ロシア人を「露助」と蔑称で呼んでいるが、引用の部分では、「日人と露人」は敵対する国家の兵士ではなく、共に「神」によって犬の餌食にされる哀れな人間として描かれている。国家の観念を取り去れば、戦争は単なる人間同士の殺し合いに過ぎない。

日露戦争は日本の大勝利に終わったと、多くの日本国民は信じていた。彼らは、新聞の戦勝報道と勇壮な戦争美談に煽られ、狂騒状態にあった。戦後は〝大勝利〟の陶酔の中で、四十万を超える死傷者を出した人的損失や莫大な戦費の支出によって強いられた生活苦に見合う、巨額の賠償金の獲得を期待した。だが、賠償金ゼロの講和条約内容が報道されると、一九〇五（明治三十八）年九月五日、日比谷公園で開催された「講和反対国民大会」に参加した群衆の一部は、自然発生的に暴徒化した。群衆は、政府寄りと見なされた徳富蘇峰の国民新聞社を襲撃し、多くの交番・派出所・警察署や、警察の総元締めである内務大臣官邸などを焼打ちにした。のみならず首相官邸、外務省、枢密院議長官舎、山県有朋らの元老邸、桂首相の妾宅、アメリカ公使館などにも押し寄せた。国民（特に底辺層）の鬱積していた不満が爆発したのだ。翌六日、政府は軍隊の力と緊急勅令による戒厳令の公布によって、かろうじて首都の治安を回復することができた。戒厳令は十一月二十九日になってやっと解除された。漱石が『趣味の遺伝』の執筆を始めたのは、その直後の十二月上旬のことである。

「陽気の所為《せい》で神も気違になる」。そして「狂へる神」の煽動によって繰り広げられる惨劇――「西方町の学者」がそんな「空想」に耽っていた時、彼は、万歳の喚声に包まれた兵士たちの凱旋行進に遭遇する。その先頭に立つ「胡麻塩髯の小作りな」将軍を見て、「戦《いくさ》は人を殺すか左《さ》なくば人を老いしむるものである」と「二雫ばかり涙」を流し、「兵士等の色の黒いみすぼらしい」姿に、「日本の精神」のみならず「人類一般の精神」が「揺曳《ようえい》して居る」と感じる。そして兵士たちの姿が、難行苦行の旅を行く釈迦のように「尊とい」ともいう。だが「西方町の学者」は、「群がる数万の市民」のように「万歳」を叫ぶことがどうしてもできなかった。

『趣味の遺伝』の文学作品としての評価は高くはない。小宮豊隆は「藝術的には失敗の作品」(3)と述べている。読者の中には、その文体や用語に高踏的な気取りを感じて嫌う人もいるようだ。だが漱石は、戦争の非人間性を「西方町の学者」の空想の中に韜晦しつつ、かえって生々しく表現することができた。その日露戦争の戦場描写は、与謝野晶子の「君死にたまふことなかれ」に比肩しうる非戦文学の金字塔といえるであろう。それは、個の絶対性を原理とする漱石の強靱な精神が、国家主義の発露である戦争の本質を見事に暴き出した、（漱石の作品のみならず明治の文学においても）希有な作品であった。

慶應義塾大学の文学部教授であった馬場孤蝶(4)が、「文書と演説とによる理想選挙で、腐敗堕落した政界の根本的革新の捨石になれるものなら」と、第十二回衆議院議員選挙に東京市区から立候補し、二十三票の得票しか得られず落選した(5)のは、漱石の死の前年、一九一五（大正四）三月二十五日であった。「私の個人主義」の講演から四ヶ月後のことになる。

馬場孤蝶（Wikipedia より）

馬場孤蝶の選挙陣営は、資金調達のために『馬場孤蝶勝弥氏立候補後援 現代文集』（実業之世界社）を発行したが、その巻頭を飾ったのは漱石の「私の個人主義」であった。講演を主催した学習院「輔仁会」の機関誌に掲載される前のことであった。しかも、学生を対象にした講演の記録が選挙運動に使われたのであるから、学習院側は決して快く思わなかったであろうが、学習院と漱石の間でトラブルが起こることはなかったようだ。

『現代文集』に無料で原稿を提供した文壇人は、漱石を筆頭に北原白秋、正宗白鳥、鈴木三重吉、小宮豊隆、与謝野鉄幹・晶子、蒲原有明、野上弥生子、内田魯庵、平塚らいてう、伊藤野枝、小山内薫、吉井勇、田山花袋、佐藤春夫、徳田秋声、久保田万太郎、岡本綺堂ら八十一名に及んだ。だが、森鷗外と永井荷風の名前はない。島崎藤村はフランスに滞在中であった。文章の配列は『現代文集』の凡例によると、寄稿を承諾した順序に従うということであったから、そうだとすれば、漱石が真っ先に馬場孤蝶支援の意思表示をしたことになる。

『現代文集』への寄稿者の中に堺利彦の名前がある。選挙の二ヶ月前の『萬朝報』（一月二十三日付）には、

衆議院候補に推薦す
孤蝶馬場勝弥君
東京社会主義者有志

という三行広告が載った。堺利彦、大杉栄、荒畑寒村らの「売文社」系グループも、馬場孤蝶を支援していたようだ。彼らは、「大逆」事件当時入獄中であったため連座を免れた、「大逆」事件生き残りの社会主義者たちであった。

また馬場孤蝶には、漱石と関係の深い森田草平及び生田長江からの出馬要請もあった。孤蝶は草平と長江が中心となって発行していた雑誌『反響』に、「立候補の理由(6)」という文章を発表している。

その「立候補の理由」の中で彼は、まず、「民族の興隆は、その民族の原子たる各個人の充実せる活動に俟《ま》た無ければならぬ。民人の政治は、斯《か》くの如き民人の充実せる活動を基礎として、行はるるもので無ければならぬ」などと所信を述べたうえで、具体的には「選挙権の大拡張」、「婦人参政権の付与」、「軍備縮小」(二個師団増設反対)、「官学偏重打破」、「治安警察法の撤廃」、「新聞紙条例の改正」などを主張した。そして、自己の政見を次のように締めくくった。

思ふに、現代に於ては、（中略）為政者の精神を改めしむるが最も必要である。法は、それを運用する人を得るに至つて、その効用を十分に発揮し得べきものなるが故に、予等は、国民全体の自覚を促し、一切の国法、一切の政策をば、人民の利益を増す為めのものたり、民意に協《かな》ふものたらしむるといふ精神の上に立たしむやうに努力しなければならぬ。

馬場孤蝶の政治マニフェストは、その発想において、漱石が謳い上げる個人主義（一切の肩書きを剥ぎ取った個としての人間の価値を最大限尊重すること）に共通するところがあるように思われる。漱石の立場を現実の政治場面に適用すれば、馬場孤蝶の「立候補の理由」の内容と重なる部分がかなりありそうである。

馬場孤蝶は三菱財閥・岩崎家と人的なつながりがあったから、国会議員になることだけを考えれば、それほど困難なことではなかったであろうが、彼はあくまでも、「民族の原子たる各個人の充実せる活動」の一環として立候補した。

そういえば、馬場孤蝶の兄・馬場辰猪は自由民権運動の優れた理論家であり、活動家であった。彼の政談演説の説得力は群を抜いていて、演説を聴いた警察官が翌日辞表を提出し、民権運動に飛び込んでいったという、嘘のような事実がある。[7] 彼は一八八一（明治十四）年の自由党の創設に関わり、機関紙『自由新聞』の編集を担当したが、板垣退助の外遊問題が起こると、その費用の出所などを巡って板垣退助を批判し、自由党を離党した。その後ダイナマイト購入の嫌疑を受けたりして、半ば亡命のような形でアメリカに渡ったが、当地で病死した。享年三十八歳の若さであった。

　実母の死から「空白の一年半」にかけて、つまり政談演説会が盛んであった自由民権運動の全盛期に、漱石は「演説の神様」ともいわれた馬場辰猪の名を知っていたであろうし、実際彼の演説を聴いた可能性も大いにある。社会の動きに敏感な当時の書生層にとって、自由と民権を弁ずることは、いわば必須の教養科目みたいなものであったろうから、馬場辰猪が彼らのスター的存在の一人であったことは、恐らく間違いあるまい。「男は一度やそこら牢に入る位でなくては駄目だ」と言い放ったという馬場辰猪——腰の据わった自由民権運動の闘士であった彼の内部には、ヨーロッパの民権思想が、幕末の志士的な剛胆さに支えられて根付いていたようだ。旧社会の変

孤蝶の兄・馬場辰猪
（Wikipedia より）

革を目指した維新の志士たちの遺伝子が、彼のような民権運動の活動家に受け継がれ、明治十年代に青春を生きた弟・馬場孤蝶（彼は漱石の二歳年下であった）の中にも継承されていたのであろう。そしてそれは濃淡の差こそあれ、漱石をはじめ、『馬場孤蝶勝弥氏立候補後援 現代文集』に原稿を寄せた八十一名の文士たちの血脈にも流れていたのであろう。

第十二回衆議院選挙には、東京の馬場孤蝶に呼応する形で、京都から与謝野鉄幹も立候補した。鉄幹は孤蝶の四倍、九十九票を獲得したが、やはり落選した。当時選挙権を有する者は「直接税十円以上を納める二十五歳以上の男子」に限られており、全国民の数%に過ぎなかった。そういう極端な制限選挙のもとで、高額所得者の少ない文壇人の支援を受けて立候補した二人が、二桁の票しか得られず惨敗したのはやむを得ないことであった。

注

（1）一高の嘱託教師であった内村鑑三が、一八九一（明治二十四）年一月、教育勅語の奉戴式において、勅書に対して最敬礼をしなかったため、「不敬」として各方面から攻撃され、一高を追放されることになった事件。

（2）「不敬」事件における一高生たちの動きについては、立花隆著『天皇と東大 上』文藝春秋（二〇〇五年刊）の「第八章『不敬事件』内村鑑三を脅した一高生」などによる。

（3）小宮豊隆著『漱石の藝術』岩波書店（一九四二年刊）の「短篇上」による。

（4）馬場孤蝶は一八六九（明治二）年生まれで、漱石の二歳年下に当たる。明治学院在学中から『文学界』同人として島崎藤村・樋口一葉らと交流があった。著書に『戦争と平和』（翻訳）、『明治文壇の人々』などがある。一九四〇（昭和十五）年死去。漱石とは個人的に特に親しいわけではなかったが、漱石の作家時代の十年間、交流が続いた。

（5）馬場孤蝶の衆議院選出馬や『現代文集』に関することは、瀬沼茂樹著『日本文壇史23』講談社（一九七九年刊）の「第十章」や、甲南大学准教授・塚本章子筆「馬場孤蝶と与謝野鉄幹、大正四年衆議院選挙立候補―大逆事件への文壇の抵抗―」（『近代文学試論』48号）などを参考にした。

（6）馬場孤蝶の「立候補の理由」の内容は、前注と同じ『日本文壇史23』や、高橋正「大正デモクラシーの先駆者―馬場孤蝶立候補の顛末」（『土佐史談』第二五一号）などからの孫引きである。

（7）稲田雅洋著『自由民権の文化史――新しい政治文化の誕生』筑摩書房（二〇〇〇年刊）の「第一〇章　政談演説会の隆盛と雄弁家たち　6雄弁にして能舌なる者――沼間守一と馬場辰猪」の中で紹介されている。

第二章　漱石と『こゝろ』の世界

1　〈「奥さん」―と―共に―生きる〉の衝撃

『こゝろ』論争の発端をつくった小森陽一の論文・「『こゝろ』を生成する『心臓《ハート》』」（『成城国文学 創刊号』一九八五年）は、「序」「一」「二」「三」の四部構成になっている。小森陽一はその「序」で、「私の意図は、国家の反動的なイデオロギー装置と化した『こゝろ』という〈作品〉を打つことである」と宣言した。

ただ、「〈作品〉を打つ」という筆者の「意図」が明確に示された割には、その内容は空漠としている。小森陽一は『こゝろ』の反動的な「機能」を強調するのだが、彼がその「機能」に含意させたものは、『こゝろ』が「『倫理』『精神』『死』といった父性的な絶対価値を中心化する」（「序」）ということに過ぎない。そこでは、「倫理」「精神」「死」が「父性的な絶対価値」と等値され、無媒介に「国家の反動的なイデオロギー装置と化す」という「機能」に結び付けられてしまった。そして「その根拠は、実は『心《こゝろ》』のテクストそのものの中にある」（「序」）と述べながら、彼の論文のどこを探しても、残念なことに、その具体的な展開を見出すことができないのだ。彼が打ちつつ解明したはずのことも、結局、内容希薄な『こゝろ』の「機能」、すなわち『こゝろ』の「反動的な役割」の中に同心円的に解消されてしまう。

彼は次のように述べている。

> ……「明治の精神に殉死」（下―五十六）するという「先生」の「奥さん」への言葉は、彼の「愛」が最終的に行きつく帰結点でもあったのだ。どのような根拠、観点からであれ、このような「心」のあり方を「美しいもの」とする思考や感性は、自らを帰属させ従属させうる同一性の意味作用に固執し、秩序と中心へ自己を回収させてしまう反動的な役割しか果たさない。（「三」）

また、「序」ではこうも述べられている。

……ある意味では官民一体となった形で、「道義」とエゴイズム、恋愛と友情、信と不信といった二項対立的な枠組が、「正しい」解読格子として設定され、その二項対立を止揚するものとして「明治の精神への殉死」といった、欲望を禁忌の中におし込める、精神と倫理の優越性に裏打ちされた死の美学に、普遍的価値が与えられてきたのである。

因みに「官民一体」とは、「〈下〉先生と遺書」を中心に編集された「高校の国語教科書や大学の一般教養向け教科書」に、何の疑問も持たない教師たちや、[1]「『下』を中心として『先生』の言説の背後に、〈作者〉漱石の思想を解読しようとする」(「序」)、従来の『こゝろ』論者たちのことを指している。

このように、『こゝろ』の「反動的な役割」なるものは、論文の「序」と結論部分で同語反復的に強調され、さらにそれは、「既存の『血』の論理」、「殉死の思想(家族の論理)」(以上「二」)、「『家族』の論理の欺瞞的美学」、「古い『血』の論理＝『家族』の論理」(以上「三」)等の抽象語によって補強されている。それが小森論文における『こゝろ』の反動性批判の全てである。小森論文の「意図」とその帰結は、『こゝろ』の「テクスト論」的分析や解釈から導き出されたというより、少壮気鋭の研究者の〈進歩的イデオロギー〉からのレッテル貼り、あるいは上から目線を気取ったハッタリであるかのように思われる。

ともあれ小森陽一の「『こゝろ』を生成する『心臓《ハート》』」は、研究者の間に大きな衝撃と波紋を呼び起こした。いわゆる『こゝろ』論争の勃発である。ところが議論が沸騰したのは、小森陽一の「意図」を巡ってではなかった。彼が打ったはずの『こゝろ』の「反動的な役割」の当否については、全く議論が起こらなかったのだ。議論に参加した研究者たちの多くは（賢明にも）その点を避けた。彼らは、空疎な〈イデオロギー闘争〉[2]に首を突っ込むほど軽薄ではなかった。そもそも『こゝろ』が「一つの国家的なイデオロギー装置として機能することになってしまった」（「序」）と断罪するのは、『こゝろ』について全てを述べていながら、実は何も語っていないのと同じことなのだ。『こゝろ』のみならず、教材化された文学テクストが「国家的なイデオロギー装置として機能する」というのは、かつてマルクス主義者を自認していた小森陽一[3]にとって自明の原理のはずである。それは『こゝろ』論の前提でありえたとしても、無媒介に論の前面に引きずり出すべきものではあるまい。

『こゝろ』論争の焦点になったのは、「先生」の死後に関することであった。「先生」の遺書を受け取った青年・「私」が「精神と肉体を分離させることなく、つきつめられた孤独のまま、『奥さん』―と―共に―生きる」（「三」）――と小森陽一が主張した点である。しかも彼は、それを『こゝろ』の後日談としてではなく、『こゝろ』というテクストそのものの中に孕まれている、ほぼ確実な事実として語ったのであった。そのことは、小森陽一の「意図」など吹き飛ばしてしまい、文学研究者の間に（研究者以外の間にも）支持と批判の対位法的な大合唱を巻き起こしたのだった。

『こゝろ』論争の底流にあったもう一つの重要な対立点は――「奥さんとの共生」に関する議論と密接に絡むのだが――研究方法の問題、つまり「作品論」か「テクスト論」[4]かという問題であった。単純化していうと、両者の間には以下のような対立があった。すなわち、「作品論」が〈作者―作品〉という場を研究の対象とするのに対して、「テクスト論」では作者はテクストから排除され（「作者の死」[5]）、研究者は〈テクスト―読者〉の相関においてテクストを分析していく、という違いである。それは、「奥さんとの共生」を支持するか否かに関わるだけではなく、「テクスト論」に〈読み〉の領域を大きく広げるという意義を認めるのか、それとも「テクスト論」を〈読みのアナーキー〉に過ぎないとみなすのか、という対立を浮きぼりにしたのであった。

様々な議論を巻き起こしたものの、小森陽一の「『こゝろ』を生成する『心臓《ハート》』」における「テクスト論」的切り込みは、確かに独創的で、論争相手の三好行雄や平岡敏夫さえも一定の評価を下している。大岡昇平は「（語り手である青年・「私」が）やがて奥さんと結婚し、子供を生み、つまり『先生』のできなかったことをすべて成就してから『語り』はじめたと見なす離れ業には驚倒せり」[6]（傍点は引用者）と述べたほどであった（ただし傍点の部分は大岡昇平の誤読である。論文の中で小森陽一は「奥さん」と「私」が結婚し、子供をもうけたとまでは明言していない)。

小森陽一によると、従来の『こゝろ』論は、「〈上〉先生と私」「〈中〉両親と私」の「伏せられた謎」を経て、「〈下〉先生と遺書」で「最終的な謎解き」が行われて終わるという、「線的な構造を前提として」おり、「〈作品〉の意味を決定する契機が『先生』の遺書にのみ見出されている」のであった。しかし、実際の「『心《こゝろ》』のテクスト」は、〈上〉→〈中〉→〈下〉でピリオドが打たれているのではなく、〈上〉〈中〉〈下〉は「相互に対話的にかかわって」、下からさらに上へと「重層的な円環」を描いている(「序」)と、小森陽一はいう。

掘り起こしたこの『こゝろ』の独特の構造を、彼は次のような内容において分析していく――〈上〉〈中〉の語り手である「私」は、「先生」に向かって「余所々々しい頭文字などはとても使う気にならない」と述べ、常に「先生」と呼ぶことで、「先生」と「二人称的」に関わろうとしている。ところが、「先生」は、遺書の中で、無二の親友に対し「K」という「余所々々しい頭文字」を使っている。この違いは象徴的な意味をもっており、上が下の「表現構造全体を差異化するものとなっている」(「二」)と。

そして〈上〉と〈下〉の差異化は、「先生」と「私」との対立を鮮明にする。「私」は、

「先生」の「K」に対する「三人称的」な関わり方を、もっといえば他者を「冷たい眼」で観察し、他者に「研究的」に関わることしかできない「先生」の関わり方を、「明確に拒否」(「一」)したのである。あるいは、「自己の主観の枠組に他者をあてはめ、そこでの同一性を見出すことで、あたかも他者を理解したと思ってしまう」ような、そういう「先生」の態度を、「断じて拒否したのであった」(「一」)。

こうして小森陽一は、論を、「『奥さん』―と―共に―生きること」(「三」)へと導いていく。小森陽一によれば「先生」は、「近代資本主義の論理」が「根底からつき崩した」(?)はずの「血」の論理=「家族」の論理から、中途半端にしか決別し切れなかった。「先生」は故郷を棄てながら、結局、下宿で「擬似的な『家族』関係を構成しなければ生きていけない」人間であった。一方「私」は、瀕死の父親を残して上京することを決意した時、「はっきりと既存の『血』の論理と決別した」。「私」が選ぶ道は、「『世の中で頼りにする』たった『二人』(〈下〉五十四)の人を失った『奥さん』のもとへ、『孤独』のただ中にある『奥さん』のもとへ、新たな生を共に―生きるために急ぐことしかない」(「二」)。

読む者の意表を突いた(と思われる)「『こゝろ』を生成する『心臓《ハート》』」のクライマックスは、次のように結ばれている。

古い「血」の論理＝「家族」の論理を捨て、「持って生れた軽薄」としての孤独を深々と自覚し、あかの他人と血と肉で繋ろうとしていた「私」が、共に「先生」と呼びかけた人を失った「奥さん」と、「頭《ヘッド》」ではなく「心臓《ハート》」でかかわっていた「奥さん」と出会ったとき、選ばれるべき「道」と「愛」は、「K」と「先生」のそれを徹底して差異化するものであったはずだ。否定でも止揚でもない私の「道」と「愛」は、「K」と「先生」の「白骨」を前にしながら、決してそれに脅かされることなく、それをとり込み、精神と肉体を分離させることなく、つきつめられた孤独のまま、「奥さん」―と―共に―生きることとして選ばれたはずなのである。それは（中略）一切の家族的概念にはくくり込むことのできない、家族の領土の一員には決してなることのない、自由な人と人との組合せを生きることなのである。（「三」）

小森陽一は、『こゝろ』の中でそれまで〈狂言回し〉の役割に甘んじてきた青年・「私」を、一躍主役級の存在感をもって、「奥さん」と共に舞台中央に送り出した。その後「奥さん」も、「奥さん」あるいは「御嬢さん」としてではなく、「静《しず》」という本名を名乗って舞台中央で活躍することになる。

小森陽一の論文と同じく『成城国文学　創刊号』に載った石原千秋の論文・「『こゝろ』の

オイディプス 反転する語り」もまた、「『こゝろ』を生成する『心臓《ハート》』」とセットになって（後者ほどの賛美も批判も得なかったが）、『こゝろ』論争を盛り上げていった。

石原千秋の『こゝろ』論は、小森陽一のそれ以上に〈刺激的〉であった。その論文のタイトルから明らかなように、彼は精神分析理論を適用し、『こゝろ』の中に「私」の「先生」に対する「背信行為」を読み取っていった。「背信行為」とは、「妻が生きてゐる以上は、あなた限りに打ち明けられた私の秘密として、凡《すべ》てを腹の中に仕舞つて置いて下さい」（〈下〉五十六）という、死に臨んだ「先生」の依頼、言い換えれば「先生の与えた禁止」を「私」が破ったことをいう。そしてその「禁止」の意味は、『こゝろ』の「表層」、「層」、「深層」の「三つの位相」を潜り抜ける中で「反転」していく。すなわち、「語りの表層」においてそれは「『妻』の『記憶』の『純白』を穢すな」を意味するのだが、「物語の層」においては「妻の『潔白』を疑ってはならない」という「禁止」に反転する。さらに「深層」にまで至ると、その意味は「妻の『純潔』を犯すな」に反転することになる。

石原千秋によると『こゝろ』の〈上〉〈中〉の語り手である「私」は、語ること自体を通して「先生」に対する「背信行為」、すなわち「奥さん」の「純潔」を犯したことを告白しているのであった。石原千秋は「思い切って言えば、『子供』ができないのは静の『処女性』の暗喩であってもよいはずだ」と述べて、「先生」と「奥さん」との間には性的関係がなかったことを暗示している。

注

（1）同じ論文の「一」で小森陽一は、「『下』だけを切り離して高校生や学生に読ませること、『下』だけを分析の対象として一義的に解釈しようとすることは、『心』というテクストの生命の線を切断することであり、そうした論者たちが崇める『先生』を限りなく裏切りつづけることにほかならない」と述べている。

（2）小森陽一は、『國文學 解釈と教材の研究』學燈社（一九九一年六月号）の座談会「『批評』とは何か」において、「（研究も批評も）すべてはイデオロギー闘争、イデオロギー批判なんだという、そこのところを今日本では特に鮮明にする必要があると思う」、「批評というのは、批評を自分のイデオロギーも含めたイデオロギー批判の場にする、その立場の選択をするんだということです。そこが一番大事なのではないかしら」と述べている。

（3）小森陽一は、岩崎稔他編著『戦後日本スタディーズ3』紀伊國屋書店（二〇〇八年刊）の「ガイドマップ80・90年代」において、一九七〇年代末の「ポル・ポト政権による大量虐殺」などの例を挙げ、「マルキシズムに内在していたはずのインターナショナリズムはいったいどこへ行ったのか。また、なぜ（中略）ああいった大量虐殺国家が生まれてしまったのか、一応、マルキストだった私には説明できなかった」と発言している。

（4）「テクスト論」は、研究者の間にあまり定着しなかった。二〇〇九（平成二十一）年刊の鈴木泰恵他編『〈国語教育〉とテクスト論』（ひつじ書房）の座談会において、「今や死に体とも見える〈テクスト論〉です」と言われている。

（5）ロラン・バルトの論文に「作者の死」（みみず書房の『物語の構造分析』所収）がある。

（6）雑誌『文学界』（一九八五年十月号）の「成城だよりⅢ」による。

2 「御嬢さん」ではなく「静」として

小森・石原論文の衝撃は、「作品論」者、「テクスト論」者入り乱れての『こゝろ』論の盛行を現出した。

「作品そのものを変形」、「深読みに過ぎる」、「作品解読作業からの逸脱」という「作品論」者からの両論文に対する批判は当然のこととして、小森論文を契機に「奥さん」＝「御嬢さん」＝「静」が正面から論じられるようになったのは、『こゝろ』論争の大きな成果であっただろう。それまで「先生」の後ろにひっそりと控えていた「静」が、一歩二歩と前に押し出されて来た感がある。

人称的表現としての「奥さん」がそのコノテーションにおいてどれほど家庭における性差別を意味するかについては言うまでもない。（中略）「『奥さん』—と—共に—生きること」という小森氏のヴィジョンはしたがってある誤謬をはらんでいる。もし二人の関係が開かれていったとしても、それは「静—と—共に—生きること」であって他ではない。そしてそれが成就した可能性をテクストは裏切っている。

紅野謙介「小森陽一氏の二著をめぐって——ユートピアの彼方へ」（『媒』一九八八年十二月号）

……御嬢さんもその本体は誘惑する「青大将[1]」なのであって、男の「嫉妬」をかき立てる「不真面目」な笑いも、決して「知らないで無邪気に遣る」ものではありません。これに関し「無邪気」と「技巧」の間で揺れた若い先生の判断は、その後、結婚によって御嬢さんをさらに深く知るにつれ、後者（御嬢さんの笑いが男を引き付けようとする技巧であるという認識。引用者注）へと傾いて行ったはずです。

佐々木英昭著『夏目漱石と女性—愛させる理由—』新典社（一九九〇年刊）

……「静」や母親が、Kではなく、財産もあり婿養子として迎え入れることのできる先生を選択するのは当然といえば当然である。「静」は純白なのか、策略家なのか。それは、「静」は声を奪われているという意味で純白であり、ロマン主義の恋愛幻想に従えば、策略家でもあるというだけのことだ。しかし、「静」はそのような問いかけそのものを無化しうる〈他者〉として立ちあらわれる。（中略）『こゝろ』においては男性の言説によって抑圧されている筈の「静」が、その男性の言説・死の美学化を否認し、男性のエクリチュールに抵抗している。

押野武志「『静』に声はあるのか──『こゝろ』における抑圧の構造──」（岩波『文学』一九九二年十月）

これらのフェミニズム理論に拠ったと思われる解釈は、「静」が一人の人間であり女であるという、当たり前のことをわれわれに確認させた。それは同時に、「先生」の「静」への愛が隠し持っている、偏狭さと傲慢さをあぶり出すことになった。

「先生」は「私」宛てに書き残した遺書の最後に、次の言葉を書き添えた。──「妻が己れの過去に対してもつ記憶を、成るべく純白に保存して置いて遣りたいのが私の唯一の希望なのですから、私が死んだ後でも、妻が生きてゐる以上は、あなた限りに打ち明けられた私の秘密として、凡てを腹の中に仕舞つて置いて下さい」（〈下〉五十六）と。別の箇所（〈下〉

五十二）では、「私はたゞ妻の記憶に暗黒な一点を印するに忍びなかつたから打ち明けなかつたのです。純白なものに一雫《ひとしづく》の印気《インキ》でも容赦なく振り掛けるのは、私にとつて大変な苦痛だつたのだと解釈してください」とも述べている。「静」の「純白な過去」（！）を「純白に保存」（！）しようとすることが、「先生」の「静」への愛だとすれば、「先生」は、乱暴な言い方だが、「静」を人間ではなくペットとして扱っている、と言わざるをえない。

「先生」の「秘密」に、「静」は全く気づいていないと「先生」は信じ込んでいる。だが、「静」は若い頃から「思慮に富んだ」女性（〈下〉三十四）であり、「私」がその「理解力に感心」するほどの女性（〈上〉十八）であった。そんな「静」が、「先生」の「K」に対する嫉妬と策略に、彼らと同居していながら全く気づかないことがあるのだろうか。彼女は「私」との会話（〈上〉十九）の中で、「先生」が「人間が嫌い」になった「源因」について、「実は私すこし思ひ中《あた》る事があるんですけれども……」と言い、「みんなは云へないのよ。みんな云ふと叱られるから。叱られない所丈よ」と前置きして、「K」が「変死した」ことを告げる。そして「人間は親友を一人亡くした丈で、そんなに変化できるものでせうか。私はそれが知りたくつて堪らないんです」と、心の底にわだかまっていた思いを打ち明けた。

「静」は、「先生」が「Kの死因を繰り返し〳〵考へた」（〈下〉五十三）ように、あるいはそれ以上に、「先生」の「人間が嫌い」になった「源因」を、繰り返し〳〵考えたに違いない。そして「K」の自殺に思い至った。「K」はなぜ死んだのか――いろいろ考えられる理由の一つとして、「静」は、そこに自分が絡んでいる可能性を排除することができなかったであろう。一人の女性をめぐる二人の男性の対立は、誰もが思い浮かべうる古くて新しい恋のトラブルの典型的な構図であり、それが犯罪や暴力事件等の悲劇を生み出すことがあるのは、古来決して珍しいことではなかった。「先生」と「K」との間に、「K」を自殺に追いやり、「先生」の人間を変えてしまうほどの〈何か〉があったという疑いを、「静」はずっと心の奥に養い続けていたに違いない。

独身時代の「静」が示す「技巧」は、若い「先生」を不愉快にし、「先生」の嫉妬を煽るが、彼女の「技巧」が、さらに「〈上〉先生と私」の「私」にも及んでいるとする〈読み〉がある。それもまた、女性の「技巧」なるものを、男社会の中で服従を強いられてきた女性たちが身につけ、鍛えあげてきた人間であろうとするための〈武器〉だとする、フェミニズム的な視点を下敷きにしているように思われる。その極端な例が、小谷野敦の「夏目漱石におけるファミリー・ロマンス」における展開である。[2]

> ……静、つまり「先生」の奥さんの、「私」に対して見せる媚態にこそ着目すべきである。これを極端に敷衍すれば、「先生」に見切りをつけた静が、つぎに自分が頼みとす

べき男を巧みに捕獲しにかかったのだ、（中略）K、「先生」、「私」の差異はすべて見せかけのものに過ぎず、三人とも、静という一人の女の思いのままだったのである。

小谷野敦の論をさらに敷衍すれば、「静」はすでに初対面の時から、「私」を「捕獲」しにかかっていたといえそうだ。「静」と「私」は次のようにして初めて顔を合わせる。

　始めて先生の宅《うち》を訪ねた時、先生は留守であつた。二度目に行つたのは次の日曜日だと覚えてゐる。晴れた空が身に沁み込むやうに感ぜられる好い日和であつた。其日《その》も先生は留守であつた。鎌倉にゐた時、私は先生自身の口から、何時でも大抵宅にゐるといふ事を聞いた。寧《むし》ろ外出嫌ひだといふ事も聞いた。二度来て二度とも会へなかつた私は、其言葉を思ひ出して、理由《わけ》もない不満を何処《どこ》かに感じた。私はすぐ玄関先を去らなかつた。下女の顔を見て少し躊躇して其所《そこ》に立つてゐた。此《この》前名刺を取次いだ記憶のある下女は、私を待たして置いて又内へ這入つた。すると奥さんらしい人が代つて出て来た。美《（ママ）》くしい奥さんであつた。
　私は其人から鄭寧《ていねい》に先生の出先を教へられた。先生は例月其日になると雑司ヶ谷の墓地にある或《ある》仏へ花を手向けに行く習慣なのださうである。「たつた今出た許りで、十分

になるか、ならないかで御座います」と奥さんは気の毒さうに云つて呉《く》れた。私は会釈して外へ出た。（〈上〉四）

「私」の前に現れた「奥さん」（「静」）は美しい女性であった。その時「私」は二十歳ぐらい、「奥さん」は二十代の半ばか後半であったと思われる。[3] 彼女は「私」に「鄭寧《ていねい》に先生の出先を教へ」てくれた。「静」はその美しい姿を、恐らく数分間、初対面の若い「私」の前に曝した。この時の「静」の丁寧な説明と「たつた今出た許りで、十分になるかならないかで御座います」という言葉は、「私」が「先生」を追って雑司ヶ谷の墓地に向かうことを期待しているかのようにみえる。雑司ヶ谷の墓地には「先生」の「秘密」が隠されており、先生はそこに「静」が同行することさえ許していなかった。[4] そうであるのに、「静」はその場所を「鄭寧《ていねい》に」説明し、「先生」が「例月其日になると」「或仏へ花を手向けに行く」ことまで「私」に教えた。彼女は恐らく、「私」が「先生」に近づくように仕向け、そうすることによって「私」を自分の方に引き寄せようと企んだのだ。そして「私」は「静」の思惑通り、徐々に彼女に手繰り寄せられて行く――。

　これら様々な「静」論の登場は、『こゝろ』読解の領域を大きく拡大したが、例えば小谷野敦のように、「K」「先生」「私」の三人とも「静という一人の女の思いのままだった」というのは、失礼ながら「作品読解作業からの逸脱」どころか、そう読み取る者の、女性に対する恨み辛みの吐露でしかないように思えてならない。

同じようなことは小森陽一の「『こゝろ』を生成する『心臓《ハート》』」についてもいえることで、実際小森陽一自身、シンポジウム『総力討論「テクスト論」以後』（於東北大学　一九九二年七月）の中で次のように発言している。(5)

……基本的な僕の発想方法は、高校時代の現国の授業における『こゝろ』の授業に対する恨みによって形成されました。それがこの論文のベースになっています。（中略）先生の遺書を持った「私」は、奥さんと出会った後どうするのかということが気がかりだった。それを言ったら授業中に、「そんな事書いてないんだから、考えなくていいんだ」っていうふうに教師からいわれまして、文芸部の女の子からせせら笑われた（笑）、そういう屈辱をはらすためにこの論文は書かれたということです。

「テクスト論」においては、「恨み」や「屈辱」を晴らすことを「ベース」にして読みを構築することが許されるもののようだ。もしそうだとすれば、卑俗な感情や雑多なイデオロギーを〈武器〉にしてテクストを切り刻むことが容認されることになってしまう。それで結構といわれればそれまでだが——そういって一笑に付されそうだが、小森陽一の「文芸部の女の子」への「屈辱をはらすために」という発言や、石原千秋の「小説テクストの前で、読者は無限の解釈ゲームを生きなければならない」[6]という提言などを読んだりすると、テクスト論が〈読みのアナーキー〉と批判されるのもやむを得ないことのように思われてくる。

注

(1)『行人』の「直」は「青大将」に例えられている。「直」について「二郎」は、「彼女の事を考へると愉快であつた。同時に不愉快であつた。何だか柔かい青大将に身体を絡まれるやうな心持もした」(「帰つてから」)と述べている。

(2) 引用は小谷野敦著『男であることの困難 恋愛・日本・ジェンダー』新曜社(一九九七年刊)による。

(3) 秦恒平の推定では、二人はほぼ同年齢とされている。すなわち「先生」が自殺した時点で、「先生」は三十七歳前後、「奥さん」は二十七歳、「私」は二十六、七歳だという(「『こころ』の先生は何歳で自殺したのか」一九九四年九月十二日『毎日新聞』夕刊による)。

(4)「先生」と「静」は、結婚当初一度だけ、二人で「K」の墓参をしたことがある。その時「先生」は、「私は其新らしい墓と、新らしい私の妻と、それから地面の下に埋められたKの新らしい白骨とを思ひ比べて、運命の冷罵を感ぜずにはゐられなかつたのです。私はそれ以後決して妻と一所にKの墓参りをしない事にしました」(〈下〉五十一)と述べている。

(5) 小森陽一の発言の引用は、小森陽一・中村三春・宮川健郎編「総力討論 漱石の『こゝろ』」翰林書房（一九九四年刊）による。
（6）石原千秋著『漱石の記号学』講談社（一九九九年刊）の「序章 漱石の方法」による。

3　精神的に向上心のないものは馬鹿だ

「K」と「先生」は幼なじみの親友であった。共に笈を負って新潟から上京し、同じ下宿（同室）に起居しながら第一高等学校に学んだ。そして帝大に進学する。大学に入学する頃、叔父の裏切りに遭って「厭世的」になっていた「先生」は、「騒々しい」下宿屋を出て、軍人の遺族が営む素人下宿に一人で移り住む。そこは、「奥さん」と「御嬢さん」の親子二人がひっそりと暮らす（「下女」もいたが）女所帯の家であった。

漱石の弟子たちのほとんどがそうであったように、「K」も「先生」も、地方の中流上層階層の出身者であった（〈上〉〈中〉の語り手である「私」もまたそうである）。〈下〉十九によると、「相応に暮らしてゐた」という「K」の実家は真宗の寺院で、「可なりな財産家」である養家は医者であった。「先生」の場合は、自らが「財産家」と自称する大地主の跡取り息子である。

「先生」の新しい下宿は小石川にあった。その一家は一年ほど前までは「市ヶ谷の士官学校の傍《そば》」に住んでいたが、「廐《うまや》などがあつて、邸《やしき》が広過ぎるので、其所《そこ》を売り払つて」（〈下〉十）小石川に移り住んだのであった。「奥さん」の亡夫は、廐のある広い屋敷を所有していたところをみると、将校クラスの軍人であったようだ。「奥さん」は夫の家屋敷等を相続しただけではなく、陸軍恩給令の適用対象者でもあったから、親子が生活に困ることはなかったはずである。「御嬢さん」は女学校に通い、琴や生け花を習っていた。日清戦争五年後の一九〇〇（明治三十三）年の時点で、女学校の数は全国で五十二校（生徒数一万千九百八十四人）ということであったから[1]、彼女たちも中流階層に属していたといえる。

このように、『こゝろ』の主な登場人物は、全て中流以上の社会生活を享受していた。『こゝろ』は、当面の生活に困ることのない人々の物語である。

ところで「先生」は、上京したての頃の「K」と自分についてこう述べている。

> 二人は東京と東京の人を畏れました。それでゐて六畳の間の中では、天下を睥睨《へいげい》するやうな事を云つてゐたのです。／　然し我々は真面目でした。我々は実際偉くなる積《つもり》でゐたのです。ことにKは強かつたのです。（〈下〉十九）

彼らは、立身出世（世俗的な栄達とは限らない）を夢見る典型的な地方出身の一高生であった。二人とも真面目に偉くなる積もりでいた。そして、彼らの立身出世の望みは、それが官界・政界・学問の世界等いずれの世界であっても、決して非現実的な夢ではなかった。「天下を睥睨するやうな」エリートの地位は（もちろん、不断の勉学の努力とある程度の運に恵まれることも必要であろうが）、彼らの手の届くところから遠くはなかった。

そういう彼らにとって、「精神的に向上心のないものは馬鹿だ」という批判は、批判のみならず強烈な侮辱を意味するものであったろう。「御嬢さん」に対する「殆《ほと》んど信仰に近い愛」（〈下〉十四）に振り回されていた「先生」でさえ、「K」にそう批判された時、「侮蔑に近い言葉」（〈下〉三十）と受け止めている。この時二人はすでに大学生で、「K」が「先生」の下宿に同居するようになってから半年が経っていた。

「K」は医者になることを拒否したため、一高を卒業する頃養家から離籍されたうえ、実家からは勘当されていた。そのこともあって神経衰弱気味になっていた「K」を、「先生」は無理に自分の下宿に引き入れたのであった（こっそり食費の援助もする）。やがて「K」は、「奥さん」や「御嬢さん」とふれ合う中で（「先生」がそうであったように）、「今迄書物で城壁をきづいて其中《その》に立て籠つてゐたやうな」心を解きほぐしていき、「先生」に向かって「女はさう軽蔑すべきものでない」などと言うようになっていた（〈下〉二十五）。ところが、「先生」の思惑通り「K」の精神状態が安定するにつれて、「先生」の心には「K」に対する嫉妬心が芽生え、根を張り、徐々に膨らんでいった。

二人の間には、微妙な空気が漂い始めていた。「K」が「先生」を「精神的に向上心のないものは馬鹿だ」と批判したのは、ちょうどそんな時期であった。「先生」は、「人間らしい」という言葉を武器に反撃に転じる。

私は彼に告げました。――君は人間らしいのだ。或は人間らし過ぎるかも知れないのだ。けれども口の先丈では人間らしくないやうな事を云ふのだ。又人間らしくないやうに振舞はうとするのだ。

私が斯《か》う云つた時、彼はたゞ自分の修養が足りないから、他にはさう見えるかも知れないと答へた丈で、一向私を反駁しやうとしませんでした。（〈下〉三十一）

「K」は「先生」の攻撃に対して、意外なことに反論をしないまま引き下がった。彼の態度は「先生」が「却つて気の毒に」感じるほどであった。「先生」は、「私はすぐ議論を其所《そこ》で切り上げました。彼の調子もだん〳〵沈んで来ました」と述べている。

二人の間で交わされた「精神的な向上心」と「人間らしさ」を巡る議論は、彼らが大学三年に進級した直後の夏休みに、二人で房州を旅行した時のものであった。「先生」は旅行中、自分の「御嬢さん」への思いを「K」に打ち明けようとするが、「変に高踏的な彼の態度」（〈下〉二十九）に撥ね返され、怖じ気づいて前に進むことができずにいた。また、嫉妬心に苛まれていた「先生」には、「K」の「御嬢さん」に対する思いを、冷静に推し量るほどの心理的な余裕がなかった。ただ、「不思議にも彼は私の御嬢さんを愛してゐる素振に全く気が付いてゐないやうに見えました」（〈下〉二十八）と、「K」の態度に不審の念を抱くことがないわけではなかったが――。

「先生」の脳裏に「不思議にも……」と疑いがよぎったのは当然のことであった。「K」の心は――「変に高踏的な態度」とは裏腹に――「先生」に対する嫉妬に狂わんばかりであったのだ。

『こゝろ』の「〈下〉先生と遺書」は、「先生」の「心」一色に塗り込められている。「先生」以外の登場人物の直接的な心理描写は皆無で、彼らの心は「先生」の眼が切り取った彼らの挙措動作や言葉の裏に隠されてしまっている。「〈下〉先生と遺書」は、あくまでも「先生」だけの「心」の世界を描いたものである。「先生」が掘り起こすその自己解剖の厳格さと誠実さは、哀しくも美しく感動的ではある。だが、「先生」の自己分析の徹底が、他者を理解する手助けになっているとはいえない。確かに「先生」は自分の心には敏感ではあったが、他人の心には鈍感であった。「Kの死因を繰り返し〳〵考へた」といいながら、「先生」が「K」の心を読み切った（と思った）のは、「K」が死に、「先生」が「御嬢さん」と結婚してかなり経った頃のことであった。

　其《その》当座は頭がたゞ恋の一字で支配されてゐた所為《せゐ》でもありませうが、私の観察は寧《むし》ろ簡単でしかも直線的でした。Kは正《まさ》しく失恋のために死んだものとすぐ極《き》めてしまつたのです。しかし段々落ち付いた気分で、同じ現象に向つて見ると、さう容易《たやす》くは解決が着かないやうに思はれて来ました。現実と理想の衝突、――それでもまだ不充分でした。私は仕舞にKが私のやうにたつた一人で淋しくつて仕方がなくなつた結果、急に所決したのではなからうかと疑がひ出しました。さうして又慄《ぞつ》とした[2]のです。私もKの歩いた路を、Kと、同じやうに辿つてゐるのだといふ予覚が、折々風のやうに私の胸を横過《よこぎ》り始めたからです。（〈下〉五十三　傍点引用者）

「信仰心に近い」恋のために取り返しのつかない罪を犯し、「何処《どこ》からも切り離されて世の中にたつた一人住んでゐるやうな」（〈下〉五十三）絶対的な孤独感と共に生きてきた「先生」の過去は、「Kの歩いた路」でもあったのだ。それが「K」の死を反芻することによって到達した「先生」の「予覚」であり、認識であった。――私が愛したように、「K」は「御嬢さん」を愛していた。「K」が嫉妬したように、私も嫉妬した。私は「K」を裏切ったが、「K」はすでに私を裏切っていた。

「K」が「先生」と同居する中で「先生」の恋を知り、「先生」に対する「御嬢さん」の好意に気づくのに、それほど時間はかからなかったであろう。「道のためには凡《すべ》てを犠牲にすべき」であり、「摂慾や禁慾は無論、たとひ慾を離れた恋そのものでも道の妨害《さまたげ》になる」（〈下〉四十一）というのが、以前からの「K」の強固な信念（第一信条）であったのだが、それが彼の人間観察の力を弱めることにはならなかった。「御嬢さんを愛してゐる素振り」が「Kの眼に付くやうにわざとらしくは振舞ひませんでした」（〈下〉二十八）と「先生」は述べているが、わざとらしくは振る舞わないという、そのわざとらしさは、第三者には（「K」にとっても）歴然としていたに違いない。

房州旅行中こんなことがあった。二人は海岸の岩の上に座っていた。

> ……私は自分の傍に斯《か》うぢつとして坐つてゐるものが、Kでなくつて、御嬢さんだつたら嘸《さぞ》愉快だらうと思ふ事が能くありました。それ丈ならまだ可《い》いのですが、時にはKの

方でも私と同じやうな希望を抱いて岩の上に坐つてゐるのではないかしらと忽然疑ひ出すのです。すると落ち付いて其所《そこ》に書物をひろげてゐるのが急に厭になります。私は不意に立ち上ります。さうして遠慮のない大きな声を出して怒鳴ります。（中略）只《たゞ》野蛮人の如くにわめくのです。ある時私は突然彼の襟頸《くび》を後《うしろ》からぐいと攫《つか》みました。斯うして海の中へ突き落したら何うすると云つてKに聞きました。Kは動きませんでした。後向の儘《まゝ》、丁度好い、遣《や》つて呉《く》れと答へました。私はすぐ首筋を抑えた手を放しました。
〈下〉二十八）

ここでは「K」の冷静さと動揺する「先生」の対比が際立っている。しかし、「丁度好い、遣つて呉れ」とぽつりと漏らした「K」の内面には、激しい嵐が吹き荒れていた。恋に生きるか信念に殉じるか——信念を貫くには恋を、恋に生きるには信念を捨てなければならなかった。のみならず、たとえ恋を成就させることができたとしても、「K」は唯一の親友を失うことになるだろう。それでも彼は、「先生」に対する嫉妬と時折突き上げてくる絶望的な憎悪を禁じることができなかった。その最初の噴出が、「先生」に投げつけた「精神的に向上心のないものは馬鹿だ」という侮辱の言葉であった。

こうして、自らの「精神的な向上心」の崩壊に直面した「K」は、絶望し自己嫌悪に陥りながらも、先手を打ってついに自分の恋心を「先生」に打ち明ける。房州旅行からほぼ半年後の冬のことであった。「K」の告白は十分過ぎるほどの効果を上げた。「先生」は完全に打ちのめされた。一方で、告白は「先生」に対する「K」の裏切りと、彼の人生（「第一信条」）の破綻を意味するものであった。さらにそれは、「先生」の「K」に対する裏切り――「御嬢さん」へのプロポーズを誘発することになる。

　しかし事ここに至っても、「先生」は「K」の心を見通せていなかった。「先生」はこう述べている。――「私には第一に彼が解しがたい男のやうに見えました。何《ど》うしてあんな事を突然私に打ち明けたのか、又何《ど》うして打ち明けなければゐられない程に、彼の恋が募つて来たのか、さうして平生の彼は何処《どこ》に吹き飛ばされてしまつたのか、凡《すべ》て私には解しにくい問題でした」（〈下〉三十七）。

　告白後間もなく、「K」は「先生」にアドバイスを求める。「自分の弱い人間であるのが実際恥づかしい」、「自分で自分が分からなくなつたので」と、「先生」に「公平な批評」を求めたのであった（〈下〉四十）。それは、「先生」の誠実な人柄に賭けた「K」の偽りのない思いから出たものだったのだろうか、それとも（「K」は「先生」が恋敵を公平に批評しうる状態にないことを知っていたはずだから）、「先生」をさらに追いつめようとする意図から出た、「K」の演技だったのだろうか。いずれにせよ、この時が二人の関係を修復する最後の機会であった。だが、「K」は自分の心を洗いざらいさらけ出すことをしなかったし、「先生」は「他流試合でもする人のやうに」(〈下〉四十一)身構えていた。「先生」は「K」に向かって「精神的に向上心のないものは馬鹿だ」という言葉を二度浴びせかける。この言葉は「K」の心を鋭く突き刺し——「先生」は知る由もなかったが——「K」は改めて、自己の〈堕落〉を深々と自覚せざるを得なかったであろう。「馬鹿だ」、「僕は馬鹿だ」と「K」は応える。

それから十日ほどして、「K」は、「先生」と「御嬢さん」との間に婚約が成立したことを、「奥さん」から知らされた。「K」はこの「先生」の裏切り(それは自己の裏切りの結果でもあった)を知っても、最早動揺することはなかった。「左右《さう》ですか」、「御目出たう御座います」、「何か御祝ひを上げたいが、私は金がないから上げる事が出来ません」と「K」は言い、「此《この》最後の打撃を、最も落付いた驚きをもつて迎へた」のであった(〈下〉四十七)。だが、この頃から、「K」の心には死の影が蠢きだす。恐らく「K」は、「人間の罪といふものを深く感じ」(〈下〉五十四)ていたのであろう。後になって「先生」が感じることになるように——。

こうして物語は破局に向かう。

ところが、夏目鏡子の『漱石の思ひ出』によると、「理想家」岩波茂雄は、製本に当たって採算を度外視し「何でもかんでも一番いゝものを使つてひどく立派なものを作らう」とした。

……そこで夏目が、君のやうに何もかもいゝものづくめでやらうとしちや引き合はない。表紙がよければ紙を落すとか、用紙がよければ箱張りをもう少し険約するとか、何とかそんな風に工面して、いゝ具合に本といふものは作るのだ。元手ばかりかけても、これが売り物だといふことを少しも考へなくては、結局皆目儲《まう》けがなくなつて了《しま》ふぢやないかと小言を申します。ところが岩波さんの方では、いくら小言を言はれたつて、何でもかんでも綺麗な本を作りたい一方なんだから、顔見る度に小言です。

（夏目鏡子述・松岡譲筆録『漱石の思ひ出』「五三 自費出版」）

小言は言いながらも、漱石にも「綺麗な本を作りたい」という思いがあったようで、「箱、表紙、見返し、扉及び奥附の模様及び題字、朱印、検印ともに、悉《ことごと》く自分で考案」（単行本『こゝろ』序）しただけではなく、「岩波書店主人の懇請を容れて」（小宮豊隆）、『こゝろ』の広告文を書いて与えた。(5) 広告文は『時事新報』等の新聞に掲載された。それは――

自己の心を捕へんと欲する人々に、人間の心を捕へ得たる此《この》作物を奨む。

というものであった。キャッチコピーとはいえ、漱石は『こゝろ』について「人間の心を捕へ得たる此《この》作物」と言い切っている。自信たっぷり、大見得を切った感がある。もちろんこの一文は、販売促進のためのコピーには違いないが、だからこそかえって、漱石が『こゝろ』という作品に込めた自己の思いを、端的かつ率直に述べたものだともいえるであろう。

漱石が「捕へ得た」と自負する人間の心とは、「自分の胸の底に生れた時から潜んでゐるもの丶如くに」閃く、「恐ろしい影」(〈下〉五十四)のイメージに集約されている。それは何ものかの隠喩ではなく、漱石が実際に見聞きすることのあった幻覚・幻聴の類いであったのかもしれない。「先生」は「その物凄い閃きに」ぞっとし、「自分の頭が何《ど》うかしたのではなからうか」(同前)と疑うが、その閃きは「先生」の心の真実の叫びであったのだ。「先生」はそれを次のように言語化している。

私はたゞ人間の罪といふものを深く感じたのです。(〈下〉五十四)

「深く感じ」ざるを得ない「人間の罪といふもの」の自覚が「Kの墓へ毎月行かせ」、「妻の母の看護をさせ」、「妻に優しくして遣《や》れ」と命じると「先生」はいう。遺書は次のように続く。

……私は其《その》感じのために、知らない路傍の人から鞭《むちう》たれたいと迄《まで》思つた事もあります。斯《か》うした階段を段々経過して行くうちに、人に鞭たれるよりも、自分で自分を鞭つ可《べ》きだといふ気になります。自分で自分を鞭つよりも、自分を自分で殺すべきだといふ考へが起ります。（〈下〉五十四）

「先生」の内部に、自虐的な自己処罰の要求がつのっていった。それでも「奥さん」を愛してやまない「先生」は、「仕方がないから、死んだ気で生きて行かう」と決心するのだが、罪の意識の「牢屋」から「一番楽な努力で」脱出できるのは、「自殺より外にない」という思いを徐々に強めていく（〈下〉五十五）。死は「先生」の目前にあった。

こうして、漱石が捕らえた「人間の心」とは、つまるところ「人間の罪」ということであった。漱石は単純な恋の三角関係から――「単純な三角関係に置き換えられない」という研究者[6]もいるが――「先生」の罪を剔り出した。漱石にすれば、「罪」などというものは、いつでもどこにでも転がっているというのだろう。さらに「先生」の私的な罪は、時空を超え、一挙に普遍的な「人間の罪」に達する。それは冷静に考えてみれば、不自然でないとはいえない。だが、簡潔で無駄のない文章を積み重ねてぐいぐいと押して行く物語の力は、個人の罪から「人間の罪」への跳躍を不自然とは感じさせない。

この点を巡って江藤淳は、『漱石とその時代 第五部[7]』（7『心』と「先生の遺書」）において次のような主旨のことを述べている。すなわち、『こゝろ』においては「場所が多くの場合明示されず、人物の名前が伏せられ」、「時間の経過も判然とは示されない」にもかかわらず、漱石は「一種透明な、抽象化された叙述体」の力によって、「先生」の語り口における「生硬さ」や「押し付けがましさ」を物ともせず、「読者を有無をいわさず引っ張って行く」と。また彼は、『こゝろ』の「小説の空間」は「一種抽象的な雰囲気」に「支配」されており、そこに「一切が呑み込まれて行くブラック・ホールのような喪失感」を漲らせている、とも述べた。

漱石は、仏教における煩悩、あるいはキリスト教の原罪などの観念に寄りかかることなく、（『こゝろ』の「先生」の仲立ちを介してではあるが）自己の体験と思索を深化させつつ、心の暗闇に潜む「人間の罪」の「恐ろしい影」を照らし出し、凝視した。それを凝視する「先生」＝漱石の心の暗闇もまた深かった。『こゝろ』の前作『行人』の主人公・「一郎」は、「死ぬか、気が違ふか、夫《それ》でなければ宗教に入るか」（「塵労」三十九）と三つの選択肢を持っていたが、「先生」には、発狂しない限り「死」以外の選択肢はなかった。また、「一郎」は「僕は死んだ神より生きた人間の方が好きだ」（「塵労」三十四）と断言するが、「先生」は「生きた人間」に絶望していた。漱石における「人間の罪」とは、いわば〈キリスト不在のキリスト教的原罪〉とでもいうべきものであった。

　人間の心の暗闇を覗いてしまった『こゝろ』の「先生」は、当然のことではあるが、アダムとイヴの愛を信じることもできない。

　「先生」と「奥さん」は、互いに深く愛し合い、信じ合っているはずであった。だが「先生」は生前、「たゞ妻の記憶に暗黒な一点を印するに忍びなかつた」（〈下〉五十二）というだけの理由から、自己の秘密を「奥さん」に打ち明けなかった。また、「私は私の過去を善悪ともに他《ひと》の参考に供する積《つもり》です。然し妻だけはたつた一人の例外だと承知して下さい」（〈下〉五十六）と、死後においても遺書の内容を「奥さん」に知らせることを禁じた。「奥さん」はといえば、「己惚《おのぼれ》になるやうですが、私は今先生を人間として出来る丈《だけ》幸福にしてゐるんだと信じてゐますわ」（〈上〉十七）と自分の愛情に自信を示しながら、「男の心と女の心とは何《ど》うしてもぴたりと一つになれないものだらうかと云ひ」、「微かな溜息を洩らし」

たりする（〈下〉五十四）。孤立と孤独とを自ら選びとった「先生」は、「世の中で自分が最も信愛してゐるたつた一人の人間すら、自分を理解してゐない」（〈下〉五十三）と嘆くだけである。

一つになろうとしながら「何うしてもぴたりと一つになれない」、「男の心と女の心」——これもまた、原罪的な罪の意識と共に、漱石の心が映し出した「人間の心」の姿であった。

「心《こゝろ》 先生の遺書」の新聞連載があと一日で終わろうとする第百九回目（単行本の〈下〉五十五）になって、「先生」は、唐突に「明治天皇の崩御」と「明治の精神」について語り出し、最終回（〈下〉五十六）では「乃木大将の殉死」について言及する。学習院長・乃木希典は、若い頃西南戦争に陸軍少佐として参戦したが、西郷軍に連隊旗を奪われた。それを恥辱とした乃木希典は、「死なう〳〵と思つて、死ぬ機会を待つてゐた」という。「さういふ人に取つて、生きてゐた三十五年が苦しいか、また刀を腹へ突き立てた一刹那が苦しいか、何方《どつち》が苦しいだらうか」と、「先生」は乃木希典の心境に思いをはせ、「明治の精神」なるものに「殉死」することになる。

それ（「乃木大将の殉死」のこと。引用者注）から二三日して、私はとう〳〵自殺する決心をしたのです。私に乃木さんの死んだ理由が能く解《よ》らないやうに、貴方にも私の自殺する訳が明らかに呑み込めないかも知れませんが、もし左右《さう》だとすると、それは時勢の推移から来る人間の相違だから仕方がありません。或《あるい》は箇人の有《も》つて生れた性格の相違と云つた方が確《たしか》かも知れません。私は出来る限り此《この》不可思議な私といふものを、貴方に解らせるやうに、今迄の叙述で己れを尽した積です。（〈下〉五十六）

長々と書き綴った遺書の締めくくりに、遺書の筆者自身が「貴方にも私の自殺する訳が明らかに呑み込めないかも知れません」と危惧し、それを「時勢の推移から来る人間の相違」あるいは「有《も》つて生れた性格の相違」に還元してしまうのは、「人間の心を捕へ得た」と自賛する作品の結末としては、〈竜頭蛇尾〉ないしは〈あらずもがな〉の感がする。「先生」としては「今迄の叙述で己れを尽した」のであるから、「私の自殺する訳」が理解されなくても「仕方がありません」ということであろうが、「先生」のこの弁明は一見謙虚に見えて空々しく、原罪的な罪の意識の普遍性を、一挙に「人間の相違」、「性格の相違」に矮小化してしまう。そうなると、漱石が大上段に振りかぶって提起した「人間の罪」なるものの「恐ろしい影」は、結局「先生」＝「不可思議な私」の心を過ぎった、特殊例外的な想念に過ぎないことになるだろう。

いずれにしても、「人間の罪」と「明治の精神への殉死」との内容的な関わりを、違和感なしに理解するのは難しい。前者は「先生の遺書」を集約する形において使われているのに対して、後者は「先生」と「奥さん」との軽い会話の中から〈瓢箪から駒〉式に出てきたものであった。その時「先生」は、「殉死」という「古い不要な言葉に新しい意義を盛り得たやうな心持がした」が、その「新しい意義」についてそれ以上の説明をしなかった。

「先生」に自殺を決意させた動機の〈ちぐはぐさ〉はいかんともし難く、それを指摘する研究者も少なくはない。[8] また、「先生」の自殺と直接の関係はないのだが、江藤淳は、『こゝろ』を執筆する漱石の姿勢そのものにも〈ちぐはぐさ〉があるという。

> 『心』＝「先生の遺書」は、作者の意図に反して思わぬ展開を示した作品にほかならない。しかも、その結末の三十回分にいたっては、作者の内的な必然というよりはあとの書き手が見当たらないという外的な要因によって、いつ終えたらよいか見通しの付け難い状況の下で書かれているのである。
> （『漱石とその時代 第五部』「8 欧州大動乱」）

確かに江藤淳のいう通り、「心《こゝろ》 先生の遺書」の「あとの書き手」に内定していた志賀直哉が、新聞掲載の辞退を申し出たのは事実であった。また、ドタキャンした志賀直哉の代役が見つからず、朝日新聞社から「心《こゝろ》先生の遺書」をできるだけ引き延ばしてほしいと依頼されたのも事実である。(9)だが、江藤淳が、「先生の遺書」は「仮にそれが『短篇』であり得たとしても、やはり明治の終焉と乃木大将の殉死とともに終わるべき物語であった」（同前）というのは、どうであろうか。もしそうであれば、漱石は、連載延長のお墨付きを得ていたのだから、少々連載を引き延ばしてでも、「先生」の死と、江藤淳のいう「二つの歴史的大事件」、つまり「明治の終焉と乃木大将の殉死」との内的関連について、筆を加えたはずである。

漱石の「明治の精神」については、小森陽一が痛烈な批判を加えた。彼は、「どうしても不思議なのは、なぜここで、きわめて具体的な歴史性が突出してくるんだろうかということです。だって小説の全体の構成からは必然性が感じられないわけです」と言い、「明治の精神」を「あれほど浮いている言葉はない」、「非常に空虚な言葉ですよね」と批判した。(10)さらに彼は、「『こゝろ』という小説は、漱石全体の中でも非常に貧しい(11)」、「漱石の作品中で言えば、大失敗作(12)」と決めつけている。このように、〈文豪漱石〉をためらいなく批判できるのは、ポストモダン（これもまた「非常に空虚な言葉」だが）の洗礼を受けた世代の強みなのであろうか。漱石はあの世で、（小森陽一の言い回しを借りると）「そこまで批判されると、何か気持ちいい感じがいたします(13)」と苦笑を浮かべているかもしれない。

しかし、「全体の構成からは必然性が感じられない」からといって、「明治の精神」を「非常に空虚な言葉」と切り捨てて済ませるのは、独りよがりと言わざるを得ない。他者は知らず、「明治の精神が天皇に始まつて天皇に終つた」と書いた漱石自身にとって、「明治の精神」が「非常に空虚な言葉」であったはずがない。

テクスト論者からすれば、テクスト分析に作者の心情や思想を取り込むのは邪道なのであろうが、大多数の読者からすればそれは当然のことである。「明治の精神」について思いを巡らす読者が数多くいるとすれば、読者をそんな思いに導く『こゝろ』が「大失敗作」だとはいえないだろう。

「明治の精神」に関しては、従来様々な角度から論じられてきた。

そこでは漱石の天皇観・皇室観に言及されることがあり、その際しばしば引用されるのが、（真偽は不明だが）漱石が書いたとされる「明治天皇奉悼の辞[14]」や、明治天皇の死の前後に書かれた漱石の日記である。前者の「明治天皇奉悼の辞」において、その筆者は明治天皇を讃え、「過去四十五年に発展せる最も光輝ある我が帝国の歴史と終始して忘るべからざる大《たい》行《こう》天皇」と述べている。

明治天皇崩御の二ヶ月ほど前の漱石の日記（六月十日付）には、次のような記述がある。すなわち——

「行啓能を見る。（中略）陛下殿下の態度謹慎にして最も敬愛に価す。之に反して陪覧の臣民共はまことに無識無礼（陛下殿下の顔をじろじろみたり、傍で声高に談笑したりなど。引用者注）なり」とある。その一方で、「皇后陛下皇太子殿下喫烟せらる。而して我等は禁烟也。是《これ》は陛下殿下の方で我等臣民に対して遠慮ありて然《しか》るべし。若《も》し自身喫烟を差支なしと思はゞ臣民にも同等の自由を許さるべし」と、皇族を手厳しく批判している。また（すでに第一章で紹介したが）、「皇室は神の集合にあらず。近づき易く親しみ易くして我等の同情に訴へて敬愛の念を得らるべし。夫《それ》が一番堅固なる方法也。夫が一番長持のする方法也」と書いたのも、この日の日記であった。

　漱石の「明治の精神」は、このような日記などの記述内容に加え、「自由と独立と己れとに充ちた現代」（『こゝろ』〈上〉十四）という時代認識や、「自己本位」なる「立脚地」（『私の個人主義』）等をキーワードに組み込んで議論されてきた。

　ところで、引用した日記からも明らかなように、漱石は、「大日本帝國ハ萬世一系ノ天皇之ヲ統治ス」と謳った明治憲法の規定を受け入れていたが、昭和になって強調され出した『国体の本義』[15]ふうの神がかり的な天皇観には否定的であった。一九一二（明治四十五＝大正元）年七月二十日付の日記では、明治天皇危篤のために隅田川の伝統行事・川開きが中止させられたことについて、「天子未だ崩ぜず川開きを禁ずるの必要なし。細民是が為に困るもの多からん。当局者の没常識驚ろくべし」と政府を批判している。

しかし、このような漱石的発想といえども――〈戦後民主主義〉の観点からすれば――近代天皇制の網の目に、すなわち「我が国民の上に十重二十重の見えざる網を打ちかけ」、「現在なお国民はその呪縛から完全に解き放たれていない」(16)天皇制イデオロギーの見えざる網の目に、行儀よく納まっているのかもしれない。だが、そうだとしても、小森陽一のように「明治の精神に殉死する」という「思考や感性」を、「反動的役割しか果たさない」と断罪するのは、文学研究プロパーからの、イデオロギー批判ならぬイデオロギー暴露への退行としかいいようがない。

「先生」と「奥さん」の「笑談《じようだん》」の中から生まれた、「殉死するならば、明治の精神に殉死する積《つもり》だ」(〈下〉五十六)という「先生」の言葉は、物語の展開からすれば、「人間の罪」と〈心中〉するための単なるスプリングボードに過ぎないようでもある。だがそれは、遺書全体を流れるトーンとの違和のために、かえって読者に強烈なインパクトを与える。一方で、それは(テクストの読みから離れることになるのだが)、殉死せずに生き残った漱石にとってどんな意味を持っていたのか、また、そもそも「明治の精神」とは何なのか――そんなテーマに向けて、読む者を導いていく。『こゝろ』を論じる研究者の多くが「明治の精神」

に言及するのは、根拠のないことではない。

注

（1）津田青楓は画家で漱石門下生の一人。『虞美人草』『道草』『明暗』などの装丁を受け持つ。「ケチくさい古本屋」という言葉は、津田青楓著『漱石と十弟子』芸艸堂（一九七四年七月刊）の「岩波と桁平」からの引用。
（2）赤木桁平は漱石の晩年「木曜会」に参加した。評論家で、『評伝夏目漱石』などの著書がある。後年代議士となる。敗戦後一時戦犯として拘置された。
（3）津田青楓著『漱石と十弟子』の「岩波と桁平」による。
（4）「お金の融通」や「三千円の株券」のことは、夏目鏡子述・松岡譲筆録『漱石の思ひ出』の「五三自費出版」の中で触れられている。
（5）平成版『漱石全集　第十六巻』の「後記」では、本広告文を漱石が書いたという「直接の証拠は残されていない」とされている。なお、「岩波書店主人の懇請を容れて」という引用は、小宮豊隆著『漱石の藝術』岩波書店（一九四二年刊）による。
（6）高澤秀次著『文学者たちの大逆事件と韓国併合』平凡社新書（二〇一〇年刊）の「第二章　危機の時代の夏目漱石」において、著者は「漱石的世界の著しい特徴をなすのは、『こゝろ』の『先生』と『K』の関係もそうであったように、常に『男同士の絆』が、異性愛に先行しているという事実なのだ」、「漱石はそうした『ホモソーシャルな欲望』の悲劇を主題化していたのである」と述べている。
（7）『漱石とその時代　第五部』が新潮社から刊行される直前（一九九九年七月）、江藤淳は自殺した。

享年六十六歳。『漱石とその時代』は未完のままであった。
(8) この点について若干紹介しておく。
○「Kに『すまない』というのは『先生』の純然たる個人的な理由ですが、明治天皇崩御、乃木大将自殺は社会的事件です。少なくとも作品の中では十分にこの二つの動機が結び合わされていないんです」(大岡昇平著『小説家夏目漱石』ちくま学芸文庫)
○「先生の心理はこれまでの作品の図式性に比べると無理なく丹念に追われているのだが、自殺だけはやや不可解な短絡反応といわざるをえないのである」(柄谷行人著『漱石論集成』第三文明社)
○「明治の精神に殉死するという結末は不自然であり、作者が犯した失敗なのだろうか」(水川隆夫著『夏目漱石「こゝろ」を読みなおす』平凡社新書)
○「先生の『明治の精神』への殉死には、瓢箪から駒が飛び出したような、何かふっきれぬあいまいなところを感じさせる」(桶谷秀昭著『増補版夏目漱石論』河出書房新社)
○「**石原** 僕は明治の精神というのは何ですかって聞かれると、いつも答えられない。やっぱり答えられないでしょ。あれほど浮いている言葉はない」「**蓮實** 明治の精神ということがわかりかねるという点では僕も同じです」(石原千秋・小森陽一編『漱石を語る2』翰林書房)
(9) 一九一四(大正三)年七月十三日付の山本笑月及び志賀直哉宛書簡、七月一五日付の山本笑月宛書簡などで確認できる。
(10) 小森陽一・石原千秋編『漱石を語る 2』翰林書房(一九九八年刊)の中の、編者に蓮実重彦を加えた鼎談「『こゝろ』のかたち」による。
(11) 前注と同じ『漱石を語る 2』の中の座談会「『こゝろ』論争以後」による。

(12) 注(10)に同じ。
(13) 注(11)と同じ座談会において、小森陽一は、平岡敏夫の批判を「そこまで誤解されると、何か気持ちいい感じがいたします」と言って皮肉った。
(14) 平成版『漱石全集 第二十六巻』の「後記」には、「本篇は『法学協会雑誌』第三十巻第八号（大正元年八月一日発行）の巻頭に黒枠付き、無題・無署名で掲載されたものである。（中略）無署名であることも考慮し、本全集では『参考資料』として収録することにした」とある。
(15)「國體の本義」（一九三七年文部省発行）には、「大日本帝國は、萬世一系の天皇皇祖の神勅を奉じて永遠にこれを統治し給ふ。これ、我が萬古不易の國体である」と書かれている。
(16) 丸山真男著『増補版現代政治の思想と行動』未来社（一九六四年刊）の「超国家主義の論理と心理」による。

5　臣たるの道は二君に仕へず

十一歳の漱石が書いた「正成論」という作文が残っている。一八七八年（明治十一年・西南戦争の翌年）、小学校の仲間とつくった回覧雑誌に載せたものである。それは、「凡《およ》ソ臣タルノ道ハ二君ニ仕ヘズ 心ヲ鉄石ノ如《ごと》シ 身ヲ以テ国ニ徇《したが》ヘ 君ノ危急ヲ救フニアリ」で始まり、

「正成 勤王ノ志ヲ抱キ 利ノ為メニ走ラズ 害ノ為メ遁《のが》レズ 膝ヲ汚吏貪士《たんし》ノ前ニ屈セズ 義ヲ蹈《ふ》ミテ死ス 嘆クニ堪フベケンヤ 噫《ああ》」で終わる、四百字足らずの短い文章である。

楠木正成は修身教育における忠君愛国のヒーローの一人であるが、漱石が在籍していた頃の小学校教育は「実学」中心の時代であったから、学校で「仁義忠孝」などの徳目が強調されることはなかった。当時は「学制」の公布（一八七二年）から数年しか経っておらず、「邑《むら》ニ不學ノ戸ナク家ニ不學ノ人ナカラシメン」の謳い文句の割には、組織も施設も整っておらず、しかも月額最大五十銭もの授業料を納入しなければならなかった。教科書も無償ではなかった。漱石が小学校に入学した一八七四（明治七）年の例でいうと、大工さんの一日あたりの手間賃が平均四十銭、警察官（巡査）の初任給（基本給）が四円であったから、[1]一八七三（明治六）年に公布された徴兵令に対する、いわゆる「血税」反対一揆などで、「小学校の廃止」がスローガンの一つに掲げられたというのも、やむを得ないことであったろう。

当時は、福澤諭吉の『学問のすゝめ』や『西洋事情』などが標準教科書として採用され、『西国立志編』（中村正直訳）、『泰西勧善訓蒙』（箕作麟祥《みつくりりんしょう》訳）などの翻訳物が修身の教材として使われる一方で、寺子屋時代の教材をそのまま使う小学校もあった。内田魯庵は「明治十年前後の小學校[2]」の中で、「其頃の小學教科書は大抵西洋の教科書の翻譯」であったが、「鼠小僧や國定忠次の咄を修身の時間にする」こともあった、と回想している。明治天皇が加藤弘之から『西国立志編』の講義を受けるという、そういう時代であった。ただし明治十年代の半ばになって儒教的修身教育の強化が図られ出すと、『学問のすゝめ』、『西国立志編』、『泰西勧善訓蒙』などは教科書から排除されていく。

因みに『学問のすゝめ』は、『西国立志編』と並んで開化期の大ベストセラーであった。一八七二（明治五）年から一八七六（明治九）年にかけて初編〜十七編が出版され、総発行部数は三百四十万部といわれる。単純化していえば、明治初期の日本人の一割が『学問のすゝめ』を手に取ったことになる。

されば賢人と愚人との別は、学ぶと学ばざるとに由って出来るものなり。また世の中にむつかしき仕事もあり、やすき仕事もあり。そのむつかしき仕事をする者を身分重き人と名づけ、やすき仕事をする人を身分軽き人という。（中略）人は生れながらにして貴賤貧富の別なし。ただ学問を勤めて物事をよく知る者は貴人となり富人となり、無学なる者は貧人となり下人となるなり。

（『学問のすゝめ』初編 一八七二年刊）

今日の愚人も明日は智者となるべく、昔年の富強も今世の貧弱となるべし。古今その例少なからず。我日本国人も今より学問に志し、気力を慥《たしか》にして先ず一身の独立を謀《はか》り、随《したが》って一国の富強を致すことあらば、何ぞ西洋人の力を恐るるに足らん。道理あるものはこれに交わり、道理なきものはこれを打ち払わんのみ。

（『学問のすゝめ』第三編 一八七三年刊）

「人は生れながらにして貴賤貧富の別なし」と高唱した『学問のすゝめ』は、多くの人々を励まし勇気づけ、国民各層に広く受け入れられていった。福澤諭吉を通して近代思想の一端に触れた人々は、「文明開化」という新時代の到来を実感したであろう。

『学問のすゝめ』初編の出版は漱石五歳の時、第十七編が出たのは九歳の時であった。五歳の漱石が『学問のすゝめ』を読解する国語力を持っていたかどうかは不明であるが、「正成論」を書いた文章力からすると、少なくとも十一歳の頃までには、十分それを理解する力を持っていたと思われる。

漱石は『学問のすゝめ』を読んだに違いない。恐らく「天は自ら助くるものを助く」で知られる『西国立志編』も読んだであろう。そうすると、漱石がイギリス留学中に確立した自己本位の立場、そして、漱石の「彼ら（英国人のこと。引用者注）何者ぞやといふ気概」（「私の個人主義」）の淵源は、彼が幼少期に身につけた「一身独立して一国独立す」という開化期の精神にあったのだろう。

では、尊皇思想を讃える漱石の「正成論」が、明治初期の学校教育の現状、さらには「文明開化」の風潮と無縁であったかというと、必ずしもそうではない。文明開化の時代は、新しい天皇像が国民の意識の中へ徐々に浸透していく時期でもあったのだ。明治維新政府は、「殖産興業・富国強兵」の近代化政策と天皇のカリスマ性の強化とを、一体的に推進することを企図していた。

一八七二（明治五）年、天皇の大規模な地方巡幸が始まり（一八八五年までに六回実施され、「六大巡幸」と呼ばれる）、翌年には明治天皇の写真が政府要人・高官、各府県に下賜された。

風俗の西欧化に先鞭をつけた明治６年の明治天皇（宮内庁所蔵）

公表された明治天皇の写真は、洋装の軍服姿であった。肘掛け椅子に座った二十一歳の天皇は、カメラに向かって斜に構え、散切り頭で、うっすらと口髭をたくわえている。左腕を椅子の肘掛けで支え、床に立てたサーベルの柄の上に両手を置いている。軍帽を脱いでいるのは、散切り頭を目立たせるためであろうか。長い脚をやや開き（左脚は投げ出し気味）、リラックスした姿勢であるが、眼光は鋭い。

この明治天皇のいわゆる「軍服写真」は、天皇が「文明開化」の先頭に立っていることを国民に明示したであろう。散切り頭はもちろん、口髭も（老人を除いて）江戸時代にはないファッションであった。肘掛け椅子も絨毯もテーブルクロスも西洋のものであった。すらりと引き締まった体格も日本人らしくなかった。全体に後の「御真影」のような加工された威厳はない。

明治天皇の地方巡幸についていえば、その原型は一八六八（明治元）年の東京行幸にあった。二千三百人の供を従え、二十余日をかけたその大パレードの狙いは、「政治的解放者たる天皇は、実は天照大神の子孫であって、歴史的・民族的に支配の正統性を継ぐ者であることを人々に自覚させ、またその天皇は人民の生業に思いをいたし、仁恵深い君徳を備えた存在であることを民衆に滲透させる」（田中彰著『近代天皇制への道程』[3]）ということであった。巡幸においては、教師に引率された小学生たちが、路傍に整列して天皇一行を奉迎した。それは、子供たちが国家統合のために動員された、恐らく初めてのイベントであった。

漱石が「正成論」を書いた翌年（一八八〇年）の第四回巡幸を実見した木下尚江は、その著『懺悔』の中で次のように述べている（引用は筑摩書房版『近代日本思想大系 10』一九七五年刊から）。小学生であった彼は、母親が新調してくれた晴れ着を着て、他の生徒と共に奉迎の列に加わっていた。

……御巡幸を拝する為めに十里も二十里もの山の中からさへも赤児を負ひ、老人を助けて、誘い合はせて出掛けて来た程なので、街道筋は泥濘《どろ》の中を両側人の壁を築いたようであつた。

（中略）

……行列が行き過ぎ終つて通行の自由が許るされると、両側から多くの男や女が我勝ちに駆け出して突き合ひ押し合ひ着物を汚ごして泥中に争い始めた。彼等の一生懸命に争ふのは、馬に蹴飛ばされ車に踏み散らされたる泥塗《どろまみ》れの砂利であつた。彼等の間には『天子様の御通行になつた砂利を持つて居れば、家内安全五穀豊穣だ』との信仰が一般に流布されて居たのであつた。

（「第四章　御巡幸」）

明治天皇は、「軍服写真」の公表や「六大巡幸」の実施などによって、上からの近代化策の矛盾を弥縫する、文明開化風俗の体現者として立ち現れ、また庶民の間に伏流していた「生き神信仰」——「天子様は生き神様、拝めば目が潰れる」などの民俗信仰——と重ね合わされることによって、政治的カリスマ性を獲得しつつあった。

一方で、開化政策を強行する維新政府に対する批判や反発もまた、根強く存在した。太陽暦の採用（一八七二年）に面食らった庶民の間には、「今は晦日に月が出る、禁さん帰して徳さん呼んで、元の日本でくらしたい」という俗謡が流行した[4]。また一八七三（明治六）年の陸軍演習親閲の行幸の際には、「路の掃除をしろの何んのと面倒なる事のみなれば、天子様の御通行は甚《はなは》だ迷惑なり」という者もいた[5]。さらに山川菊栄著『おんな二代の記』[6]によると、西南戦争（一八七七年）の頃、東京の女湯では次のような会話が交わされていたという。

「こんなばかくせえ世の中がいつまでもつづいてたまるもんけえ、どうせ徳川さまがいまにまたお帰りになるにきまってらァな」

などといったもので、それをきくとあっちこっちで「そうよ、そうよ」とあいづちをうつ。眉をそりおはぐろをつける風習をいちはやくすてた山の手のインテリ婦人、つまり田舎ざむらいの妻や娘に反撥して、お湯の中で聞こえよがしに、

「いい年をして白歯で眉をたてて、気味がわるいねえ。まるでばけものじゃねえか」

などとあてこすりをいったものだそうです。（「西南戦争のころ」）

一八七六（明治九）年、神風連の乱、秋月の乱、萩の乱と続いた「不平士族」の蜂起は鎮圧されたが、維新政府に対する士族の失望は西南戦争として爆発した。その底流には、秩禄処分によってより一層の生活不安に突き落とされた下級士族や「文明開化」の風潮に乗り切

れない庶民の不満が渦巻いていた。この年には、地租改正の実施などに反対する農民一揆が四十九件も発生している。木戸孝允に「竹槍連ほどおそろしきものは無御座候《ござなく》」と言わしめたほど(7)であった。

次も『おんな二代の記』「西南戦争のころ」からの引用である。山川菊江の母・千世は、東京女子師範学校（お茶の水女子大の前身）に在学していた。

……そういう「権現さま」（家康）万能の江戸っ子まで、ひいき相撲の役者でもあるかのように西郷びいきで、なにがなんでも西郷に勝たせたいというものばかり。

お茶の水の寄宿舎でも西南戦争は興奮の渦をまき起し、毎朝の新聞は奪いあいで、「西郷さんに勝ってもらわなければ」、「西郷さんが負けたらどうしよう」という声が高かったものです。いったい西郷さんが勝ったら日本がどうなるのか、どんな政府ができて、どんな政治が行われるのか、誰もそんなことは考えてもいなかったらしい、と晩年の千世は笑っていました。

時代は混沌としていたが、日本の近代化＝西欧化は、帝国主義の世界に投げ出された維新政府の、恐らく不可避の選択であり、大きくいえば歴史の必然であったのだろう。「不平士族」による反「有司専制」のテロや反乱も、頻発する「竹槍連」の一揆も、維新政府の腕力に押さえ込まれてしまう。島津久光のように意地を張って断髪を拒否することはできても、誰も、歴史の大きな流れを押しとどめることはできなかった。それにしても、残念なことに、日本近代化の特色――すなわち、「文明開化」と天皇のカリスマ化とをセットで推進したこと、そのことの危険性に気づいた者はいなかったようだ。

少年漱石の「正成論」に表れた尊皇思想は、明治天皇をニューヒーローとして迎え入れた時代思潮を反映したものであった。同時に漱石の家庭環境にも影響されていた。

漱石は後年「私の父も、兄も、一体に一家は漢文を愛した家で、従つて、その感化で私も漢文を読ませせられるやうになつた(8)」と述べている。十歳の頃には、「解りもしないくせに、能く文章の議論などして面白がつた(9)」りした。一方で、寄席好きの兄たちの影響を受け「子供の時分には（中略）東京中の講釈の寄席は大抵聞きに廻つた(10)」という。幼少年時代の漱石が、養家や実家でどんな教育を受けていたのか、例えば士族の子弟のように漢文の素読を強制されていたかどうかは分からない。ただ、講釈をよく聞いた漱石にとって、『太平記』における楠木正成の活躍はお馴染みのことであったろう。ひょっとして漱石の漢文好きも、「太平記読み」的な講釈の影響なのかもしれない。

漱石の実父・直克（国立国会図書館所蔵『漱石写真帖』より）

夏目家は、百五十年以上続く江戸の町名主で、名主仲間の肝煎（世話役）も務めていた。青山に田地を所有し、そこからの収入だけでも食うには困らなかった。明治になると名主制度は廃止され、その六十四％が職を失ったが、漱石の実父・夏目直克は新政府の官吏（東京の区長や警視庁の職員）となり、明治維新の流れに順応していった。彼は一八七五（明治八）年、東京区長総代の肩書きで東京府に「伺書」を提出し、「俳優諸芸師結社条規」の制定に尽力している[11]。この「条規」は、芸人たちからの徴税方法を簡素化し、芸人の「頭取」たちの負担を軽減するためのものであった。

やはり名主であった漱石の養父・塩原昌之助も、浅草の戸長を務める下級官吏となった。旗本の若様が人力車夫に身を落とす[12]という時代であったから、漱石の実父も養父も、幕末・維新の激動期をうまく乗り切ったといっていいだろう。彼らは（特に実父は）ある程度の財産を所有し、江戸庶民（東京市民）の生活を熟知していた。そして、名主として長年培ってきた行政事務能力――それは薩長の「田舎ざむらい」が持たない能力であったろう――を身につけていた。漱石からすれば、実父は文学と軍学の区別もつかない「わからず屋」で「けちんぼ」であったが、[13]時代の趨勢を見抜く力、あるいはその直感を備えていたと思われる。ただし実父は、「陸軍かへ納める糧秣の会社」を作るという儲け話に引っかかって、「土地も人手に渡し、折角の身代を形なしに」してしまった。[14]

晩年のエッセイ『硝子戸の中』の中で漱石が、「長兄はまだ大学とならない前の開成校にゐた」（三十六）、「二番目と三番目の兄は、まだ南校に通つてゐた」（二十六）と述べていることからすると、漱石の兄たちは明治初期の洋学教育の先端機関に学んでいた。実父・夏目直克の教育方針によるものだろう。養父・塩原昌之助も、一八七四（明治七）年――この年の小学校の就学率は三十二・三％であった――漱石を、設立されたばかりの戸田小学校（正式名称は「戸田学校下等小学八級」）に入学させた。当時の小学校は寺院などに間借りし、授業内容も寺子屋をそのまま引き継いだようなものが多かったが、戸田小学校は新時代のモデルケース的な学校であり、「市内でも屈指の學校だつた」[15]らしい。

明治になったとはいえ、庶民の子供たちの生活は以前とあまり変わらず、十歳にもなれば年季奉公に出たり、農作業に従事したりしなければならなかった。大多数の国民が「世直し」の期待を裏切られ、江戸時代と変わらない（あるいはそれ以下の）生活を強いられていた。民衆の間に流行した「徳さん呼んで、元の日本でくらしたい」という唄は、彼らの貧困と将来に対する不安の反映であったろう。貧しい人々にとっては、当面の生活の維持と安定が最大の関心事であった。

これら貧困に喘ぐ人々と違って、幕藩体制の下である程度の生活を維持していた者たちがいた。中・下級士族（彼らは「秩禄処分」によって大打撃を受けるが）や蔵持ちの商人たち、かつての名主や本百姓クラスの農民たちなどである。これらの階層の中から、幕末には「尊皇攘夷」「王政復古」の運動を担い、後には自由民権運動の担い手となる人々が登場する。また、高等教育を受け官吏となって明治国家の機構を支えるのも、あるいは明治の思想や文学を牽引するのも彼らであった。夏目直克と塩原昌之助が維新の動乱や自由民権運動に関わった形跡はないが、二人は恐らく封建的身分に代わる新知識の重要性を感じ取っており、教育への財産投資をためらうことはなかった。

そういう親を持った子供たち、いわば漱石のような〈維新後世代〉にとって、「文明開化」の世の中は、努力さえすれば「一身独立」と「立身出世」を実現できる、希望に満ちた社会に見えたであろう。そしてその先頭には、洋装（軍服）、断髪、口髭の若々しい明治天皇が立っていた。古い習俗のもとで生活していた彼らの親たちは、明治天皇を「生き神信仰」と重ね合わせて崇めたが、その息子たちは、欧米諸国に伍する近代国家建設のシンボルとして、畏敬と親愛の念をもって明治天皇を仰ぎ見たであろう。

明治天皇崩御の報に接した『こゝろ』の「先生」が、「其時私は明治の精神が天皇に始まつて天皇に終つたやうな気がしました」という感慨を洩らしたのは、小説の展開からすると不自然だとしても、作者・漱石の時代認識の、率直な吐露ではあった。漱石の人格形成期——文明開化期から明治十年代を通して、日本の社会は揺らぎに揺らいだが、そこには、その時代特有の空気が漂っていた。それは藩閥政府の政治家や官僚のみならず、自由民権運動左派の活動家に至るまでの、日本国民の意識の底流に形成され、共有されていたものであった。「五箇条の御誓文[16]」的な統治原理を是とし正統とする時代感覚、がそれである。それは、維新の変革を受け入れ、明治という時代の波に乗ることができた人々——『こゝろ』の「先生」や漱石のような中流階層以上の日本国民——が社会について考える際の大前提として、ほとんど無意識に働く感覚となっていた。

紫宸殿において南面する明治天皇の前で、三条実美が神殿に向かって五箇条の御誓文を読み上げているところ（宮内庁所蔵）

もっとも歴史的事実としては、「五箇条の御誓文」が、その作成過程・発布の形式において、きわめて政治的党派性の強い文書であったことは明らかである。仰々しく誓文発布の儀式が行われたのは、討幕派による江戸城総攻撃予定日の前日であったから、「公議政体」派の中には、当然のことながら「五箇条の御誓文」を「薩長の姦謀」だと見なす者もいた。[17]

それはそれとして、一八七五（明治八）年の「立憲政体の詔書」には、「朕 今誓文ノ意ヲ擴充《かくじゅう》シ（中略）漸次ニ國家立憲ノ政體ヲ立テ 汝衆庶ト倶《とも》ニ其《その》慶ニ頼ラント欲ス」と、立憲制度が「五箇条の御誓文」の主旨の「擴充《かくじゅう》」であると記されている。また、国会期成同盟の「上願書」（一八八〇年）も、国会開設要求の根拠として「五箇条の御誓文」を挙げ、「陛下明治元年ノ三月ニ立定セラル、所ノ誓文五個條ノ一ニ曰ク 廣ク會議ヲ興シ萬機公論ニ決スト 夫《そ》レ廣ク會議ヲ興シ萬機公論ニ決スルヿ（コト）ヲ行ハントスルハ 國會ヲ開設セサ（ザ）ル可カラサ（ザ）ル也」と主張している。

明治政府は自由民権運動を徹底的に弾圧したが、それでも「五箇条の御誓文」を否定することはできなかったし、一方で、自由民権運動を推進する人々は、天皇は「萬機公論に決すべし」と天地神明に誓ったのに、「有司専制」の政府がその実現を妨げていると攻撃した。政談会で「五箇条の御誓文」を読み上げたり、集会において「自由万歳」「圧制撲滅」などと共に、「天皇万歳」と書いた旗や「国旗」を掲げたりすることもあった[18]という。

漱石の誕生は、天皇の「即位の礼」が執り行われ「明治」と改元されるその前年（慶応三年）に当たり、自由民権運動の最盛期（明治十年代の半ば）が漱石の青春時代と重なっている。漱石は、明治天皇死去の報に接し、明治時代と自己の人生とを振り返りつつ、「五箇条の御誓文」――それは慶応四年年三月十四日（旧暦）、京都御所紫宸殿において、公卿・諸侯・群臣を従えた天皇が、神に誓ったものであった――に思いを馳せ、改めて「明治の精神が天皇に始まった」ことを実感したであろう。

注

（1）週刊朝日編『値段の明治大正昭和風俗史』一九八一（昭和五十六）年刊による。
（2）内田魯庵の「明治十年前後の小學校」は、一九二七（昭和二）年六月刊の雑誌『太陽』に掲載されたもの。
（3）田中彰著『近代天皇制への道程』は、一九七九（昭和五十四）年、吉川弘文館から刊行された。
（4）三条実美に対する密偵の報告（『神宮文庫・三条家文書』）による。引用は、松尾正人編『日本の時代史21 明治維新と文明開化』吉川弘文館（二〇〇四年刊）の「巡幸と祝祭日」からの孫引き。
（5）同前。
（6）山川菊栄著『おんな二代の記』は、岩波文庫（二〇一四年刊）による。
（7）田中彰著『日本の歴史24 明治維新』小学館（一九七六年刊）の「維新の終幕」からの孫引き。

（8）『新国民』十一巻一号（一九一〇年四月刊）の談話「文話」による。引用は、平成版『漱石全集 第二十五巻』「別冊上」から。
（9）『硝子戸の中』（『朝日新聞』に一九一五年一から二月にかけて連載）による。引用は、平成版『漱石全集 第十二巻』「小品」から。
（10）『日本』（一九〇六年一月刊）の談話「僕の昔」による。引用は、平成版『漱石全集 第二十五巻』「別冊上」から。
（11）小木新造著『東京庶民生活史研究』日本放送出版協会（一九七九年刊）の「第三章 庶民娯楽の色調」による。ただし、著者は「夏目直克」が漱石の実父であると明記していない。
（12）野口武彦著『明治めちゃくちゃ物語 維新の後始末』新潮新書（二〇一三年刊）の「人力車の時代」による。
（13）夏目鏡子述・松岡譲筆録『漱石の思ひ出』の「五 父の死」による。
（14）同前。
（15）小宮豊隆著『夏目漱石』岩波書店（一九三八年刊）の「七 教育」による。
（16）一　廣ク會議ヲ興シ萬機公論ニ決スヘシ
一　上下心ヲ一ニシテ 盛ニ経綸ヲ行フヘシ
一　官武一途庶民ニ至ル迄各其志ヲ遂ゲ 人心ヲシテ倦サラシメン事ヲ要ス
一　舊來ノ陋習ヲ破リ 天地ノ公道ニ基クヘシ
一　智識ヲ世界ニ求メ 大ニ皇基ヲ振起スヘシ
我國未曾有ノ變革ヲ為ントシ 朕躬ヲ以テ衆ニ先ンシ 天地神明ニ誓ヒ 大ニ斯國是ヲ定メ 萬民保全

ノ道ヲ立ントス　衆亦此趣旨ニ基キ　協心努力セヨ

(17) 田中彰著『日本の歴史24 明治維新』小学館（一九七六年刊）の「戊辰の内乱　鳥羽伏見の戦いと五箇条の誓文」による。

(18) 牧原憲夫著『民権と憲法』岩波新書（二〇〇六刊）の「第1章　自由民権運動と民衆」による。

第三章　明治四十三年の夏目漱石

1　修善寺の大患と「大逆」事件

一九一〇（明治四十三）年の後半を、漱石はほとんど病床で過ごした。時に漱石は四十三歳。前年から胃の痛みに悩まされていた。この年の六月五日、胃痛に耐えながら『門』を脱稿したが、その直後、長与胃腸病院（院長は漱石のファンであった）での検査の結果、血便反応が見つかり胃潰瘍と診断された。六月十六日入院、入院生活は一ヶ月半に及んだ。

七月三十一日、いったん退院する。だが、体調は思わしくなかった。東京にいれば神経を使うことが多い。漱石には心身の安静が必要であった。そこで医者の勧めもあり、伊豆の修善寺でしばらく温泉に浸かり、のんびり病を養うことにした。漱石が修善寺を選んだのは、松山時代の教え子・松根東洋城が（彼は宮内省式部官であった）、北白川宮に随行して修善寺に滞在することになっており、漱石としては安心感があったからである。

だが、八月六日修善寺に着いた途端、胃の状態はさらに悪化した。当時漱石が途切れ途切れに書いた日記には、「胃常《つね》ならず」（八月七日）、「浴後胃痙攣」「一体に胸苦しくて堪えがたし」（八月八日）、「夢の如く生死の中程に日を送る」（八月十二日）などと書かれている。

八月十七日「熊の胆の如き」血を吐く。この頃、関東地方は大洪水に見舞われていたが、東洋城の急報によって、十八日夜、長与胃腸病院の森成医師と、朝日新聞社から派遣された坂元雪鳥（漱石の五高時代の教え子）が到着した。妻・鏡子は、雨に降りこめられた子供たち――子供たちは鏡子の母と茅ヶ崎で避暑中であった――の安否確認に出かけており、電報を受け取るのが後れたため、修善寺に着いたのは十九日の昼過ぎであった。その夜、漱石は二度目の吐血をする。

その後、一時小康を得たかに見えた病状は、八月二十四日夜急変した。漱石は、病床に侍していた鏡子に大量の血を吐きかけ、三十分間死の淵をさまようことになった。鏡子も医者も、漱石は助からないと観念した。深夜、坂元雪鳥は鏡子と相談のうえ、各方面に「漱石危篤」の電報を打ったが、雪鳥の手は電報の字がまともに書けないほど、ブルブルと震えていた。その時のことを、鏡子は次のように書き残している。

朝より顔色悪シ　杉本副院長（長与胃腸病院の副院長　引用者注）午後四時大仁《おおひと》着ニテ来ル　診察ノ後夜八時急ニ吐血　五百カ《グ》ラムト云フ、ノウヒンケツヲ、オコシ　一時人事不生《省》　カンフル注射十五　食エン注射ニテヤ、生気ツク　皆朝迄モタヌ者ト思フ　社ニ電報ヲカケル　夜中ネムラズ　（岩波書店平成版『漱石全集』第二十巻）

漱石が五百グラムの鮮血を鏡子の浴衣に浴びせかけた時、同じ宿に、杉本、森成という二人の専門医がいたことは、漱石にとって幸運であった。地元の医者から借りた、生理的食塩水用の注射器は壊れかけていたが、救急処置が適切であったのであろう、漱石はかろうじて死を免れた。

しかし、一命を取り留めたとはいえ、その後一ヶ月間、漱石は仰臥したままの姿勢で過ごさなければならなかった。仰向きのまま、九月八日からは中断していた日記を付け始めるが、二、三字書いてはしばらく休むという状態であった。万年筆を振る力もなかった。大吐血後最初の一週間は絶食、その後はスープと粥が中心の食事メニューであった。吐血後初めて病床に起き直って食事をしたのは、一ヶ月後の九月二十五日のことであった。

それでも十月になると、病状の快復基調がはっきりし出した。日記には、「夜は朝食を思ひ、朝は昼飯を思ひ、昼は夕飯を思ふ。（中略）余は今食事の事をのみ考へて生きてゐる」（十月四日）、「安眠常人と同じ」（十月七日）、「顔に漸く血の色が出て来た」（十月八日）などの記述がある。

十月十一日、漱石は担架に乗せられて東京に帰り、再び長与胃腸病院に入院した。実社会の喧騒を避けるため、面会謝絶とする。だが、十月下旬からは『思ひ出す事など』の原稿を書き始めた。十一月末には普通食を食べることができるようになり、一時四十四キロに落ちた体重が、年末には五十キロを超えた。

快復基調にあったとはいえ、漱石は、一九一一年（明治四十四年）の元旦を、病院のベッドで迎えなければならなかった。長与胃腸病院を退院し、我が家に帰ることができたのは、この年の二月二十六日である。前年七月末の一時帰宅（一週間）を除くと、八ヶ月ぶりの我が家であった。

退院した漱石は、徐々に短い評論やエッセイ、談話などを新聞に発表するようになった。また、長野教育会の依頼に応じて六月に長野県で二回の講演を、八月には関西各地で大阪朝日の主催による講演を四回行った。「教育と文藝」「道楽と職業」「現代日本の開化」「中味と形式」の四講演である。

暑い盛りの関西への旅行は、病後の漱石の体に過重な負担を強いたようだ。漱石は、講演旅行中の八月下旬、体調を壊し吐血、胃潰瘍による三度目の入院（三週間余）を余儀なくされた。加えて、痔疾をこじらせ、悪化させてしまった。以後、漱石は死ぬまで、断続的に起こる胃の不調と、痔の痛みに悩まされることになる。

こう見てくると、一九一〇（明治四十三）年は、漱石にとっていわば「死と再生」の年であった。漱石は一時仮死状態に陥り、「翌朝までもたぬ」と思われながら、かろうじて生き返った。そしてその後しばらくは実社会の〈騒音〉からほぼ完全に隔離され、療養に専念した。

大吐血後の一ヶ月余は、恐らく漱石の人生の中で最も幸せな時期であったろう。日記に、「年四十にして始めて赤子の心を得たり。此《この》丹精を敢てする諸人に謝す」（九月十六日）、「この忙しき世にかゝる境地に住し得るものは至福也。病の賜也」（九月十七日）と書いている。

妻鏡子との間にはこんな会話（小宮豊隆「修善寺日記[1]」九月四日による）も交わされたという。

漱石「病氣が治ほつたら、二三年遊んでゐたいなあ」
鏡子「えゝえゝ精出して醫者の言ふ事を聴いて早くなほつて、二年でも三年でもお遊びなさい」

病後の修善寺において、漱石はこうして心安らかな一ヶ月余を過ごし、少しずつ体力を回復していった。「『朝日（新聞）』を見せろ『國民（新聞）』を見せろ」という漱石の要求を鏡子が無視したため、ちょっとしたいさかいはあったが、「正宗の名刀でスパリと斬つてやり渡《た》い(2)」などという、鏡子に対する刺々しい感情は、すっかり影をひそめていた。漱石は、友人知人や門下生たちのみならず、〈悪妻〉鏡子の善意をも、素直に受け入れることができた。そして、「善良な人間になりたいと考へた。さうして此《この》幸福な考へをわれに打壊す者を、永久の敵とすべく心に誓つた」（『思ひ出す事など』十九）。

だが、漱石の「至福」の時は長く続かなかった。一応病が癒え社会復帰すると、彼は、再び激烈な現実社会の渦中に突き落とされ、今まで以上に苦しい闘いを強いられることになる。作風も大きく変化した。彼はそれまでのような「余裕ある小説(3)」を書かなくなった。かつては自らが批判した「余裕なき小説(4)」、「息の塞《ふさが》る様な小説(5)」の世界に沈潜していく。

一九一〇（明治四十三）年から翌年にかけては、漱石にとってのみならず、日本社会総体にとっても歴史的な大転換を画するといっていいほどの、重要な出来事が続けて起こった。対外的な出来事としては、韓国併合と、欧米諸国との不平等条約の解消である。この二つは、共に明治維新政府の悲願の一応の〈達成〉であった。一方国内においては、時の内閣が「大逆」事件をフレームアップしつつ強行した、反体制運動及びその思想の抹殺があった。日本は、これらの政治的課題の〈解決〉を通して、アジアで唯一の帝国主義国家として滅亡に向かって〝発展〟していくことになる。

韓国併合と「大逆」事件は、近代日本の負の遺産だからであろう、現在正面切って議論されることはあまりない。特に「大逆」事件は、最高裁で再審請求が棄却されたため、公式には〈迷宮入り〉の状態であることもあり、高校の歴史教科書においても政治的冤罪事件として扱っていないものもある。しかし、「大逆」事件がフレームアップであることは、近代史における定説である。

「大逆」事件とはどんな事件なのかを、『旺文社日本史事典』（三訂版）の記述を借りて要約しておくと、次のようなことになる。

――一九一〇年、明治政府が社会主義者に加えた大弾圧事件。幸徳事件ともいう。無政府主義者宮下太吉らが爆弾を製造して検挙されたことから、第２次桂太郎内閣は社会主義者が明治天皇の暗殺を計画（大逆罪）したとして数百名を逮捕。一審のみの非公開裁判で、11年1月死刑24名（うち12名は特赦により無期に減刑）、有期刑2名の判決が下り、同月幸徳秋水・森近運平・管野スガら12名の死刑が執行された。関係者は数名で幸徳秋水以下大部分はでっちあげの犠牲者とみられる。以後社会主義や労働運動は徹底的に弾圧され一時期「冬の時代」を迎えた。太平洋戦争後、暗黒裁判の真相が究明され、再審請求が行われたが、最高裁で棄却された――。

「大逆」事件は、漱石の病気の進行と並行する形で進行していった。

『東京朝日新聞』紙上で、「無政府党の陰謀」「爆裂弾使用の凶謀」のタイトルの下に、幸徳秋

1909（明治42）年撮影、
幸徳秋水と管野スガ
（日本近代文学館の資料より）

水、宮下太吉、新村忠雄、古河力作、幸徳秋水の妻・管野スガ（以上五名は死刑）ら七名による「爆裂弾を製造し、過激なる行動をなさんとせし計画発覚」と報道されたのは、漱石が『門』を脱稿した六月五日であった。翌六日には新宮の医者・大石誠之助（死刑）が逮捕される。

漱石が長与胃腸病院に入院した二日後（六月十八日）には、岡山で社会主義者・森近運平（死刑）が検挙された。入院生活が終わる頃になると、東京の新聞社内では、「一連の社会主義者等の逮捕は大逆罪にかかわる」という噂が広がっていた。その噂は、朝日新聞社の社員である漱石の耳にも届いたであろうか。小説記者であった漱石は社への出勤を義務づけられておらず、療養中のことでもあったから、彼がその噂をキャッチするのは難しかったと思わ

れる。

事件は「森近運平の捕縛を最後として一先段落《ひとまず》を告げたるもの、如し」（六月二十一日『東京朝日新聞』）と報じられたが、実際には漱石入院中の六、七月にかけて、大石誠之助関連でいわゆる「紀州グループ」が、また松尾卯一太《ういちた》（死刑）とのつながりで「『熊本評論』グループ」が、次々に検挙されていった。

八月に入ると思想統制が一挙に強化される。文部省は「全国図書館に於て社会主義に関する書籍を閲覧せしむる事を厳禁し」、また「全国各種学校教職員若《も》しくは学生、生徒にして社会主義の名を口にする者は、直ちに解職又は放校の処分を為す」という訓令を発した(6)。

八月末には、逮捕者は大阪にまで波及した。漱石が修善寺で大吐血をしたその日の朝刊に、「社会主義者就縛　▽十三名一網に捕はる　▽合邦問題とは関係なし」の見出しで、「大阪在留の社会主義者が極めて危険なる陰謀を企ておること発覚」、「爆弾事件に関する秘密往復書簡なども多数押収したる由」（八月二十四日『東京朝日新聞』）という記事が出た。見出しにある「合邦問題」とは、二日前「日韓併合ニ関スル条約」が締結されたことをいう。条約は、日本軍によって戒厳令状態に置かれたソウルで調印された。ついに朝鮮半島は、日本の完全な植民地になったのだった。大阪の社会主義者の逮捕は「合邦問題」とは関係ないと報道されたが、韓国併合反対の動きを封ずる狙いがあったという見方もある。

九月には報道管制が緩和され、それまで「爆弾事件」「陰謀事件」として報道されていた一連の動きが、刑法七十三条（大逆罪）に関わる事件として報道されるようになった。(7)

漱石が修善寺を去り、長与胃腸病院に再入院して一ヶ月ほど経った頃、「大陰謀の公判開始決定」（十一月九日『東京朝日新聞』）の号外が出る。翌日の『東京朝日新聞』朝刊には、「コレラの如く、ペストの如く、無政府主義も我日本を侵し來たれり。（中略）最も良き政府を以て最も悪《あし》き物とする彼等なれば、吾人が最も瞻仰《せんぎよう》する主権者は則ち最も彼等が付け狙ふ所なるが如し。（中略）日本の無政府主義者も、刑法第七十三條の罪に該當する者といふ以上、其《その》陰謀の性質は、言はずとも知れたる帝冠の呪詛なる可し」と、被告の二十六人を無政府主義者と決めつけ、彼等が天皇暗殺を企てたのは既定の事実であるかのような、煽情的内容の記事（社説）も出た。

公判は大審院（現在の最高裁判所に当たる）だけの「一審即結審」で、上告は認められなかった。審理は非公開とされ、証人申請を全て却下したうえで、たった一ヶ月ほどで終わり、翌一九一一（明治四十四）年一月十八日、幸徳秋水ら二十四名に死刑が宣告された。ただ、二十四名のうち半数の十二名は、翌十九日恩赦により無期懲役に減刑される。しかし、幸徳秋水を含む残りの被告については、判決からわずか六日後の一月二十四日、一挙に十一名の死刑が執行された。そして翌二十五日には、唯一の女性被告である管野スガが処刑された。

全て絞首刑であった。

こうして、「大逆」事件という、稀に見る凶悪なフレームアップ事件は、痛ましくもあっけない結末を迎えたのであった。

この頃、漱石の健康状態はほぼ旧に復していた。「病気は段々快《よ》くなります。今では病気前よりも目方なども増しました。たゞ用心の為め病院の人となつて居ります。多分は二月一杯位居るでせう」（一月二十日付川羽田隆宛書簡）、「独乙《どいつ》へ手紙を出す。英国へたよりを書く。森田に小言を云ふ。知らぬ人の書翰に礼の返事を出す。それや是やで今朝は病院も大分多事、長い御返事も出来ない」（同日付坂元雪鳥宛書簡）――漱石は、社会復帰のための準備態勢を整えつつあった。

注

（1）小宮豊隆著『漱石 寅彦 三重吉』岩波書店（一九四二年刊）の「修善寺日記」による。

（2）一九〇七（明治四十）年六月二十一日付鈴木三重吉宛書簡による。書簡には「肝癪が起ると妻君と下女の頭を正宗の名刀でスパリと斬つてやり度い。然し僕が切腹をしなければならないからまづ我慢する さうすると胃がわるくなつて便秘して不愉快でたまらない 僕の妻は何だか人間の様な心持ちがしない」とある。

（3）「虚子著『鶏頭』序」による。引用は平成版『漱石全集 第十六巻』から。

（4）同前。
（5）同前。
（6）石川啄木筆「日本無政府主義者陰謀事件経過及び附帯現象」の一九一〇年八月四日の項による。引用は、池田浩士編・解説『逆徒「大逆事件」の文学』インパクト出版会（二〇一〇年刊）から。
（7）九月二十一日『時事新報』と『報知新聞』など。山泉進編著『大逆事件の言説空間』論創社（二〇〇七年刊）の第三部の「『大逆事件』の発端と新聞報道」による。

2　啄木――テロリストの悲しき心――

石川啄木（Wikipediaより）

一九一〇（明治四十三）年当時、石川啄木は漱石と同じく朝日新聞社の社員であった。ただし校正係としての啄木の給与は、漱石の所得の二割以下（月二十五円、夜勤手当等を加えた実収入は月三十円超）に過ぎなかった。九月から「朝日歌壇」の選者を担当するようになると、月八円の収入増になったが、両親と妻子を抱えた啄木の生活は苦しかった。

一九一一（明治四十四）年一月十八日、「大逆」事件の判決が下された。その時漱石は長与胃腸病院に入院中であったが、体力は順調に回復に向かっていた。一方、啄木は母・カツの結核が感染し、その身体は徐々に結核菌に蝕まれつつあり、新聞社を休むことが多くなっていた。だが逆に、啄木の精神と思考はフル回転していた。啄木は日記に、「『日本はダメだ。』そんな事を漠然と考へ乍《なが》ら丸谷君（丸谷喜一。啄木の友人、のち経済学者。引用者注）を訪ねて十時頃まで話した」（一月十八日）、「朝に枕の上で國民新聞を讀んでゐたら俄《にはか》に涙が出た。『畜生！　駄目だ！』さういふ言葉も我知らず口に出た」（一月十九日）などと書いた。ところが、一月の後半、漱石が日記に書いたことといえば（その頃二十四名の死刑判決、十二名の死刑執行へと続く「大逆」事件裁判の動きが、各新聞で大きく取り上げられていたにもかかわらず）、自身の体重を記した「五十四キロ八百（十四貫五百七十六匁）」（一月二十日）という一行のみであった。

石川啄木は「大逆」事件を真正面から受け止め、その衝撃を（志半ばで命を落としたが）自己の文学と思想の核に据えようと苦闘した、希有な文学者であった。そのことは、例えば彼の次のような歌や詩にも色濃く反映している。

やや遠きものに思ひし
テロリストの悲しき心も――
　近づく日のあり。

「労働者」「革命」などといふ言葉を
聞きおぼえたる
五歳の子かな。

友も妻もかなしと思ふらし――
病みても猶《なほ》、
　革命のこと口に絶たねば。

以上の三首（初出は『新日本』一九一一年七月号）は、歌集『悲しき玩具』（一九一二年六月刊）に収められている。次に掲げる詩「ココアのひと匙」には、詠まれた日付が「1911．6．15．TOKYO」と書き込まれているが、公になったのは二年後で、詩集『呼子と口笛』（一九一三年五月刊）においてであった。『悲しき玩具』も『呼子と口笛』も、刊行されたのは共に啄木の死後である。

ココアのひと匙

1911.6.15.TOKYO

われは知る、テロリストの
かなしき心を――
言葉とおこなひとを分ちがたき
ただひとつの心を、
奪はれたる言葉のかはりに
おこなひをもて語らむとする心を、
われとわがからだを敵に擲《な》げつくる心を――
しかして、そは真面目にして熱心なる人の常に有つかなしみなり。

はてしなき議論の後の

冷めたるココアのひと匙を啜りて、
そのうすにがき舌触りに、
われは知る、テロリストの
かなしき、かなしき心を。

これらの詩や短歌が詠まれたのは、幸徳秋水らが処刑された数ヶ月後であり、思想統制の厳しい時期であった。すでにその前年、「大逆」事件の捜査が進むにつれて、社会主義関連の文献は、単行本だけにかぎっても七十四点、八十四冊が、過去に遡って根こそぎ発禁処分を受けていた(1)。ただ、詩や短歌に関する検閲は、緩やかだったようだ。政府は、詩人の国民に与える影響など大したことはない、と考えていたのだろう。

啄木は、「テロリストの悲しき心」と魂の深いところで交感し合っている。恐らく彼が「大逆」事件から受けた衝撃は、単に観念的な思想のレベルに留まらなかったのだろう。病苦と貧困の中で、残り少ない命の全体重を賭けて、啄木は調べ、思索し、読み、学び、議論し、そして書いた。新しい生き方を模索し、危険を犯す覚悟で雑誌『樹木と果実』の発行を計画した。

一九一〇（明治四十三）年七月一日、啄木は、漱石を長与胃腸病院に見舞った。その時、

『二葉亭全集』の編集・校正に従事していた啄木と、漱石との間で、話題は二葉亭四迷からツルゲーネフに及んだようだ。啄木は五日後再び病院を訪れ、漱石から、そこに森田草平が持参した『ツルゲーネフ全集』第五巻を借りた。

推測の域を出ないが、啄木が漱石を見舞った時、「爆弾事件」にまつわる新聞社内の「噂」を漱石に伝え、その頃彼が執筆していた（と思われる）評論「所謂今度の事」（「所謂今度の事」とは「大逆」事件のことである）を漱石に示し、『朝日新聞 文芸欄』への掲載を依頼した可能性もある。

しかし、評論「所謂今度の事」は、『東京朝日新聞』の夜間編集主任・弓削田精一の手に渡ったものの、新聞に掲載されることはなかった。当時メディアは桂内閣の過酷な言論弾圧に竦み上がっていた。編集主任の筐底に秘されていた啄木の原稿が公表されたのは、結局、第二次大戦後の一九五七（昭和三十二）年十月、岩波書店の雑誌『文学』誌上においてであった。

啄木はそこで次のように述べている。

……日本の政府が其《その》隷属する所の警察機関のあらゆる可能力を利用して、過去数年の間、彼等（幸徳秋水ら無政府主義者のこと。引用者注）を監視し、拘束し、啻《ただ》に其主義の宣伝乃至《ないし》実行を防遏《ぼうあつ》したのみでなく、時には其生活の方法にまで冷酷なる制限と迫害とを加へたに拘《かか》はらず、彼等の一人と雖《いへど》も其主義を捨てた者は無かつた。主義を捨てなかった許りでなく、却つて其覚悟を堅めて、遂に今度の様な凶暴なる計画を企て、それを半ばまで遂行するに至つた。今度の事件は、一面警察の成功で有ると共に、又一面、警察乃至法律といふ様なもの丶力は、如何《いか》に人間の思想的行為に対《むか》つて無能なもので有るかを語つてゐるでは無いか。

啄木はまた、「我々の社会の安寧を乱さんとする何者」をも許すべきではないと述べ、事件が摘発されたことに対して「心から当局に感謝するものである」とも述べている。これは、当局のチェックを逃れようとする、啄木なりの配慮なのであろうか。一方で啄木は、無政府主義者の行為は「すべて過激、極端、凶暴で有る」が、その理論においては「殆《ほと》んど何等の危険な要素を含んでゐない」とも述べて、無政府主義の思想をあれこれと擁護している。無政府主義をペストやコレラ並みに扱っていた『朝日新聞』としては、掲載を受け入れ難かったであろう。

「所謂今度の事」に続けて執筆した「時代閉塞の現状（強権、純粋自然主義の最後および明日の考察）」は、気鋭の評論家・魚住折蘆《せつろ》が「朝日文芸欄」（八月二十二日、二十三日）に発表した「自己主張の思想としての自然主義」に対する反論という形をとっている。啄木は当然「朝日文芸欄」への掲載を希望したであろうが、今回もまたそれは実現しなかった。[2]啄木は朝日の社員であり、「朝日文芸欄」の編集を担当していた森田草平とは旧知の仲であったにもかかわらず、啄木の希望が叶わなかった理由は、よく分からない。

よく分からないが、「朝日文芸欄」はその頃、森田草平を始め漱石門下の「赤門派」が仕切っていたから（漱石は修善寺で病床にあった）、田舎中学落ちこぼれ詩人の評論など相手にされなかった、などと考えるのは、下司の勘ぐりということになるだろうか。

「時代閉塞の現状」は啄木の死の一年後、土岐哀果（善麿）の手によって『啄木遺稿』（東雲堂書店刊）として、ひっそりと世に紹介された。

以下は、「時代閉塞の現状（強権、純粋自然主義の最後及び明日の考察）」からの引用である。

我々青年を囲繞《いじょう》する空気は、今やもう少しも流動しなくなつた。強権の勢力は普《あまね》く国内に行亘《ゆきわた》つてゐる。現代社会組織は其《その》隅々まで発達してゐる。――さうして其発達が最早完成に近い程度まで進んでゐる事は、其制度の有する欠陥の日一日明白になつてゐる事によつて知ることが出来る。（中略）

斯《か》くて今や我々青年は、此自滅《この》の状態から脱出する為に、遂に其「敵」の存在を意識しなければならぬ時期に到達してゐるのである。それは我々の希望や乃至《ないし》其他の理由によるのではない、実に必至である。我々は一斉に起つて先づ此時代閉塞の現状に宣戦しなければならぬ。自然主義を捨て、盲目的反抗と元禄の回顧とを罷《や》めて全精神を明日の考察――我々自身の時代に対する組織的考察に傾注しなければならぬのである。(3)

「我々は一斉に起つて先づ此時代閉塞の現状に宣戦しなければならぬ」という叫びは、明星派的な大言壮語ではなかった。啄木にとっては「必至」（必然）なのであり、「未《いま》だ嘗《かつ》て彼の強権に対して何等の確執をも醸《かも》したことのない(4)（我々日本の青年）」に対する告発であった。彼は「今最も厳密に、大胆に、自由に『今日』を研究して、其処《そこ》に我々自身にとつての『明日』の必要を発見(5)」すべく、その一歩を踏み出したのだが、彼に残された時間は余りにも少なかった。啄木は「時代閉塞の現状」執筆の翌々年（一九一二年）四月、貧苦の中、肺結核のために死亡した。二十六歳の若さであった。

ところで、死の三ヶ月前の啄木の日記に、森田草平を介して細々と保たれていた漱石との関係を示す、次のような記述がある。

午頃《ひる》になつて森田（草平）君が来てくれた。外に工夫はなかつたから夏目さんの奥さん（漱石の妻・鏡子のこと。引用者注）へ行つて十円貰つて来たといつて、それを出した。私は全く恐縮した、まだ夏目さんの奥さんにお目にか〻つた事もないのである。

（一月二十二日）

いくら気前のよい鏡子でも、全く面識のない者に十円もの金を与えるとは考えられない。森田草平が自著『夏目漱石』において、「(石川啄木君が）金に窮して、先生の許へ手紙で合力を申し込んできた。先生はただちに金十円を私に託して、同家へ持参するように命ぜられた」[6]と書いているように、十円のお金は、漱石の指示で鏡子が森田草平に渡したものであろう。

注

（1）城市郎著『発禁本百年』桃源社（一九六九刊）による。

（2）「朝日文芸欄」に載った啄木の文章は、匿名で発表した一編のみ。一九一〇（明治四十三）年八月三日掲載の「NAKIWARAIを読む」である。『NAKIWARAI』は土岐哀果の第一歌集。

（3）「盲目的反抗と元禄の回顧」とは、「パンの会」の運動について述べたものだと思われる。一九一〇（明治四十三）年秋、「パンの会」は、軍隊に入隊する会員の送別会で、「祝入営」の貼り紙に黒枠をつけたため、新聞で「非国民」などと批判された。また、フランス印象主義の影響を受けた「パンの会」の中心メンバーは、江戸情緒の中に新しさを見出していた。女義太夫に熱中する者も多かった。

（4）『現代日本文学大系6』の「時代閉塞の現状（強権、純粋自然主義の最後及び明日の考察）」による。

（5）同前。

（6）森田草平著『夏目漱石㈢』講談社（一九八〇年刊）の第二部の「修善寺の大患とその以後」（七 私の『初恋』石川啄木の事ども）による。

3　蘆花——新しいものは常に謀叛である——

徳冨蘆花は、『金色夜叉』と並んで新派悲劇の代表作とされる『不如帰』の原作者であるが、現在彼の小説を読む人はほとんどいない。だが明治時代後半には、兄・徳富蘇峰と共に、当時の日本を代表する著名な文化人であり、作家であった。

徳冨蘆花（水俣市HPより）

彼は、一八六八（明治元）年熊本県葦北郡水俣町（現水俣市）に生まれた。漱石の一歳年下に当たる。一家は熱心なクリスチャンであった。漱石が熊本の旧制第五高等学校在任中の一八九八（明治三十一）年、小説『不如帰』を発表し、さらに『思出の記』『自然と人生』を書いて一挙に名声を博した。トルストイの信奉者で、「大逆」事件当時、東京府下の北多摩郡において半農生活を送っていた。

蘆花も石川啄木同様、「大逆」事件にアクティブに関わった数少ない文学者の一人である。「大逆」事件の被告二十四名に死刑判決が下された事実を新聞報道で知ると、妻に向かって「二四人殺すさうだ！」と叫んだ蘆花は、「殺させ度《たく》なし」という自己の思いを、直ちに行動に移した(1)。

すなわち一九一一（明治四十四）年一月二十一日、蘆花は兄・蘇峰を通して、兄と親しい仲にあった時の首相・桂太郎に、死刑を再考するよう、進言書を提出する――「事はかゝりて陛下の御心次第に候。然《しか》し乍《なが》ら補弼《ほひつ》の責は貴下に在り。陛下に代りて責を負ふは貴下の外無之《これなく》候。何卒《なにとぞ》御熟考幸徳輩にも亦《また》御恩命の下らんことを切望に不堪《たえず》候(2)」と。

翌一月二十二日、第一高等学校弁論部の代表二人が蘆花宅を訪ねて来た。来意は、二月一日に行う弁論部主催の講演会の講師をお願いしたい、というものであった。蘆花は言下に「よろしい」と引き受け、火箸を取り上げると、それで火櫃《ひびつ》の灰の上に講演の演題を書いた。学生たちが覗き込むと、そこには「謀叛論」と書かれてあった。学生の一人・河上丈太郎（第二次大戦後の日本社会党委員長）は「ハッと思った」が、学校には「題未定」と報告しておいた[3]。

　一方一月二十五日になっても、桂首相からは何の応答もなかった（どうやら、蘇峰が、弟のために桂首相に進言書を渡した、あるいは渡そうと努力した形跡はないようである。後年そのことを問われた蘇峰は、イエスともノーとも言わず、答をはぐらかしてしまった[4]という）。

　業を煮やした蘆花は、大胆にも、「天皇陛下に願ひ奉る」と題する明治天皇への上奏文を、『朝日新聞』紙上に公開することを決意する。一月二十五日、蘆花は、東京朝日新聞社の主筆・池辺三山に上奏文の原稿を添えて、新聞掲載を依頼する手紙を出した。

　手紙に同封した上奏文は、「天皇陛下に願ひ奉る／徳富健次郎／乍畏《おそれながら》奉申上候」で始まり、「時機已に迫り候間不躾《ぶしつけ》ながら斯《か》くは遠方より申上候　願はくは大空の広き御心もて天つ日の照らして隈《くま》なき如く幸徳等十二名をも御宥免《ゆうめん》あらんことを謹んで奉　願《ねがひたてまつり》候／叩頭《こうとう》百拝[5]」と締めくくられていた。蘆花は熱烈な明治天皇の崇拝者であったが、上奏文には、〈現人神〉としての天皇に対する憚りは全くない。〈人間〉天皇に対して堂々と、臆することなく、自己の主張を開陳している。

　蘆花が、池辺三山と面識がなかったにもかかわらず、彼に「陛下に聞ゑ上ぐるの便宜」を申し入れたのは、三山が同郷・熊本の出身であり、維新の志士の風格を持った硬骨漢であることを知っていたからであろう。

池辺三山は朝日新聞社内で、漱石が最も信頼する人物であった。漱石を朝日に招聘したのも彼であり、何かにつけて漱石を支え、誠意をもって遇した。森田草平の『自叙伝』を巡って朝日新聞社内で対立が生じた時（一九一一年の春以降）も、三山は一貫して漱石を擁護した。しかし激化した内紛の結果、その秋、三山は朝日新聞社を辞職することになる。続けて漱石も辞表を提出するが、三山らに慰留され、辞職を思いとどまった。

漱石は池辺三山との初対面の印象を、「西郷隆盛に会つたやうな心持がする」(6)と述べ、その印象が決して間違っていなかったことを強調している。三山は、朝日辞職後の翌年二月に亡くなった。四十八歳であった。

蘆花が池辺三山に上奏文の新聞公開を依頼した時、三山はまだ東京朝日の主筆をしていたから、彼が強く主張すれば、上奏文の掲載は不可能ではなかったであろうが、決して容易なことではなかったはずだ。ところが、三山がその決断を下す必要はなかった。すでに幸徳ら十二名の処刑は終わっていたのである。上奏文を添えた書簡を投函した直後、新聞でそれを知った蘆花は、「幸徳等十二名昨日已に刑場の露と消えたるを承知仕候　今更何をか云はん」と、すぐに掲載依頼取消しの手紙を三山に送った。折り返し、三山からは「御托しの一篇ハ小生手許ニ保存可仕候間 右様御承知給はるべく候」と書かれた返書が届いた。(7)

二月一日、一高での講演会は、午後三時から第一大教場で行われた。会場は超満員で、演壇も聴衆で埋まった。会場に入れない者もいた。講演が始まる直前「題未定」の紙がはがされ、「謀叛論」の本題が聴衆に提示された。講演は二時間に及んだ。

次に引用するのは「謀叛論」の草稿(8)——蘆花は、実際には草稿を講演会場に持ち込まなかった——からのものである。

……暴力は感心ができぬ。自ら犠牲となるとも、他を犠牲にはしたくない。しかしながら大逆罪の企《くわだて》に万《ばん》不同意であると同時に、その企の失敗を喜ぶと同時に、彼ら十二名も殺したくはなかった。生かしておきたかった。彼らは乱臣賊子の名をうけてもただの賊ではない、志士である。ただの賊でも死刑はいけぬ。まして彼らは有為の志士である。自由平等の新天新地を夢み、身を献げて人類のために尽さんとする志士である。その行為はたとえ狂に近いとも、その志は憐れむべきではではないか。

蘆花はこのように死刑の非を訴えたが、死刑執行は必ずしも天皇の真意ではないと考えていた。蘆花は、死刑の責任は天皇にではなく、「補弼の責」、つまり内閣にあると主張する。

諸君、我々の脈管には自然に勤王の血が流れている。僕は天皇陛下が大好きである。天皇陛下は剛健質実、実に日本男児の標本たる御方である。「とこしへに民安かれと祈るなる吾代を守れ伊勢の大神」。その誠《まこと》は天に逼《せま》るというべきもの。（中略）何故《なにゆえ》にその十二名だけが宥《ゆる》されて、余の十二名を殺してしまわなければならなかったか。陛下に仁慈の御心がなかったか。御愛憎があったか。断じて然《そ》うではない――たしかに補弼《ほひつ》の責である。もし陛下の御身近く忠義鯁骨の臣があって、陛下の赤子に差異はない、なにとぞ二十四名の者ども、罪の浅きも深きも一同に御宥し下されて、反省改悟の機会を御与え下されかしと、身を以て懇願する者があったならば、陛下も御頷きになって、我らは十二名の革命家の墓を建てずに済《す》んだであろう。

蘆花の桂内閣に対する批判は、次に引用するように「忠義立《だて》として謀叛人十二人を殺した閣臣こそ真に不忠不義の臣」、「死刑ではない、暗殺――暗殺である」などと手厳しい。

……忠義立として謀叛人十二人を殺した閣臣こそ真に不忠不義の臣で、不臣の罪で殺された十二名はかえって死を以て我皇室に前途を警告し奉った真忠臣となってしもうた。

忠君忠義――忠義顔する者は夥《おびただ》しいが、進退伺を出して恐懼《きょうく》恐懼と米つきばったの真似をする者(9)はあるが、御歌所に干渉して朝鮮人に愛想をふりまく悧口者(10)はあるが、どこに陛下の人格を敬愛してますます徳に進ませ玉うように希《こいねが》う真の忠臣があるか。（中略）死の判決で国民を嚇《おど》して、十二名の恩赦でちょっと機嫌を取って、余の十二名はほとんど不意打の死刑――否《いな》、死刑ではない、暗殺――暗殺である。（中略）

　こんな事になるのも、国政の要路に当る者に博大なる理想もなく信念もなく人情に立つことを知らず、人格を敬することを知らず、謙虚忠言を聞く度量もなく、月日とともに進む向上の心もなく、傲慢にしてはなはだしく時勢に後れたるの致すところである。

そして蘆花は、会場の若い一高生たちに向かって、熱烈に、畳みかけるように訴えた。

　諸君、幸徳君らは時の政府に謀叛人と見做されて殺された。諸君、謀叛を恐れてはならぬ。謀叛人を恐れてはならぬ。自ら謀叛人となるを恐れてはならぬ。新しいものは常に謀叛である。「身を殺して魂を殺す能《あた》わざる者を恐るるなかれ」。肉体の死は何でもない。恐るべきは霊魂の死である。人が教えられたる信条のままに執着し、言わせらるるごとく言い、させらるるごとくふるまい、型から鋳出した人形のごとく形式的に生活の安を偸《ぬす》んで、一切の自立自信、自化自発を失う時、即ちこれ霊魂の死である。我らは生きねばならぬ。生きるために謀叛しなければならぬ。

最後に蘆花は、「諸君、西郷も逆賊であった。しかし今日となって見れば、逆賊でないこと西郷のごとき者があるか。幸徳らも誤って乱臣賊子となった。しかし百年の公論は必ずその事を惜んで、その志を悲しむであろう。要するに人格の問題である。諸君、我々は人格を研くことを怠ってはならぬ」と述べて演壇を降りた。

彼の烈々たる気迫に満ちた講演は一高生を圧倒した。講演を聴いた矢内原忠雄は、『向陵誌』[11]（大正二年版）に「満場の聴衆をして咳嗽《がいそう》（咳のこと。引用者注）一つ発せしめず、演説終りて数秒、始めて万雷の如き拍手第一大教場の薄暗を破りぬ。吾人未だ嘗て斯《かく》の如き雄弁を聞かず」と、感動を込めて書いている。

しかし、講演は当然のことながら、「皇室に対し不敬の言あり」などとして、学校の内外で物議を醸した。ただ事態は、一高の新渡戸稲造校長と弁論部部長の畔柳都《くろやなぎくに》太郎教授が「職務上の義務違反」「職務怠慢」として、文部省から譴責処分を受けるだけで済み、累が学生に及ぶことはなかった。その頃、フランス、スペイン、アメリカなどで、幸徳秋水ら十二名の死刑執行に対する抗議運動が起こっていたから、政府は欧米諸国の世論に配慮して、講演問題を大きくするのを避けたのかもしれない。蘆花についても、嫌がらせ（「信書の不着」「演説の謝絶」「雑誌原稿の返却」）はあったものの、彼が不敬罪等の罪に問われることはなかった。

「大逆」事件の先駆的な研究者・神崎清は、徳冨蘆花を「基本的人権を守ろうとする勇敢な日本人」として讃え、「弾壓におびえた人々が、秋水の名を口にするさえ恐れていたのに、蘆花は、新築した家屋を秋水書院と名づけて世にはばかるところがなかった[12]」というエピソードを紹介している。

注

（1）神崎清筆「徳冨蘆花と大逆事件――愛子夫人の日記より――」（筑摩書房『現代日本文學大系 9』「徳冨蘆花・木下尚江集」二〇〇〇年刊）等による。

（2）田中真人筆「幸徳事件をめぐる徳冨蘆花の桂太郎宛書簡」（岩波書店『文学』二〇〇四年十二月刊）による。

（3）筑摩書房『明治文學全集 42』「徳冨蘆花集」（一九六六年刊）の神崎清筆「解題」による。

（4）注（1）と同じ。

（5）野田宇太郎筆「徳冨蘆花と大逆事件」（『中央公論』一九六九年一月刊）による。

（6）平成版『漱石全集第 十六巻』「池辺君の史論について」による。

（7）注（5）と同じ。
（8）中野好夫編『謀叛論 他六篇・日記』岩波文庫（一九七六年刊）による。
（9）帝国議会での「大逆」事件に関する答弁で、桂首相・平田内相・小松原文相の各大臣が「恐懼の至りと云ふ語を繰返し（た）」（一月二十六日『東京朝日新聞』）ことをいう。彼らは「大逆」事件判決の当日、天皇に「待罪書」（進退伺い）を提出していた。「恐懼」には「昔、朝廷からお叱りを受けて、出仕を停止し、家に閉じこもって謹慎すること」（小学館『日本国語大辞典』）という意味がある。
（10）一九一一（明治四十四）年の「歌御會始《うたごかいはじめ》」の詠進歌に、朝鮮全羅南道出身者の歌「雪深き百済の野邊に咲く梅も隔てず照らす冬の夜の月」が入選した。その入選に、宮内大臣の口添えがあったらしいという記事（一月十九日『東京朝日新聞』）が出ていた。
（11）『向陵誌』は旧制第一高等学校の寮の歴史を綴った書。一九一三（大正二）年〜一九三七（昭和十二）年の間に五回刊行された。発行者は「第一高等学校寄宿寮」。引用文は注（1）と同じものによる。
（12）注（3）と同じ。

4　鉄幹と春夫――「気ちがひ」で「愚なる者」の死――

「大逆」事件により四十三歳で刑死した和歌山県新宮の医者・大石誠之助は、新宮一帯ではよく知られた、開明的な文化人の一人であった。生まれは漱石と同じく一八六七（慶応三）年である。

大石家は資産家で、一家はクリスチャンであった。彼自身も十七歳の時洗礼を受けている。同志社英学校、共立学校を共に中退後、渡米（二十三歳）。コックなどのアルバイトをしながらオレゴン州立大学医科を卒業し、カナダで外科医の学士号を取得した。帰国後「ドクトル大石」の看板を掲げて開業したが、一時医院経営を休止しシンガポール、インドに渡り、二年間マラリアなどの伝染病や脚気の研究に取り組んだ。その間社会主義思想に関心を示し始め、一九〇一年（三十四歳）新宮で医院を再開すると、貧しい被差別部落民を無料で診察したりした。毒を取り去ってくれる「毒取る《ドクトル》さん」と呼ばれ、地域の人々に親しまれた。

やがて彼は、地元の新聞で公娼反対の主張を展開したり、日露戦争が始まると、長兄が設立した日本キリスト教新宮教会で非戦論の演説をしたりするようになった。また、中央の社会主義雑誌や『平民新聞』に自己の主張を投稿するようになる。そして、堺利彦、幸徳秋水らとの交流が生じていった。彼らへ資金カンパもした。

「大逆」事件の犠牲者・大石誠之助。和歌山県新宮市は、2018年1月、「人権思想や平和思想の基礎を築いた」として、彼に名誉市民の称号を贈った。（新教出版社『牧師植村正久』より）

一方で彼は、与謝野鉄幹が主宰する「新詩社」の同人であり、禄亭永升という号を持つ「情歌」（都々逸）の宗匠であった。さらに、友人と協力して「新聞雑誌縦覧所」を設け、東京で刊行されている雑誌や新聞が自由に閲覧できる場所を人々に提供した。その外、西洋料理の知識を生かして「太平洋食堂」という料理店の経営をやったりもした。[1]

与謝野鉄幹が大石誠之助を知ったのは、鉄幹の新宮来遊においてであった。鉄幹は二度新宮を訪れている。一回目（一九〇六年）は北原白秋、吉井勇らと共に、二回目は「大逆」事件が起こる前年（一九〇九年）に、生田長江、石井柏亭（洋画家）らと共に滞在した。二回目来訪の際は講演会を開いた。大石誠之助は――幸徳秋水の新宮来訪に際してもそうであったように――鉄幹一行のスポンサー役であった。鉄幹の思想は社会主義とは無縁であったが、誠之助の人柄に触れた鉄幹は、初対面の印象を「甚だ快心の人」[2]と評している。また、「大逆」事件の公判開始決定が新聞で公表されると、新宮の知人・佐藤豊太郎に向けて「想ふに官憲の審理は公明なる如くにして公明ならず。この聖代に於て不祥の罪名を誣《し》ひて大石君の如き新思想家をも重刑に処せんとするは、野蛮至極と存じ候」[3]と怒りをこめて書き送った。「重刑に処せんとする」と述べているところをみると、死刑になるとは思い及ばなかったのだろう。しかし誠之助は、「明治天皇暗殺陰謀」のシナリオにおいて、いわゆる「紀州グループ」の中心人物と見なされていたのだった。

鉄幹が誠之助処刑後に詠み、『三田文学』（四月号）に発表した「春日雑詠」と題する詩編の

与謝野鉄幹
（Wikipediaより）

一つには、屈折した反語表現の中に、鉄幹の義憤と哀惜の思いがこめられている。その詩は、四年後（一九一五年）に刊行された詩歌集『鴉と雨』の中に、「誠之助の死」という独立した一編の詩として採り入れられた。

誠之助の死④

大石誠之助は死にました。
いいきみな。
機械に挟まれて死にました。
人の名前に誠之助は沢山ある。
然《しか》し、然し、
わたしの友達の誠之助は唯一人。

わたしは最《も》う其《その》誠之助に逢はれない。
なんの、構ふもんか。
機械に挟まれて死ぬやうな、
馬鹿な、大馬鹿な、わたしの一人の友達の誠之助。

それでも誠之助は死にました。
おお、死にました。

日本人で無かッた誠之助。
立派な気ちがひの誠之助。
有ることか無いことか、
神様を最初に無視した誠之助。
大逆無道の誠之助。

ほんにまあ、皆さん、いい気味な。
その誠之助は死にました。

誠之助と誠之助の一味が死んだので、
忠良な日本人は之《これ》から気楽に寝られます。

おめでたう。

ところで、鉄幹が「大逆」事件の裁判について「野蛮至極」などと書いた、その手紙の受取人・佐藤豊太郎は、佐藤春夫の父である。春夫の父と大石誠之助は、文人趣味の同業者ということで親しい仲であった。春夫も子供の頃から誠之助を知っており、中学時代は「新聞雑誌縦覧所」の定連であった。

旧制新宮中学校五年（十七歳）の時、与謝野鉄幹らを招いて開催された「文学講演会」の前座で、佐藤春夫は「偽らざる告白」と題するスピーチをするが、その内容が問題となり、無期停学の処分を受けた。スピーチの内容が「社会主義的」であるということだったらしい。「大逆」事件の前年（一九〇九年）のことである。この処分は、新宮をゆるがす中学生のストライキに発展した。

大石誠之助が検挙された時、佐藤春夫は、父が誠之助から借りて持っていた、クロポトキ

佐藤春夫（毎日新聞「昭和史 第４巻」より）

ン著『麺麭《パン》の略取』（幸徳秋水訳）を読み始めたところであった。父は、警察に呼ばれ取調べを受けたが、家に帰るや否や、春夫から『麺麭の略取』を取り上げると、金庫の中に隠してしまった。佐藤家は家宅捜索を受けたが、幸いなことに『麺麭の略取』は押収されずにすんだ。後年佐藤春夫は、「仏像みたいな柔和なえみを両頬にたたえていたあのドクトルさん」が、「天子さまに闇うちをかけようなどと、そんな大それたことをたくらんだとは、町の人びとにはとうてい信じられないところであった[5]」と回想している。

　大石誠之助刑死の直後、佐藤春夫は詩「愚者の死」を書き、『スバル』（一九一一年三月号）に発表した。

　　愚者の死

千九百十一年一月二十三日[6]
大石誠之助は殺されたり。

げに厳粛なる多数者の規約を
裏切る者は殺さるべきかな。

死を賭して遊戯を思ひ、
民俗の歴史を知らず、
日本人ならざる者、
愚なる者は殺されたり。

『偽《うそ》より出でし真実《まこと》なり』(7)と
絞首台上の一語その愚を極む。

われの郷里は紀州新宮。
渠《かれ》の郷里もわれの町。

聞く、渠が郷里にして、わが郷里なる

紀州新宮の町は恐懼せりと。
うべさかしかる商人《あきうど》の町は歎かん、
――町民は慎めよ。
教師らは国の歴史を更にまた説けよ。

だが「愚者の死」は、第二次世界大戦後に至るまで、作者によって自己の詩集に採録されることはなかった。佐藤春夫は、「愚者の死」を、自己の詩集に載せるに値しないと考えたのであろうか。それとも、単に政府の弾圧を恐れたのであろうか。

いずれにせよ、彼の文学報国運動における〈活躍〉ぶり――彼は日本文学報国会の理事であった――を見るにつけ、戦後における「大逆」事件に関する彼の饒舌が、軽く、むなしいものに感じられる。彼は、その著『わんぱく時代』(8)の中で「大逆」事件に触れ、「天皇を支配階級擁護の具に供し、あまつさえ天皇陛下の赤子十二人の虐殺を国家の権威を借りて断行した事件」と述べ、「こういう過激な事件を醸造したときの政府とその手さきの裁判官どもこそ真実の大逆罪と、ぼくは信じている」などと述べている。しかしそこには、侵略戦争の片棒を担いだ自己に対する省察が全くない。彼は、「(多くの戦争詩を書いたことなどのために)わたくしは戦争協力者もしくは、戦犯に準ずべき人物に見えるらしい。誰が何と見るとも、それは先方の眼のせいで、眼医者でもないおいらの知ったことではない」（『詩文半世紀』[9]）とうそぶいているのだ。

それでも中村光夫は、『佐藤春夫論』（文藝春秋新社一九六二年刊）において、若き日の佐藤春夫を「抒情詩人であるとともに、當時の社會事象に輕快辛辣な皮肉を投げつける諷刺詩人でもありました」とし、「その諷刺は、しばしば時代の政治、あるひはその根柢にある天皇制の機構にむけられ、僞りでない憤怒の情をたぎらせてゐます」と評した。そして「愚者の死」について、「この反語的な云ひまはしは、現代の讀者には、無用の迂路のやうに見えるかも知れません。しかし當時としては、これが許され得る唯一の表現法であり、これだけを云ふにも多大の勇氣を要したと思はれます」と評価している。

注

（1）大石誠之助の略歴に関しては、熊野新聞社編『大逆事件と大石誠之助——熊野100年の目覚め——』現代書館（二〇一一年刊）などを参考にした。

（2）一九〇六（明治三十九）年十一月十九日付、清水友猿・和貝夕潮宛書簡の中の言葉。引用は前注と同じ『大逆事件と大石誠之助——熊野100年の目覚め——』による。

（3）一九一〇（明治四十三）年十一月十日付書簡。松平盟子筆「明星系歌人の大逆事件」（『歌壇』本阿弥書店 二〇一一年三月刊）による。

（4）前注と同じ「明星系歌人の大逆事件」より引用。初出で「忠良な日本人は之から気楽に寝られます。」の後にあった、二行の詩句・「例えば、TOLSTOI《トルストイ》が歿《し》んだので、／世界に危険の断えたように。」が削除されている。一部句読点の改変もある。

（5）『ジュニア版日本文学名作選 2』偕成社（一九八二年刊）の佐藤春夫著『わんぱく時代』「なにが大逆か」による。

（6）大石誠之助の死刑執行は、実際は「一月二十三日」ではなく、「一月二十四日」である。

（7）中村文雄著『大逆事件と知識人――無罪の構図』論創社（二〇〇九年刊）の「Ⅲ大逆事件と同時代人たち」によると、処刑される二、三日前、大石誠之助は堺利彦に向かって「今度の事件は真に嘘から出た真である」と寂しく語った、ということである。

（8）『わんぱく時代』からの引用は、注（5）と同じ『ジュニア版日本文学名作選 2』によった。

（9）『詩文半世紀』は、一九六三（昭和三八）年、読売新聞社より刊行された。引用は『作家の自伝12 佐藤春夫』日本図書センター（一九九四年刊）による。

5　晶子――大臣は文學を知らずあはれなるかな――

「大逆」事件前後の三年間は、西園寺内閣の後を受けた第二次桂内閣の時代であった。首相・桂太郎は、山県有朋直系の軍人政治家であった。治安対策を受け持つ内務大臣は、これも山県官僚閥の重鎮・平田東助で、思想統制を担った文部大臣は、民権派ジャーナリストから山県閥へ転向した小松原英太郎であった。内閣の背後にあって彼らを束ねた人物が、軍部と政界に強大な勢力を振るった、長州閥の総元締め山県有朋その人である。彼は松下村塾に学び、奇兵隊の軍監として尊皇攘夷運動・戊辰戦争に挺身した元勲政治家であった。

西園寺内閣の内相であった原敬が、「余が在職中、陛下に対し（社会主義）取締の緩慢を誣奏《ぶそう》せる元老あり」（一九一〇年七月二十三日付日記）と怒ったように、山県有朋は、原敬らの社会主義取締の不徹底を明治天皇に奏上して、西園寺内閣崩壊のきっかけをつくった。

次の歌は、一九〇九（明治四十二）年十月十五日の『東京毎日新聞』に、与謝野晶子が載せた「歌五首」(1)の中の三首である。

をみなにて歌よむ我をかの大臣《おとゞ》その将軍も知らずやあるらむ
英太郎東助と云ふ大臣《だいじん》は文學を知らずあはれなるかな
新しき荷風の筆のものがたり馬券のごとく禁《とゞ》められにき

歌における「かの大臣《おとゞ》その将軍」とは、陸軍大将でもあった首相・桂太郎のことである。「英太郎」は文部大臣・小松原英太郎、「東助」は内相・平田東助のことである。「新しき荷

与謝野晶子
（Wikipedia より）

風の筆のものがたり」とは、前月発禁になったばかりの永井荷風の短編集『歓楽』のことをいう。「馬券の如く」とは、前年桂内閣により各競馬会社に「馬券売買を差止むべき旨」の通達が出されたことをいい、永井荷風の文学が馬券並みに扱われたことを批判したものである。

与謝野晶子が立腹するほどに、桂内閣になって文学作品の発禁処分が一挙に増加した。一九〇九（明治四十二）年に発禁になった主な作品を挙げると、永井荷風『ふらんす物語』『祝盃』『歓楽』、徳田秋声『媒介者』、小栗風葉『姉の妹』、三宅野花訳『モーパッサン短篇傑作集』、森鷗外『ヰタ・セクスアリス』等である。

発禁本の増加はもちろん偶然ではなく、桂内閣の基本政策に関わっていた。一九〇八（明治四十一）年七月、新内閣が発足すると、桂首相は天皇の裁可を得て十二項目にわたる「政綱」を公表したが、彼はその「内務」の項で、「安寧を危害せんとする」社会主義の脅威を述べ、「社会主義に係《かかは》る出版・集会等を抑制して其《そ》の蔓延を禦《ふせ》ぐべき」ことを改めて強調した。

社会主義以外の表現活動についても、すでに西園寺内閣時代に文部省が訓令(2)を発して、その抑圧方針を明確にしていた。そこには政府の日露戦争後の時代風潮に対する否定的認識と危機感がにじみ出ている。

社会一部の風潮漸《やうや》く軽薄に流れむとするの兆《きざし》あるに際し　青年子女に対する誘惑は日に益々《ますます》多きを加へむとす　就中《なかんずく》近時発刊の文書図画を見るに　或は危激の言論を掲げ或は厭世の思想を説き　或は陋劣《ろうれつ》の情態を描き　教育上有害にして断じて取るべからざるもの尠《すくな》しとせず　故に学生生徒の閲読する図書は其の内容を精査し有益と認むるものは之を勧奨すると共に　苟《いやしく》も不良の結果を生ずべき虞《おそれ》あるものは学校の内外を問はず厳に之を禁遏《きんあつ》するの方法を取らざるべからず

しかし、このような日露戦争後の「社会一部の風潮」は改まるどころか、ますます拡大・悪化しているというのが桂内閣の認識であった。藩閥政府の日露戦争後の社会に対する危機感は根深く、〈秩序紊乱、風俗壊乱〉の矯正は尋常の手段では困難に見えた。彼らは天皇の権威にすがることにした。戊申詔書の渙発(3)（一九〇八年十月十三日）である。詔書の作成については内閣の中に反対意見があったが、内相・平田東助は「世態は非常に悪化して至尊（天皇のこと。引用者注）の御威光の外には一《ひとつ》も便《たよ》るべきものな（し）」と、「泣かん計りに」訴えて閣僚の同意を求めた。(4)〈危険思想〉を撲滅しようとする山県有朋グループの執念の現れであったろう。

内務省の強力なバックアップのもとで、各府県・郡・市町村の段階で詔書奉読会が実施され、戊申詔書は、官製「地方改良運動」の推進と相まって、全国に浸透していった。師範学校においては、教育勅語と共に戊申詔書の「述義」「暗唱暗写」が義務づけられた。

一方この頃巷では、「ハイカラ節」という演歌が流行していた。

黄金《ゴールド》眼鏡のハイカラは
都の西の目白台
女子大学の女学生
片手にバイロンゲーテの詩
口には唱へる自然主義
早稲田の稲田の稲穂がサーラサラ
魔風恋風そよそよと

（添田知道著『演歌の明治大正史』岩波新書）

「目白台」は日本女子大学校の所在地。「魔風恋風」は女学生を主人公にした小杉天外の人気小説である。「早稲田（大学）」は自然主義文学の拠点であった。

前近代的家族制度の中に抑圧されていた人間の「自然」を肯定し、〈露骨なる描写〉を主張する「自然主義」を掲げ、西洋の詩を読む女学生の出現は、社会主義者の存在と共に、為政者にとって、戦後の退廃文化を象徴する現象に見えたであろう。万世一系の天皇を戴く〈日本男児〉や〈大和撫子〉を堕落させる書物は、一掃されなければならなかった。そのために桂内閣は、発禁処分のみならず、「大逆」事件のフレームアップをも辞さなかった。

後年「大逆」事件について論評したり、小説に取り上げたりした作家は少なくないが、「大逆」事件にリアルタイムに、かつ文学者として鋭く反応したのは、徳冨蘆花、森鷗外（鷗外の「大逆」事件への関わりについては後述）を除くと、「新詩社」系（『明星』『スバル』系）の、しかも少数の詩人たちのみであった。与謝野鉄幹、石川啄木、佐藤春夫、木下杢太郎、水上滝太郎などである。鷗外は彼らの保護者格で、しばしば『スバル』に作品を発表していた。

彼らの「大逆」事件に対する素早い文学的リアクションを生んだ背景として――与謝野鉄幹と佐藤春夫の場合は大石誠之助との個人的なつながりも大きいが――「大逆」事件の弁護人・平出修《ひらいでしゅう》の存在を無視することができない。平出修は弁護士であると同時に『明星』創刊時以来の同人で、詩人であり明星派屈指の評論家でもあった。また雑誌『スバル』の発行所を自宅に置き、『スバル』発行を財政的に支えた。

平出修は、「新詩社」系のルートを通して（具体的には与謝野鉄幹の仲介・依頼によって）「大逆」事件被告の弁護を引き受けた。そしてこれも鉄幹の紹介で森鷗外に会い、弁護活動に備えて鷗外から社会主義や無政府主義について学んだ。その学習を通して自分のものにした革命思想の知識を武器に、平出修は弁論を展開した。彼の弁論は被告たちを感動させ、幸徳秋水、管野スガらは、平出修に対する感謝の気持ちを手紙に認めている。平出修が「大逆」事件への思いを込めて書いた小説『逆徒』（一九一三年雑誌『太陽』に発表）は、発禁処分になった。

啄木は平出修から、幸徳秋水が獄中で書いた「陳弁書」を借りたり、部外秘の裁判記録を読ませてもらったりしている。『スバル』の同人たちにその気がありさえすれば、彼らは一般の人が知りえない裁判の詳細な内容を知ることができた。木下杢太郎の戯曲『和泉屋染物店』[5]（一九一一年三月『スバル』）にしても、水上滝太郎の一連の短歌[6]にしても、恐らく新聞報道からの知識だけでは書けなかったであろう。

啄木とも親しかった「大逆」事件の弁護士・平出修）

平出修は与謝野夫妻と親しかった。与謝野晶子は書簡[7]の中で、「友人としてほんとうに話のできる」者として、茅野蕭々夫妻・平野万里と共に、平出修を挙げている。鉄幹も『平出修遺稿』の跋文で、「平出君と自分達夫婦との交際は、君が文壇の交友中に於て最も旧く、また十五年間を一貫して最も親しかった」と述べている。

平出修は一九一四（大正三）年三月に病死、三十七歳であった。与謝野晶子はその三日後——

私は昔たいぎゃくざいを犯せし女（管野スガのこと。引用者注）が、私の詩集をよみ（た）しと云ひしに、（すでに死ざいとほゞきめられてありし人に）私は臆病さにそれのさしいれをえせず候ひき。

その時のざんげを平出氏に今度あはばと、まだそれほどの病のあらぬ時、おもひ候ひしが、そのまゝになり候。

（一九一四年三月二十日付小林政治宛書簡）

と述べている。与謝野晶子が「臆病さ」の故に管野スガに渡すのを尻込みした自分の歌集『佐保姫』（一九〇九年刊）を、平出修は（彼は管野スガの担当弁護士ではなかったが）ためらうことなく『スバル』と共に差し入れした。喜んだ管野スガは、獄中から平出修にお礼の手紙を出し、その中で「スバル並《ならび》に佐保姫御差入れ被下《くだされ》何より有難く御礼申上候」と書き、続けて「晶子女史は鳳《ほう》（晶子の旧姓。引用者注）を名乗られ候頃より私の大すきな人にて候　紫式部よりも一葉よりも日本の女性中一番すきな人に候」（一九一一年一月九日）と書いた。死刑判決の十日前である。

与謝野晶子は社会主義を毛嫌いしたが、この手紙を平出修から読ませてもらったとしたら（恐らく読ませてもらったであろうが）、「英太郎東助と云ふ大臣」などと違って、文学を理解しうる「たいぎゃくざいを犯せし女」がいたことを知ったであろう。

産屋《うぶや》なるわが枕辺に白く立つ大逆囚の十二の柩《ひつぎ》

この歌は、管野スガ処刑の一ヶ月後、産院で詠まれた。与謝野晶子は双子を出産したが、一人はすぐ死亡する。母子ともに命を賭けた大難産であった。彼女は「産褥の記」（一九一一年四月『女學世界』）で、「うとうとと眠らうとして見たが、目を瞑《つむ》ると種種の厭な幻想に襲はれて、此《この》正月に大逆罪で死刑になつた、自分の逢つた事もない、大石誠之助さんの棺《ひつぎ》などが枕許に並ぶ」と述べている。

産褥の朦朧とした意識の奥から、出し抜けに浮かび上がる大逆罪の死刑囚の棺《ひつぎ》──。出産における死の恐怖と死んだ子の生々しい残像の中で、晶子はなぜか「自分の逢つた事もない」死刑囚の棺を思い浮かべた。「わが枕辺に白く立つ」死刑囚のイメージは、偶然晶子の意識にのぼったとは考えられない。恐らく晶子は、お産で入院する前に「友人としてほんとうに話のできる」平出修から、あるいは夫・鉄幹から、「大逆」事件の真相をある程度知らされていたのではないだろうか。

漱石の馬場孤蝶宛書簡(8)（一九一四年四月十七日付）によると、漱石は、三十七歳で病死した平出修の「永訣式」——平出修の葬儀は彼の遺言により、宗教色を排除した「永訣式」として執り行われた——に出席している。平出修と全く接点がないのに、漱石が「永訣式」に参加するはずはないから、二人の間には何らかの交流があったに違いない。だが、それがいつどんな形のものであるかは、現在のところ不明である。ただ、小宮豊隆の平出修宛書簡（一九一三年七月二十二日付）が残っており、その中で小宮豊隆が「あなたの友人としてさうして多少でもあなたの私的内生涯を覗いてゐる私にとつて(9)」と述べているところからすると、平出修と漱石周辺の人々との間に、つながりがなかったわけではないようだ。

注

（1）引用した三首以外の二首は次の通り。

わが住むは醜き都雨降ればニコライの塔泥に浮べり
都をば泥海となしわが児等に気管支炎を送る秋雨

（2）一九〇六（明治三十九）年六月九日、牧野伸顕文相の訓令（第一号）。原文は漢字カタカナ混じりで、句読点はない。

（3）「戊申詔書」は、「上下心を一にし、忠実業に服し、勤倹産を治め、（中略）華を去り実に就」くことを強調し、「荒怠」（すさみ怠ること）を戒め「自彊」（みずから勉め励むこと）を、天皇の名において要求したものである。

（4）平田東助の発言は、日本大学教授・窪田祥宏筆「戊申詔書の発布と奉体」（『教育学雑誌』第二十三号一九八九年）からの孫引き。

（5）一幕物の戯曲。社会主義を信奉する「和泉屋」の跡取り息子「幸一」が、東京で起こった「とんだ騒動」に関わり、警察の目を逃れて久し振りに帰ってくる。彼は父親に向かって「私は何にも悪い事をしては居ないのですよ。私は私の良心の命令通りに生活して来た丈ですよ」などと主張して、家族の止めるのを振り切って家を出て行く――という内容。

（6）水上滝太郎が『スバル』に発表した短歌の中には、例えば次のようなものがある。

幸徳はあはれなるかな小学の子も誦んずる道を忘れぬ（一九一一年五月）
けだものもひれ伏すと云ふ大君に弓ひく者は子も屠るべし（同七月）
かにかくに楽しく嬉しこの国の叛逆人をすべて縊れば（同七月）

以上三首とも、池田浩士編・解説『逆徒「大逆事件」の文学』インパクト出版会（二〇一〇年刊）による。

（7）一九一四（大正三）年一月十七日付平出修宛書簡。中村文雄著『大逆事件と知識人』三一書房（一九八一年刊）の「大逆事件をめぐる与謝野晶子・鉄幹の立場」による。
（8）平成版『漱石全集第二十四巻』「書簡下」による。
（9）『定本平出修集 第二巻』春秋社（一九六九年刊）による。

6 鷗外――調和すべからざる二つの異なった頭脳――

一九一〇（明治四十三）年七月刊行の雑誌『太陽』誌上に、三宅雪嶺の「現時の我文藝」という辛口の談話が載った。その中で三宅雪嶺は、漱石と鷗外についても批評を加えた。漱石に関しては「大體の趣意といふよりも寧《むし》ろ面白く讀ませる處に特別の妙味がある。其小説を一回毎に切り離して讀んでもやはり面白い（中略）。今後果して如何なる方向に進んで行くであらうか、これは一《ひとつ》の見ものであらう」とまずまずの評価をしている。

他方鷗外については、「鷗外は調和すべからざる二つの異なつた頭脳を有つて居る。一は彼が軍職にある関係より、養ひ来つた上官の命令に服するという風の頭脳で、他の一は彼れの近時の作に現はれたる如き風俗壊乱的の頭脳である」と述べたうえで、「彼れの道樂、乃ち酒を飲み煙草を吸ふ代りの暇潰ぶしとすればよいかも知れぬが、若《も》し彼れの抱負にして文壇に何等かの事業をなさうとするにあらば、あんな物は寧ろ書かぬ方が宜《よ》いと思ふ」と手厳しく批判した。

三宅雪嶺が「寧ろ書かぬ方が宜い」と酷評した「風俗壊乱的な」鷗外の「近時の作」とは、恐らく、前年『スバル』に発表した「半日」（三月）、「魔睡」（六月）、「ヰタ・セクスアリス」（七月）をいうのだろう。「半日」は、妻と母との対立に悩む自らの家庭生活を暴露したもの。「魔睡」ではモデル問題を引き起こし、鷗外はそのため桂首相から注意を受けた。「ヰタ・セクスアリス」は、それを掲載した『スバル』が発売禁止になった。

優れた文学作品は常に「風俗壊乱的な」毒素を持つものであるから、鷗外の「近時の作」がそうだとしても、それは鷗外の不名誉にはならない。また、対立するものの併存が人間精神の本来の姿であろうから、鷗外が「調和すべからざる二つの異なつた頭脳」の持ち主であったとしても、それ自体が欠陥であるとはいえないだろう。鷗外のような傑出した才能を持った人間が、同時にバランスのとれた円満な人格者（そんな人間が存在するとして）であるとは限らない。問題はその内容である。

一九一〇（明治四十三）年秋――それまで「虚無党の陰謀」「爆裂弾事件」などと報じら

れていた事件が、大逆罪に該当する事件として報道され始めた頃――鷗外は『三田文学』に「沈黙の塔」を発表した。それは「パアシイ族」なる架空の人々の話として書かれた、ごく短い小説である。語り手は「己《おれ》」ということになっている。

その中に次のようなやり取りがある。質問しているのが語り手の「己《おれ》」である。

「車で塔の中へ運ぶのはなんですか。」

「死骸です。」

「なんの死骸ですか。」

「Parsi《パアシイ》 族の死骸です。」

「殺すのです。又二三十人殺したと、新聞に出てゐましたよ。」

「なんであんなに澤山死ぬのでせう。コレラでも流行つてゐるのですか。」

「誰が殺しますか。」

「仲間同志で殺すのです。」

「なぜ。」

「危險な書物を讀む奴を殺すのです。」

「どんな本ですか。」

「自然主義と社會主義との本です。」

「パアシイ族」の社会では、「因襲を破る」自然主義文学の「消極思想」は「安寧秩序を紊《みだ》る」ものとして、その「衝動生活の叙述」は「風俗を壊乱する」ものとして禁止され始めていた。それに加えて、「椰子の殻の爆裂彈」を所持する者の中に「無政府主義者が少し交つてゐたのが發覺した」ために、弾圧が社会主義者にまで拡大していったのだった。これは当時の日本の社会状況そのものであった。

そして小説では、「安寧秩序を紊《みだ》る思想」、「風俗を壊乱する思想」の元凶と見なされた「危険なる洋書」が列挙される。サン・シモン、マルクス、バクーニン、クロポトキンはもちろん、トルストイ、ドストエフスキー、モーパッサン、イプセン、オスカー・ワイルドなどである。

最後に語り手である「己《おれ》」が、「パアシイ族の因襲の目」に対する批判を展開する。

藝術の認める價値は、因襲を破る處にある。因襲の圏内にうろついてゐる作は凡作である。因襲の目で藝術を見れば、あらゆる藝術が危險に見える。

（中略）

學問も因襲を破つて進んで行く。一國の一時代の風尚に肘を掣《せい》せられてゐては、學問は死ぬる。

（中略）

藝術も學問も、パアシイ族の因襲の目からは、危險に見える筈である。なぜといふに、どこの國、いつの世でも、新しい道を歩いて行く人の背後には、必ず反動者の群がゐて隙を窺つてゐる。そして或る機會に起《た》つて迫害を加へる。只《ただ》口實丈《だけ》が國により時代によつて變る。危險なる洋書も其《その》口實に過ぎないのであつた。

前年七月、鷗外の「ヰタ・セクスアリス」を掲載した『スバル』は、そのために発禁処分を受けていた。鷗外が文学博士になった直後のことで、「風俗壊乱」がその理由であった。「沈黙の塔」も発禁の危険性があったが、彼は翌年一月、「沈黙の塔」を生田長江訳『ツァラトゥストラ』（新潮社刊）の序文としても公表した。さらに、同年二月刊行の単行本『烟塵』（春陽堂刊）の中にも収めた。手を変え品を変え、四ヶ月間に三回の発表であった。発禁にするならやって見ろと言わんばかりの執拗な発表の仕方であった。

森鷗外は、平出修から裁判記録を抄録した文書の提供を受けたという[1]。そうでなくても、鷗外は平出修と交流があったから、「大逆」事件の内幕にかなり精通していたのではないかと思われる。だからこそ、「沈黙の塔」を書いて暗に桂内閣を批判せざるを得なかったのであろう。

一方で鷗外は、「大逆」事件の陰の演出者といわれる山県有朋のブレーンの一人でもあった。鷗外が山県有朋と個人的なつながりがあったことはよく知られている。鷗外が会の名称を決め、親友・賀古鶴所《かこつるど》（軍医）と二人で幹事役を務めた「常磐会」は、山県有朋を中心とした短歌の研究サークルであった。『舞姫』の「天方伯」は山県有朋、「相沢」は賀古鶴所がモデルであるというのも、よく知られていることである。

鷗外は一九〇七（明治四十）年、陸軍軍医総監（中将相当）で陸軍省医務局長という、軍医としての最高の地位に上りつめた。鷗外が出世のために山県有朋の力を積極的に利用したかどうかは別にして、有朋との個人的な関係がマイナスに作用したはずはない。

「元老中の元老」といわれる山県有朋（「近世名士写真 其1」より）

「常磐会」にしても、常に文学談義を楽しんでいただけではあるまい。「常磐会」は一九〇六（明治三十九）年から山県有朋の死の一九二二（大正十一）年まで十六年間、月一回のペースで行われた。毎月第三日曜日の午後四時の開始であった。会が終わると参加者は晩餐を共にした。会員は七人(2)と少なく、開催場所は賀古鶴所邸か山県有朋の別荘であった。そういう状況からして、「常磐会」の会員が短歌の批評や鑑賞の合間に、社会問題や政治問題をテーマにした雑談に興じたことは、十分考えられる。鷗外の社会主義や無政府主義に関する該博な知識は、利用の仕方によっては、「大逆」事件のフレームアップに大いに役立ったであろう。

一九一〇（明治四十三）年十月二十九日――二十六人が被告と特定され、「大逆」事件のフレームアップが本格化しつつあった頃――の鷗外の日記に、次のような記述がある。

……平田内相東助、小松原文相英太郎、穂積教授八束、井上通泰、賀古鶴所と椿山荘に會す。晩餐を饗せらる。

「平田内相東助と小松原文相英太郎」は与謝野晶子に「文學を知らずあはれなるかな」と揶揄された思想弾圧の先鋒である。「穂積教授八束」は「民法出デテ忠孝滅ブ」の〈名文句〉で知られる天皇絶対主義の法学者。「賀古鶴所」は『舞姫』時代からの山県有朋の側近であった。「椿山荘」は山県有朋の別荘である。

この会合は、中村文雄著『大逆事件と知識人 無罪の構図』によると、「大逆」事件の陰の仕掛け人・山県有朋の私的諮問機関「永錫会《えいしやくかい》」であるという。そうであるとすれば、森鷗外が、「大逆」事件のフレームアップに何らかの形で関わっていた可能性がないとは言い切れない。それが鷗外の積極的な意志によるものではないにしても、である。

そういえば（疑い出せば）、第二次桂内閣発足の一ヶ月後に「内大臣平田東助氏を内務省に、文部大臣小松原英太郎氏を文部省に訪ふ」[3]（一九〇八年八月二十日）というのも、何か胡散臭く感じられる。陸軍省内務局長としての公式訪問であったのかもしれないが――。

しかし〈疑わしきは罰せず〉の原則からすれば、鷗外が「大逆」事件のフレームアップに加担したとはいえない。鷗外は当時政権中枢にきわめて近い位置にいたから、「大逆」事件の進行中に、「常磐会」に出席し椿山荘に午後十一時まで滞在する（六月十九日）のも、椿山荘における「永錫会」に出席する（十月二十九日）のも、あるいは「小松原文部大臣に上野精養軒に招か」れたり（十月十四日）、「小松原文相の宴に往く」（十二月六日）ことがあったりするのも、それ自体何ら不思議なことではない。

鷗外はまた、高級軍人・高級官僚であると同時に、優れた文学者であった。したがって、作家や詩人・歌人との交流も頻繁であった。『スバル』や『三田文學』との関係が深かったし、自宅で月一回の歌会（観潮楼歌会）を主宰していた。それ以外にも、一九一〇（明治四十三）年後半だけでも、木下杢太郎、佐佐木信綱、生田長江、永井荷風、与謝野鉄幹、平出修などが、それぞれ複数回鷗外宅を訪れているのも、頷けることである[4]。さらに「大逆」事件の公判開始四日後の十二月十四日、「平出修、与謝野寛に晩餐を饗す」というのも（その場で公判のことが話題になった可能性は大であるが）、それ自体に問題があるわけではない。

　これらのことは、人間鷗外の器の大きさと多面性、いわば彼の懐の深さを示すものであろう。だが不可解なのは、鷗外の次の行動である。

……平出修の意見書を福原鐐太郎《ママ》にわたす。（「明治四十四年日記」六月五日）

「平出修の意見書」とは、平出修が、「大逆」事件裁判における自己の弁論内容をまとめた文書と思われる。[5] 鷗外がそれを、「平出修の意見書」として、内務省と共に思想統制の要であった文部官僚の福原鐐二郎（次章で述べる「博士号問題」において漱石と渡り合った人物。この年の九月次官に就任）に手渡したのだ。これは幸徳秋水らの死刑が執行された後のことであり、平出修の了解のもとにやったことかもしれないが、それにしてもいったい何のために？

　例えば、「この文書は、平出修という有能な弁護士の、刑法七十三条事件に関する見解です。面白い読み物ですよ。暇なときにでもちょっと読んでみて下さい」などと言って渡したのではあるまい。「意見書」は結論として、「彼等（裁判官のこと。引用者注）は国家の権力行使の機関として判決を下し、事実を確定した。けれどもそれは彼等の認定した事実に過ぎないのである。之《これ》が為に絶対の真実は或《あるい》は誤り伝へられて、世間に発表せられずに了《おわ》るとしても。其《その》為に真実は決して存在を失ふものではないのである、余は此《この》点に於《おい》て真実の発見者である、此発見は千古不磨である[6]」と明言しているのである。

「平出修の意見書」を次官就任目前の文部官僚に渡すという、この森鷗外の行為は、批判を恐れず露骨な言い方をすれば、仮に鷗外自身にその自覚がなかったにしても、「大逆」事件における、まさに二重スパイ的行為ではなかったのか。鷗外は自己の持っているヨーロッパ政治思想の蘊蓄を平出修に講義するだけではなく、それを山県有朋にも伝授したという[7]。山県有朋に〈講義〉する鷗外の脳裏に、「大逆」事件の被告たちの姿が浮かんでくることはなかったのだろうか。

確かに三宅雪嶺が言うように、森鷗外は「調和すべからざる二つの異なつた頭脳」の持ち主であった。

注

（1）中村文雄著『大逆事件と知識人』三一書房（一九八一年刊）の「五 大逆事件における森鷗外の動向」による。

（2）成立時の「常磐会」のメンバーは、山県有朋、森鷗外、賀古鶴所に加えて、小出粲《つばら》（御歌所寄人）、大口鯛二（御歌所寄人）、佐佐木信綱（歌人・国文学者。歌誌『心の花』を主宰）、井上通泰（桂園派の歌人。柳田国男の兄）の七人であった。

（3）『鷗外全集 三十五巻』岩波書店（一九七六年刊）の「明治四十一年日記」による。

（4）前注と同じ「明治四十三年日記」による。なお、平出修が社会主義思想について教えてもらうために鷗外宅を訪問したことは、日記に書かれていない。

（5）『定本平出修集 第一巻』春秋社（一九六五年刊）に収められている「大逆事件意見書」。

（6）同前。

（7）小泉信三筆「山県有朋と森鷗外」（『文藝春秋』一九六五年五月特別号）による。その文章中に小泉信三は、一九一〇年の事として、「（慶応文科の）講師の一人小山内薫は、かねて鷗外に知られ、時々その観潮楼に出入していたのであったが、或るとき、鷗外先生は山県公に社会主義について講義をしているそうです、ということを私たちに語った」と書いている。

7　漱石の沈黙——人事の葛藤が厭になつた——

「大逆」事件に関して漱石は沈黙を通した。小説、評論、エッセイ、講演のみならず、公表を意図しない漢詩、俳句、書簡、日記、断片等においても（未発見の資料がないとはいえないが)、一切「大逆」事件に触れていない。

一九一〇(明治四十三)年の夏から秋にかけて、漱石は否応なしに病気快復のための療養に専念せざるを得なかったから、報道管制の隙間をぬって出る実態のあやふやな「陰謀事件」について、じっくり考える精神的余裕はなかったのであろう。大吐血の前後は新聞を読むこともできなかった。

長与胃腸病院のベッドで『思ひ出す事など』を書き始めた頃(十月下旬)になっても、漱石は「願ふ所は閑静なり。ざわつく事非常にいやなり」(十月三十日)、「今の余は人の声よりも禽《とり》の声を好む。女の顔よりも空の色を好む。客よりも花を好む。談笑よりも黙想を好む。遊戯よりも読書を好む。厭《いと》ふものは塵事なり」(十月三十一日)と日記に書き付けている。漱石は「閑静」を願った。実際、胃潰瘍の快復には「閑静」が必要不可欠であった。

大吐血後の二、三ヶ月間、漱石は、妻と二人の看護婦による身の回りの世話、医者の丁寧な治療、門下生や友人たちの心配り、朝日新聞社の配慮等によって、「安心安神 静意静情」の「至福」[1]の境地のもと、「年四十にして始めて赤子の心」(九月十六日の日記)に浸ることができた。

修善寺におけるいわば「死と再生」の体験を通して、漱石の心に、この際自己の人生を根底から創り直すことができるかもしれない、という思いが生じたとしても、不思議ではない。

漱石は、松山で中学教師をしていた頃（一八九五年二十八歳、結婚の半年前）、正岡子規に宛てた書簡で、「（小生は）小児の時分より『ドメスチック ハツピネス』抔《など》いふ言《こと》は度外に付し居候」と述べたように、自分は家庭的な幸福から遠いところで成長してきた、と考えていた。養父母との生活も、実父母の下での生活も、結婚後の家庭生活も、漱石がよく使う言葉を借りて表現すると、総じて「不愉快」なものであった。彼は、自他共に認める「変物」として、時には「神経衰弱にして狂人」を自認して生きてきた。

「赤子の心」を得た漱石は、病床に横たわりながら、「不愉快」に満ちた自己と他者との関係の解体（「死」）と、新しい人間関係の再創造（「再生」）とを夢想していたのではないだろうか。いや、漱石の人間関係再構築の願いは、『思ひ出す事など』十九の次の文章を読んだりすると、単なる夢想ではなく、内部から湧きあがるより切実な要求であったようにも思われる。

四十を越した男、自然に淘汰せられんとした男、左《さ》したる過去を持たぬ男に、忙しい世が、是程の手間と時間と親切を掛けてくれようとは夢にも待設けなかつた余は、病に生き還ると共に、心に生き還つた。余は病に謝した。又余のために是程の手間と時間と親切とを惜まざる人々に謝した。さうして願はくは善良な人間になりたいと考へた。さうして此幸福な考へをわれに打壊す者を、永久の敵とすべく心に誓つた。

しかし、漱石の「此幸福な考へ」の実現は容易ではなかった。健康の回復に比例して、「朝日文芸欄」の問題や療養費の問題を始めとして、漱石を不愉快にさせ、「此幸福な考へをわれに打壊す」ような出来事が起こってきた。

十一月九日、「大陰謀事件の公判開始決定」という『朝日新聞』の号外が出るが、漱石は何も語らなかった。漱石にとっては「此幸福な考へ」を反芻・咀嚼することが、何にもまして重要であったのだろう。

師走になり「大逆」事件の公判が始まる（十二月十日）頃には、漱石は一日三食普通の御飯を食べ、野菜を食べ、入浴ができるようになっていた。体重は元気な時の五十キロ台に回復していた。しかし漱石は「大逆」事件について何も語らなかった。それだけではない。翌年一月死刑の判決（一月十八日）が下され、死刑が執行（一月二十四日）されても――死刑判決についても死刑執行についても――漱石は何も語らなかった。

死刑判決の三日後の日記に「五十四キロ八百（十四貫五百七十六匁）」とメモをして以来、漱石の日記は三ヶ月以上途絶えている。漱石は几帳面に日記を付ける人ではなかったから、特段の意図はなかったのかもしれない。だが、「本當はむしろ意識的に避けたもの。何かはばかるところあつてふれなかつたものであろう」[2]といわれることもある。

結局漱石は、一九一六（大正五）年に亡くなるまで、「大逆」事件に関して〈完全黙秘〉を貫いた。

ところで、鷗外が「沈黙の塔」を執筆する一ヶ月ほど前（九月一日）、雑誌『ホトトギス』が発売禁止になった。

『ホトトギス』の発行兼編集人である高浜虚子は漱石の親しい友人であり、『ホトトギス』は漱石が朝日に入社するまでの、作品発表の主要な舞台の一つであった。『吾輩は猫である』も『坊っちゃん』も『ホトトギス』に発表された。一九一〇（明治四十三）年当時『ホトトギス』は「朝日文芸欄」と共に、小宮豊隆、安倍能成、松根東洋城など漱石門下生の活躍の場になっていた。その発売禁止処分は、漱石にとって無視できない出来事であったはずだ。ただ、その時（大吐血の一週間後）漱石は、寝たきりで身動きがとれない状態であった。

小宮豊隆の「修善寺日記」九月三日の欄に、次のような記述がある。


……三重吉が來て、『ホトトギス』が發賣禁止になつたといふ話をする。なんで發賣禁止になつたのだと、先生が訊かれる。なんで發賣禁止になつたものか、自分は知らない。三重吉が、能成（漱石の門下生・安倍能成のこと。引用者注）の論文に忠君愛國がなんとか書いてある、大方あれだらうといふ。能成の論文がそんな理由になる筈がない。あれで發賣禁止の理由になるものなら、今の人間をみんな發賣禁止にしなくつちやならないだらう。

発禁処分の理由は安倍能成が書いた論文（「八月の評論」）ではなく、一宮瀧子作「をんな」という短編小説であった。

九月七日の『修善寺日記』には、「先生は至極工合がいい。今日は發賣禁止になつた『ホトトギス』の『女』の話をする」とあるが、その話の具体的内容については書かれていない。次は翌九月八日の「修善寺日記」である。

『ホトトギス』の『女』を讀んだよと言はれるから、どうでしたと訊くと、面白くなかつたと答へられた。でも文章なぞ相當旨いぢやありませんかと言ふと、さうかなあ。要するに小說が厭になつたのだねと言はれる。

——小說が厭になつたし、人事の葛藤が厭になつた。女も厭になつた。ただたべものの事と住み心地のいい家と自然の景色と、それだけにしか興味がなくなつてしまつた。

それぢや子供の昔に復つたやうなものですねと言つたら、まあそんなものだらうと答へられた。

短編小説「をんな」は、儒教的、良妻賢母主義的な母親に反発する、未婚の娘・小夜の独白を内容としている。母親は小夜を「親孝行なやさしい娘」と思い込んでおり、小夜もそのように振る舞っていて、彼女の反発が言葉や行動に出ることはない。あくまでも面従腹背的な反発であり陰口である。安倍能成の「八月の評論」もそうだが、「あれで発売禁止の理由になるものなら、今の人間をみんな発売禁止にしなくつちやならない」ほどの、平凡な作品である。だが、小夜の面従腹背的な態度そのものがけしからんというのだろうか、「女子の道徳教育を破壊するもの」(3)というのが発売禁止の理由であった。

小宮豊隆の「修善寺日記」には、発禁処分に対する漱石のコメントはない。漱石にとっては『ホトトギス』の発禁処分も、厭うべき「人事の葛藤」に過ぎなかったのだろうか。

長与胃腸病院に再入院中の十月下旬から翌年の春にかけて、漱石は『思ひ出す事など』を『朝日新聞』に連載したが、そこでも「大逆」事件はおろか『ホトトギス』の発禁処分についても、何も書かなかった。

ただ、『思ひ出す事など』の二十一に、ペトラシェフスキー事件(4)に連座したドストエフスキーについて書いている。

> 彼（ドストエフスキーのこと。引用者注）は彼の倶楽部で時事を談じた。已《や》むなくんば只《ただ》一揆あるのみと叫んだ。さうして囚はれた。八ヶ月の長い間薄暗い獄舎の日光に浴したのち、彼は蒼空の下に引き出されて、新たに刑壇の上に立つた。彼は自己の宣告を受けるため、二十一度の霜に、襯衣《シャツ》一枚の裸姿となつて、申渡《もうしわたし》の終るのを待つた。さうして銃殺に処すの一句を突然として鼓膜に受けた。（中略）……白い手帛《はんけち》を合図に振つた。兵士は覘《ねらひ》を定めた銃口を下に伏せた。ドストイエフスキーは斯《か》くして法律の捏《こ》ね丸《まる》めた熱い鉛の丸《たま》を呑まずに済んだのである。
>
> （一九一一年一月十日『東京朝日新聞』掲載、一月十九日『大阪朝日新聞』掲載）

漱石は、修善寺における自己の「死と再生」に、ドラマチックなドストエフスキーの「死と再生」を重ね合わせた。そして「病牀の上に寐ながら、屢《しばし》ばドストイエフスキーの事を考へた」（『思ひ出す事など』二十一）という。しかしこれは唐突の感を否めない。修善寺における漱石の人事不省と意識の回復には、その時「死と再生」の自覚が全くなかった。それに対して、ドストエフスキーは否応なしに、その瞬間瞬間「死」と「生」を自覚しなければならなかった。二人の体験は似ているようで異質のものである。「夫《それ》にも拘《かゝ》はらず、余は屢《しばし》ばドストイエフスキーを想像して已《や》まなかつた」と漱石は繰り返す。

『思ひ出す事など』二十一が『東京朝日』に載った時、幸徳秋水らに対する判決が目前に迫っていた。判決に刑法七十三条[5]が適用されれば、死刑判決以外はありえなかった。

漱石は、ひょっとして、「諸官衙ヲ焼キ当路ノ顕官ヲ殺シ、進テ宮城ニ逼リ大逆ヲ犯ス」（「判決書」）と謀議した（といわれる）幸徳秋水と、「已《や》むなくんば只《ただ》一揆あるのみ」と叫んだドストエフスキーとを重ね合わせたかったのかもしれない。だがそうであったとしても、そこで漱石が何を言おうとしたのかは、知ろうにも知るすべがない。


漱石は朝日新聞社の社員であったから、漱石の言語表現活動はおのずから、朝日新聞社によって保障され、朝日新聞社によって制限されていた。

では、『東京朝日新聞』紙上の「大逆」事件に関する見解（社説）はどうであったのか——それは他の新聞と大同小異で、二十六人の被告全員をひっくるめて無政府主義者と決めつけ、無政府主義を「コレラの如く、ペストの如く」「人心を侵す」、人類の「公敵」（十一月十日社説）だとする基本認識の上に組み立てられていた。

死刑判決直後の社説（一九一一年一月二十日）では、

今度の日本の無政府主義者の大それたる隠謀を、政府が其《その》未發の間に發見して、且之《かつこれ》を一網に擧げ得たるに就《つい》ては、吾人實に感謝の意を表するものなり。さて其裁判の仕方も、國法に照して何等の手落なかりし様なれば、之に對しても亦固《またもと》より異存の有る可き様なく、一昨日公となりたる判決は誠に當然の事と見る。

と、フレームアップ裁判の結果を鵜呑みにし、全面的に受け容れている。

当時東京朝日新聞社の主筆（論説委員長兼編集長の役割を担った）は、漱石が信頼を寄せる池辺三山であった。社説は池辺三山が執筆するか、そうでなくても必ず三山のチェックを受けたはずだ。つまり「大逆」事件に関する『東京朝日新聞』の見解は、池辺三山の見解であった。それを押して会社の見解と異なる意見を同じ新聞紙上に掲載するには、恐らく辞職覚悟の決断が必要であったろう。さすがの変人・漱石といえども、それは躊躇せざるをえなかったと思われる。だが、もし会社の見解（社説）との食い違いが「大逆」事件に関する漱石の沈黙の理由だとしたら、そして、漱石がそれ故に「余は屢《しばし》ばドストイエフスキーを想像して已《や》まなかつた」と述べるにとどめたのだとしたら、それは、漱石の「自己本位」の立場の実践的蹉跌だといえないこともない。

池辺三山は第一次桂内閣時代、ポーツマス講和条約批判の論陣を張り、桂内閣を痛烈に批

漱石の朝日新聞入社に尽力した池辺三山（実業之世界社『慶応義塾出身名流列伝』より）

判した。そのため『東京朝日新聞』は九日間の発行停止処分を受けたこともあった。ところが、第二次桂内閣時代になると、三山は桂内閣支持の方向に傾いていった。そして社内では、「どうも、池辺氏は怪しい」「彼の宅の電話抜書表を見ると、そのうちに桂公の電話番号が書いてある」「彼は近頃借家を建てた」などの噂(6)が囁かれた。しかしその真偽は不明である。三山批判派が流したデマの可能性もある。ただし、新聞界の大物、徳富蘇峰（『国民新聞』の創刊者）・黒岩涙香（『万朝報』の創刊者）・池辺三山の三名が中心となり、桂内閣肝いりの新聞記者クラブ「春秋会」が設立されたの(7)は事実であった。

一九一一（明治四十四）年の秋に表面化した、東京朝日新聞社内の対立は、森田草平の『自叙伝』連載を巡って始まったといわれるが、実際はもっと根深い原因があったようだ。

注

（1）修善寺での九月十七日の日記に、「安心安神 静意静情。この忙しき世にかゝる境地に住し得るものは至福也。病の賜也」とある。平成版『漱石全集 第二十巻』「日記・断片下」による。

（2）江口渙筆「幸徳事件と當時の文壇」（『文芸』一九五六年二月刊）による。

（3）発禁になった翌月の『ホトトギス』無署名論文「第十四巻第一號の首《はじめ》に」の中に、「『をんな』は不幸にして官憲の尤《とが》むる處となり。斯る思想は儒教主義に馴らされ來りたる女子の道徳教育を破壊するものとして發賣頒布を禁止された」とある。

（4）ドストエフスキーは、一八四九年、社会主義者ペトラシェフスキーの秘密サークルに参加したため死刑の判決を受けるが、死刑執行の直前恩赦によりシベリア流刑に減刑された。ペテルブルグに戻ったのは十年後。

（5）第七十三条　天皇、太皇太后、皇太后、皇后、皇太子又ハ皇太孫ニ対シ危害ヲ加ヘ又ハ加ヘントシタル者ハ死刑ニ処ス（一九四七年の刑法改正で削除）

（6）桐生悠々著『新版 桐生悠々自伝』新泉社（一九九一年刊）の「『大毎』『大朝』記者時代」による。

（7）黒田俊太郎筆「『東京朝日新聞』の「文芸委員会報道―メディアの〈続き物〉創出への意思との当事者性―」兵庫教育大学 教育実践学論集 第16号（二〇一五年三月刊）の「Ⅱ政府の思惑」などによる。

第四章　たたかう夏目漱石

1　博士の学位を頂きたくないのであります

漱石に文学博士号が授与されたのは、彼が修善寺の大患後の長期療養を無事に終え、いざ自宅に戻ろうとする直前（五日前）のことであった。

一九一一（明治四十四）年二月二十日の午後遅く、漱石の留守宅に、文部省より翌二十一日午前十時に博士号授与の件で文部省に出頭するようにという文書が届いた。二十一日朝、妻・鏡子は、電話で夫は入院中につき出頭できない旨を文部省に連絡したうえで、その日の午後、文書を長与胃腸病院に入院中の漱石のもとに持参した。それは漱石の予測に反し、博士号受諾の了承を求める文書ではなく、（漱石にとっては）有無を言わさぬ、博士号授与式への出席を求める通知であった。漱石はすぐ文部省専門学務局長宛に手紙を書き、博士号を辞退することを申し出た。次はその手紙の全文である。

拝啓昨二十日夜十時頃私留守宅へ（私は目下表記の処に入院中）本日午前十時学位を授与するから出頭しろと云ふ御通知が参つたさうであります。留守宅のものは今朝電話で主人は病気で出頭しかねる旨を御答へして置いたと申して参りました。

学位授与と申すと二三日前の新聞で承知した通り博士会で小生を博士に推薦されたに就《つい》て、右博士の称号を小生に授与になる事かと存じます。然る処《ところ》小生は今日迄たゞの夏目なにがしとして世を渡つて参りましたし、是から先もたゞの夏目なにがしで暮したい希望を持つて居ります。従つて私は博士の学位を頂きたくないのであります。此際御迷惑を掛けたり御面倒を願つたりするのは不本意でありますが右の次第故学位授与の儀は御辞退致したいと思ひます。宜敷《よろしく》御取計を願ひます。

敬具

二月二十一日　　夏目金之助

専門学務局長福原鐐次郎《ママ》殿

文部省専門学務局長・福原鐐二郎は、大学予備門（後の第一高等学校）時代の漱石の同級生であったが、彼への漱石の返信は、断り状としては身も蓋もない、素っ気ない口語体で書かれている。文部省の高圧的な姿勢に対する漱石の不快感がにじみ出ているようだ。博士号の取得は学芸に携わる者にとって最高の名誉であったろうが、突然、博士にしてやるから明日文部省に出て来い、というのでは、漱石でなくてもよい気持ちはしなかったであろう。漱石が手紙の中で述べているように、二月十九日の『東京朝日新聞』に、東京帝大文科大学で文学博士会が開かれ、佐佐木信綱、幸田露伴、有賀長雄（社会学者）、森槐南（漢文学者、帝大講師）と共に、漱石が文学博士に推薦されたという記事が出ていた。そして翌日、推薦された五人にいきなり授与式に出頭せよという連絡である。お役所仕事が過ぎるというものだ。

しかも、博士号の「学位記」（辞令）は、博士号授与の当日、漱石の断り状が文部省に届く前に、文部省の職員によって漱石の留守宅に届けられた。漱石は直ちに、森田草平に学位記を返上するよう依頼した。森田草平は後年その時のことを、「私はその小包を持って、てくてくてく一ツ橋の文部省まで返しに行った。そして、その足で病院へまわって、確かに返してきた旨を伝えると、先生は私が文部省の小使いでもあるように、いつになく苦い顔をしていられた。どう考えても、あんまりよい役回りではなかった」[1]と回想している。「てくてく……返しに行った」などと述べているところをみると、森田草平は学位記返上にあまり乗り気ではなかったようだ。実際彼は、「どうして先生はこういったような、いわばあぶなげのない問題ばかり、妙に力瘤を入れられるのだろう？　世の中に匡正すべき悪は、まだほかにもっと重大なものがいくらでもあるではないか」と不満を吐露している。[2]
「博士号問題」はさまざまな議論を巻き起こすことになるが、森田草平が学位記を返上に出かけたその日の『大阪朝日新聞』（「天声人語」）に、新博士の誕生に関して皮肉交じりの寸評が載った。そこには、「森、夏目両氏の博士も、瀕死の大病に罹ったので、（叙位や爵位に）特旨進位のあるやうに、急に詮議となつたらしい」とある。つまり、森槐南と漱石への博士号授与は、「瀕死の大病に罹った」者への「特旨」（特別の思し召し）であるというわけである。
『漱石とその時代 第四部』の中で、江藤淳はこの記事などから推測を膨らませて、文学博士会が「どうせ槐南にやるものなら、ついでについこの間『瀕死の大病に罹つた』漱石にもやろう」と考えた、と述べている。そして、漱石が学位辞退にこだわったのは、「死にかけた病人にくれる学位などは真っ平だと、腹を立てた」（同前）からだとして、こう述べている。

逆にいえば、もし漱石が「修善寺の大患」を経験せず、長与胃腸病院に入院中でもないときに、文部省が「少し急がなければならん事情」（森槐南が危篤状態であること。引用者注）にこだわらずに学位授与の内報をもたらしたとすれば、漱石の反応は違っていたかも知れない。彼はかならずしも、学位制度そのものを否定しようと考えていたわけではないからである。

（『漱石とその時代 第四部』22「学位辞退ノ件」）

この引用の部分からも感じられるように（明言はしていないが）江藤淳は、漱石の博士号辞退に関して、森田草平と同じく批判的であったようだ。漱石が「あぶなげのない問題ばかり」に力を注ぐと森田草平はいい、江藤淳は漱石の博士制度に対する見解が「たかだか学界の官学独占、具体的には博士会と帝国大学教授会への反感」（同前）に過ぎないと批判する。そんなことに意地を張るのは大人気ないというのであろう。鏡子の『漱石の思ひ出』によると、当時から「偏屈な男がつむじを曲げたのひねこびれてゐるの」などと「いろ〳〵勝手な説をなす方々」がいたが、さすがに「たかだが学界の官学独占」（傍点引用者）に対する反感とまでけなす批評はなかった。悪妻といわれた鏡子でさえ、「世評はどうあらうと、平常から博士が嫌ひだつたことをよく知つて居りますので、私たちは別に何とも申しませんでした」と、素直に漱石の博士号辞退を受け入れているのに、それを「大病に罹った」せいであるかのように見なすのは、いかにも「ひねこびれ」た見方ではある。

ともあれ、こうして文部省と漱石との対立が始まるのだが、その頃文部省は、「博士号問題」どころではない、重大な問題を抱え込んでいた。いわゆる「南北朝正閏問題」である。
その発端は、「大逆」事件の被告・二十四名に死刑の判決が下された、その翌日（一九一一年一月十九日）、『讀賣新聞』に載った「南北朝対立問題（国定教科書の失態）」と題する「論議」（社説）であった。

明治天皇は北朝系の天皇であったが、国定化される以前の小学校歴史教科書のほとんどが、南朝を正しい皇統としていた。のみならず、「王政復古」を成し遂げた幕末の志士たちも、「尊皇攘夷」から「尊皇開国」に転向した薩長藩閥政府の重臣たちも、その多くが「南朝正統論」の立場に立っていた。山県有朋も桂太郎もそうであった。ところが、一九〇四（明治三十七）年以来の小学校国定歴史教科書には、歴史学会の通説に基づいた「南北朝並立説」が採用されていた。

桂太郎。彼は総理大臣を三度務めた。（「近世名士写真 其1」より）

『讀賣新聞』の「論議」（社説）は、「南北朝並立説」による現行歴史教科書が、「尊氏崇拝者の陸續《りくぞく》輩出」をもたらし、「反逆幇助の奨励《しょうれい》」になりかねないと主張していたから、「大逆」事件下の社会情勢に後ろ向きの危機感を持っていた民間グループの、歴史教科書改訂運動に弾みをつけることになった。そして、教科書改訂運動とつながりのあった衆議院議員・藤澤元造（無所属）が、立憲国民党議員五十一名の賛同を得て、開会中の第二十七回帝国議会に、文部省に対する質問書を提出するに及んで（二月四日）、「南北朝正閏問題」は一挙に政治問題化した。虚を衝かれた形の政府は「内閣瓦解の一端ともなるべしと狼狽し(3)」、文部大臣・小松原英太郎を先頭に藤澤代議士に繰り返し質問書撤回を要請した。が、藤澤代議士は頑としてそれに応じなかった。しかし、ニコポン宰相・桂太郎の飴と鞭とを駆使した「説得」（二月十五日）に屈した（と思われる）藤澤代議士は、翌十六日議会において、突如質問書を撤回し議員を辞職することを表明した。「責任ある大臣が余の主張を入れ、その教科書を破棄せんとする以上、この壇上に立って質問するの要なきを感じ(4)」た、というのがその理由であった。

その翌日（二月十八日）、『東京朝日新聞』に「辭職せる代議士藤澤元造の行動▽政府の毒酒に酔ひ▽狂亂の一夜を送る」という暴露記事が載った。

それによると、二月十五日の昼間、藤澤代議士は桂首相とその邸宅(5)で密かに会談したが、その夜「神樂坂の料理店すゑよし」に行き、「五體萎えたるが如く亂酔」した。彼は「親友の某氏」に向かって、「俺は今日桂から大歓迎を受けたよ。桂が俺を擁して接吻までした。偉い御馳走になつた、俺は桂の車で廻つて此處《ここ》へ來た、何《な》アに俺は既《も》う明日天《あま》の窟戸《いわと》に閉ぢ籠るのだから」などと述べ、「半狂亂」「自暴自棄」の状態であったという。その後「藝妓屋《げいしゃ》いな蔦《つた》の拘《かか》へ藝妓《げいしゃ》いなは」を伴って「待合もみじ」に赴き、「松本と稱する男」（藤澤代議士の親戚・松本洪と思われる）と別れると、「一人同家にて夜を明」かした。翌朝、藤澤代議士は「待合もみじ」から、「國定教科書編纂ニ關スル質問」の撤回と、議員辞職の演説をするために、帝国議会に向かった。

このように、藤澤代議士が泥酔して待合に芸者としけ込むなどという、場外のドタバタ劇があったものの、桂内閣が現行歴史教科書の「改訂」を内諾したことで[6]、事態は一件落着するかにみえた。

しかし、藤澤代議士の突然の質問書撤回と議員辞職は、逆に世論を刺激した。新聞各紙は、文部省の教科書編集方針を、唯一無二の皇統と「国体」の権威を貶めるものとして批判すると同時に、政府の政治手法を攻撃し始めた。「身辺に探偵を附し」「種々の手段を以って誘惑」（十七日『大阪毎日新聞』）、「首相の毒手」「その筋の干渉」（二月十八日『時事新報』）等々の言葉が散見されるようになる。のみならず、「『代議士を辭せば一時海外に遊びたる後或る有力なる位置を與ふべし』との甘言を以て是が誘惑に着手せり」（二月十九日『東京朝日新聞』「南北朝問題の眞相」）と言い切る記事も出てきた。

さらに、桂内閣の「非立憲政治」を真正面から批判する意見も載るようになった――例えば、「政友会某領袖」（当時政友会は桂内閣を支えていた）の談話として、「（正式に提出された質問を、種々の手段を講じて揉み消すのは）立憲政治の本議《ママ》に背きたる狂態なり」（二月二十日『東京朝日新聞』）と。また、「（桂首相は）其地位を利用し毒悪の妖婦にも等しき陋劣手段を用ゐて帝國憲法が賦與する議員の質問権を蹂躙（した）」（二十一日『讀賣新聞』「論議」）というものまであった。

漱石に文学博士の「学位記」が届けられた二十一日になると、立憲国民党首・犬養毅らが提出者となり、八十八人の賛同者を添えた政府問責決議案が議会に提出された。「大逆」事件と「南北朝正閏問題」に関するものである。審議は秘密会とされたが、『朝日新聞』の報道によると、犬養毅は、「大逆」事件の「主たる原因」は桂内閣による「警察政治の失策」にあると追及した。また「南北朝正閏問題」については、「實力さへあらば正位なり」というようなことを仄めかす文部省の教科書編集方針は「幸徳以上の大逆なり」と政府を非難した。これに対し桂首相が答弁（メモの棒読み）を終えるや否や、本問題は政争の具とすべきではないとして討論打ち切りの動議が提出され、可決された。結局議論は封殺され、問責決議案は賛成九三、反対二〇一で否決された。

この一連の事態は、一見、国会の内外において活発な議論が展開されたようにみえる。だがその核心点は、天皇と皇室の権威を学問研究の成果や歴史的事実よりも優越するものとし、かつ皇室の問題は公の場で論議すべきではないということを、政府と国会の名において宣言したことであった。それは皇室の不可侵性を飛躍的に強化し、天皇の超人間化を挙国一致で、推進することを意味した。その威力は昭和になって大いに発揮される。

その三年後のことになるが、漱石は学習院の学生たちに向かって、「人格のないものが無暗《むやみ》に個性を発展しやうとすると、他《ひと》を妨害する、権力を用ひやうとすると、濫用に流れる、金力を使はうとすれば、社会の腐敗をもたらす。随分危険な現象を呈するに至るのです」（講演「私の個人主義」）と語りかけた。桂内閣の藤澤代議士に対する〝説得活動〟の中に、漱石がその「随分危険な現象」を見て取ったのは間違いないであろう。

また漱石は以前から、学問や文学を、学問研究そのものや文学作品そのものの価値によってではなく、外部の価値によって権威づけることをよしとしなかった。漱石が博士号を辞退したのは、そういう漱石の文学者としての信条、その潔癖性によるとされることが多い。一高時代の恩師・マードック（当時鹿児島の第七高等学校の教授）はわざわざ手紙を送り、「今回の事は君がモラル、バックボーンを有してゐる証拠になるから目出度《めでたい》」（「博士問題とマードック先生と余」[7]）と讃えた。漱石にとって「博士号問題」は、森田草平がいうように「手続きの問題」でも「あぶなげのない問題」でもなかった。それは正義の名において個人の精神を（時には肉体をも）踏みにじる権力の、「匡正すべき悪」であったのだ。

総じて、「博士号問題」における漱石の頑なな態度は、学問の評価に関する彼の潔癖性や、偏屈な彼の性格（当時漱石の博士号辞退を「大人げないと顰蹙《ひんしゅく》する人[8]」もいた）の問題に封じ込めることはできない。「博士号問題」における彼の主張は、この数年来の社会・政治情勢の「随分危険な現象」に対する、漱石の怒りが沸点に達し、彼の「モラル、バックボーン」を強く刺激したことによるものであった。それは「大逆」事件以後の、いわゆる「冬の時代」に対する彼の回答でもあったのだろう。

注

（1）森田草平著『夏目漱石㈢』講談社文庫（一九八〇年刊）の「修善寺の大患とその以後」（四 博士辞退問題）による。

（2）同前。

（3）一九一一（明治四十四）年二月十九日『東京朝日新聞』（「南北朝問題の眞相」）による。

（4）二月十七日『東京朝日新聞』（「昨日の衆議院」）による。

（5）二月十六日の帝国議会の辞任演説の速記録では、藤澤代議士は「貴族院ノ總理大臣室」で桂首相と会見したと述べている。

（6）前注と同じ速記録では、桂首相が彼との会見の中で「今日編纂ニナッテ居ル教科書ハ改訂スル」と言明したとなっている。

（7）平成版『漱石全集 第十六巻』による。初出は『東京朝日新聞』「文芸欄」に一九一一年三月六〜八日にわたって掲載された。
（8）注（1）と同じ。

2　漱石は「王」に屈服したか

絓《すが》秀実は、『漱石と天皇――国民作家はどのようにして「大逆」事件を体験したか』（『文学界』二〇〇〇年九月号）において、「『進歩的』漱石イメージを捏造しようとする研究者」たちが、漱石の「大逆」事件に関する沈黙を「抵抗の一種」と見なしている、として批判した。そして、漱石は修善寺の大患の過程で、無意識のうちに「大逆」事件を自己の内部において体験し、反芻しているという。ラカン風の精神分析理論なるものを〈駆使〉する彼の評論は難解であるが、「大逆」事件以後、漱石は「王」に拝跪し、さらには「王」に屈服した――というのが彼の結論である。彼に言わせれば、「則天去私」の境地への過程も高次化された「大逆」事件の反復であった。

　彼の「漱石と天皇」論は、多くの漱石研究者から黙殺されたようだが、「大逆」事件における漱石研究の空白を埋めようとする、貴重な試みであった。

それにしても、絓秀実の論文には、理論の前提になるべき事実認識に大きな問題があるように思われる。

絓秀実は、「朝日新聞小説記者たる漱石が、いかなる場所にあっても、『大逆』事件のことを新聞をとおして（ではあれ）熟知していなかったはずはない」と述べている。だが実際は、誰であれ当時の新聞をいくら丹念に読んでも、「大逆」事件を「熟知」することなど不可能であった。むしろ逆に、事件の真相から遠ざかることしかできなかったであろう。

「大逆」事件は当初、具体性の乏しい「社会主義的大陰謀」「無政府党の陰謀」などとして報道されていた。それが、刑法七十三条の「皇室に対する罪」に関わる事件らしいという記事が出たのは、宮下太吉の爆裂弾製造が発覚して四ヶ月後（一九一〇年九月下旬）のことである。その頃、漱石は修善寺で寝たきりの生活を送っていた。

当局が刑法七十三条に関する事件の発生を公表したのは、やっと十一月九日の「公判開始決定書」においてであった。その後は一気呵成、十二月十日の第一回公判（審理は全て非公開）から幸徳秋水ら十二名の死刑執行に至るまで、年末年始を挟んで一ヶ月半しかかからなかった。

一挙に十二名の死刑という過酷な思想弾圧は、半世紀前の「安政の大獄」（八名処刑）を超えるものであった[1]から、日本中を震撼させたに違いない。しかし新聞は、最初から被告たちをまともな人間として扱っていなかった。裁判が始まったばかりなのに、『時事新報』は「無政府党幸徳秋水以下二十六名の極悪無道は、吾人その六族を殲《ほろぼ》すもなほ慊《あきた》らざるの思ひあり。万人等しくその肉を食ひ、その死屍に鞭うたんと希《こひねが》ふ所なる」（一九一〇年十二月十一日）と書いた。また死刑執行の直前には「皇室は萬歳」のタイトルで、「此明治の大御代に吾人が常に仰ぎ慕へる元首の御身の上をさへ仇視し奉るが如き者は、日本人てふ日本人、國典國法と共に擧國一致して、之を除き去らざる可からざる者なり」（一九一一年一月二十二日『東京朝日新聞』）などという記事（社説）が出た。

　これが当時のマスメディアの現実であった。その上、その頃漱石は、修善寺における「三十分の死」から生還して半年も経っていなかった。徐々に健康を取り戻しつつあったとはいえ、まだ入院中であった。かろうじて死を免れ、病院で「健康の時にはとても望めない長閑な春[2]」の余韻に浸っていた（あるいは浸ろうと欲していた）人間に、空漠とした「大逆」事件への論評を求めるのは、酷というものだ。

「大逆」事件の年の秋、ちょうど随筆集『思ひ出す事など』を書き始めた頃であるが、漱石は長与胃腸病院から鏡子に手紙を書いた。医者への謝礼のことで、鏡子との間でちょっとしたいさかいがあったようだ。彼は手紙の最後に次のようなことを書いている。

世の中は煩はしい事ばかりである。一寸首《ちよつと》を出してもすぐ又首をちゞめたくなる。おれは金がないから病気が癒りさへすれば厭でも応でも煩はしい中にこせついて神経を傷めたり胃を傷めたりしなければならない。しばらく休息の出来るのは病気中である。其病気中にいら〱する程いやな事はない。おれに取つて有難い大切な病気だ。どうか楽にさせてくれ　穴賢《あなかしこ》

十月三十一日　　夏目金之助

鏡子殿

これが、漱石の偽りのない本音だったであろう。漱石が願い欲したのは、心身の安静と完全な健康の快復であった。彼は高浜虚子に向けて「文海（文壇のこと。引用者注）の動静には不案内に候。其方却《かえ》つてうれしく候。新聞も実は見たくなき気持致候《いたし》」（十一月二十一日付書簡）と述べている。漱石にとって必要なのは、まずは肉体的、精神的体力の回復、すなわち、今後煩わしい世の中を生き抜くための戦闘態勢の再構築であった。

漱石の沈黙は、絓秀実が主張するように「『王』に屈服した」ことによるものでもなかったし、「抵抗の一変種」でもなかった。それは単に、「大逆」事件に関してコメントをすべき条件が、漱石には与えられていなかったということに過ぎないのだ。一つは、前章「明治四

十三年の夏目漱石」で詳しく述べたように精神的・肉体的な健康から懸け離れた状態にあったこと。もう一つは、「大逆」事件に関する情報の欠落である。

現在「大逆」事件に関する情報は、それが稀に見るフレームアップ事件であることを知りうる程度には、容易に手に入れることができる。だが、それは第二次世界大戦後、「大逆」事件の中に権力犯罪の存在を直感した少数の人々の、地道な努力の成果であった。「大逆」事件のリアルタイムにおいて事件の深層を知りえたのは、でっち上げの張本人とその少数の取り巻きか、秘密裁判に関わったこれもまた少数の法曹関係者のみであった。

ところが絓秀実は述べる――「漱石の病床には、幸徳の友人であり『幸徳秋水を襲ふ』の筆者でもあった杉村楚人冠も、朝日新聞の同僚として見舞いに訪れており、新聞報道以上の情報が漱石にもたらされた可能性さえ十分存在する」と。だがこれは安易な推定である。

朝日新聞社の監査役、相談役などを歴任した杉村楚人冠（Wikipedia より）

確かに杉村楚人冠（本名・廣太郎）は、漱石とは敬語抜きで語り合う仲であり、朝日新聞社での会議後、二人はよく昼食を共にした。また楚人冠は当時幸徳秋水シンパの社会主義者であった。彼の署名入りの記事「幸徳秋水を襲ふ」（一九〇九年六月七、八日『東京朝日新聞』）は幸徳秋水を好意的に紹介し、幸徳秋水及び彼と接触する者に対する大がかりな尾行監視体制を皮肉っている。漱石はその記事内容を小説『それから』に「現代的滑稽の標本」（主人公・代助の友人・平岡のことば）として取り入れた。しかしこれは幸徳秋水逮捕の一年前のことである。幸徳秋水逮捕の直後（一九一〇年六月十九日）に、楚人冠は長与胃腸病院に入院中の漱石を見舞っているが、この頃はまだ楚人冠にしても新聞報道以上の情報は持ち合わせていなかったであろう。彼が二度目に病院を訪れた七月十日は日曜日で、朝から見舞客が多かった。東新、鈴木三重吉、小宮豊隆、木下杢太郎、野村伝四その他である。楚人冠は大阪朝日新聞社の鳥居素川と連れだって来たようで、漱石と長話をする余地はなかった。また、大吐血後楚人冠は修善寺に三度漱石を見舞っているが、それは、友人としてよりも新聞記者の仕事としての意味合いが強かったと思われる。それが友人としての訪問であったとしても、漱石には深刻な政治問題を議論しうるほどの、精神的・肉体的な力が備わっていなかった。

漱石が「大逆」事件に関して「新聞報道以上の情報」を得たとすれば、それは被告への判決が下されてしまった後のことであろう。

「大逆」事件判決（一九一一年一月十八日）のほぼ十日前のことであるが、杉村楚人冠は石川啄木から、幸徳秋水の「陳弁書」[3]の写しを借りている。これは啄木が「大逆」事件の弁護士・平出修から内密に借りて書写したものであった。楚人冠が「陳弁書」の内容を、漱石の体調がほぼ回復した二月以降、漱石に伝えた可能性はある。

また〈石川啄木↓森田草平↓漱石〉の情報ルートも考えられる。というのは、啄木と草平は『明星』時代からの顔見知りで、その後徐々に親しくなっていった。この年（一九一一年）の七月十一日の啄木の日記には「夜、森田草平君来り、幸徳のことを語り十一時半に至る」とある。また、森田草平は漱石と鏡子に掛け合って、啄木に病気見舞金を――実際は生活資金補助として、二度にわたって計十七円渡している。啄木と草平の間には思想的、人間的に共鳴し合うところがあったようだ。

もう一つ考えられるルートは、「パンの会」を媒介としたラインである。平出修は、反自然主義の諸潮流を結集したサークル連合とでもいうべき「パンの会」に関わっていた。「パンの会」には、『スバル』『三田文学』『白樺』『新思潮』などの気鋭の若手作家・詩人・美術家が集っただけではなく、永井荷風、上田敏、そして漱石と関係の深い小宮豊隆、森田草平、阿部次郎、和辻哲郎も参加することがあった。「パンの会」を通して〈平出修↓小宮豊隆や森田草平などの門下生↓漱石〉という情報の流れがなかったとはいえない。そう考えると、漱石が平出修の葬儀（「永訣式」）に出席したというのも頷ける。

漱石の健康が回復するにつれ、その他いくつかの人脈を通しても、「大逆」事件に関する情報が漱石にもたらされたであろう。

その頃ジャーナリスト・文化人の間には、活字化されない噂が（ガセネタも含めて）飛び交っていたようだ。次は、第二次大戦後に公表された内田魯庵の日記からの抜粋である。「大逆」事件に関する彼の記述は、死刑執行の号外が出た一月二十四日から始まっている。

……黒板君（歴史学者・黒板勝美。引用者注）は堺枯川（堺利彦のこと。引用者注）が懇意で、枯川の家で幸徳と度々落合ひ、牛肉のツヽ突き合ひをした事があつた。論客ではあるがおとなしい男で、アンナ途方も無い事が出来る男では無いと云つた。（一月二十四日）

我々は考へる。（中略）国民としては日本国民ほど皇室に忠良なる民は無からう。夫《それ》故に幸徳事件の如き、哲学としてアナーキズムを研究し又は口外した事はあらう。茶咄《ばな》しとして到底実行出来さうも無い空想を口にした事はあらう。シカシ眞に傳うる如き大逆を実行せんとする志があつたとは決して思はれない。

（中略）

……犬養（毅）君が或る新聞記者に語つた如く此《この》イヌ（死刑囚・奥宮健之のこと。引用者注）が己の功名の為めに針小棒大の報告をしたのが事件の原因になつたといふは中《あた》らずと雖《いえど》も遠からずであらう。

（中略）

……茲《ここ》に特赦の一人となつた阪本佐助といふ男がある。此《こ》の男は幸徳よりおくれて遥か後に捕縛されたものであるが、幸徳が捕縛された時、今度こそは首尾よくキヤツをハメ込んで漸《ようや》く溜飲の胸がさがつてセイ〳〵したと云つてゐたさうだ。其上《そのうえ》に其当時は職工風情がドコから貰つたか知らぬが、百円以上の金を懐ろにして盛んに遊んでゐたさうだ。阪本といふは管野スガ子に片思ひをして幸徳に取られたと云つて頻りにくやしがつてゐた男である。阪本がイヌだらうといふは風説であるが、阪本か誰か知らぬが警視廳から忍び込ましたイヌがあつて、其《そ》のイヌの誇大な報告が大事件を産出したといふは萬更《まんざら》な想像ではなからう。（一月二十五日）

二月五日の項に、内田魯庵は徳富蘆花の「謀叛論」について書いている――「徳富蘆花君が高等学校で演説したのは頗《すこぶ》る学生を動かしたさうだが（中略）演説の内容は一行たりとも新聞に載らないのだ。無論其筋から差留められたのであらう」と。

ところが魯庵は、「一行たりとも新聞に載らないのだ」と不平を洩らしながら、蘆花の演説内容をかなり正確に知っていた。彼は、蘆花が「幸徳をして斯《かか》る極端なる行動に出でしめたるは陛下の恩寵を権臣が私《わた》くしして動《や》やもすれば皇室と国民との間に牆壁《しょうへき》を設けんとするからである」などと述べた、と書き留めている。ということは、「謀叛論」の内容は講演後一週間も経たないうちに、口コミでかなり広まっていたということなのだろう。

二月二十日(漱石宅に博士号授与を通知する文書が届いた日)の魯庵の日記には、次のように幸徳秋水らの冤罪を匂わせるようなことも書かれている。

無智なる探偵の報告に由《より》て捕縛せられ、無智なる警官の審問を受けて無智なる判事に裁判せられたる幸徳輩二十何人の所謂《いわゆる》無政府主義者の大逆なるものが果して真実であらう乎《か》。三宅(雪嶺)君、犬養(毅)君、島田君、福本(日南)君、徳富芦《ママ》花君、皆之《これ》を疑ふ人である。(二月二十日)

「大逆」事件は決して「無智なる」探偵や警官や判事によって引き起こされたものではなかったが、この記述は、「所謂無政府主義者の大逆なるもの」に疑問を持つ知識人が(無政府主義者や社会主義者以外にも)一人や二人でなかったことを示している。

体力をほぼ回復していた退院間際の漱石に、「大逆」事件にまつわるこのような非公然情報がもたらされた可能性はある。ただ、事件そのものを主体的に分析し批判しうるほどの裁判資料や内部資料などが、漱石の手元にあったとは考えにくい。

漱石は『思ひ出す事など』の中で、「何事によらず具体的の事実を土台にして」思索するウィリアム・ジェームスに共感を示しているが、「大逆」事件の場合、「土台」にすべき「具体的の事実」のほとんどは隠蔽されたままであった。それに漱石は、石川啄木ほどには平出修と親しくなかったし、森鷗外のように政権の中枢近くにいたわけでもなかった。

また漱石は徳冨蘆花のように、トルストイ的な理想主義者でも死刑廃止論者でもなかった。蘆花は「謀叛論」の中で幸徳秋水らを、彼等は「乱臣賊子」ではあるが、「自由平等の新天新地を夢み身を献げて人類の為に尽さんとする志士である」と擁護している。平和的アナーキストともいわれるトルストイの影響を強く受けた蘆花は、幸徳秋水ら無政府主義者に対して思想的な親近感を覚えていたようだ。しかし漱石は、人間認識においても社会認識においてもリアリストであった。理知を超えた鋭い直感と感受性（それは狂気にもなりうる）の持主でもあったが、現実の思考においては、事実を積み重ねつつ、丹念に論理を築き上げていくタイプである。蘆花は「（幸徳君等の）其行動について不満があるとしても、誰か志士として其動機を疑い得る」と述べたが、漱石にすれば、「其動機」の純粋さよりも「其行動」の真偽が問題であったろう。

そうはいっても、漱石は、本来「新聞なども細かい個所までよく読み味つて、常に意見を持つてゐた」（山本笑月談「朝日新聞時代」(4)）というから、新聞報道と限られた非公式情報とを通してではあれ、「修善寺の大患」以後の政治・社会情勢に一定の見解を持っていた、あるいは持ちつつあったのは間違いないであろう。
ちょうどそこに持ち上がったのが「博士号問題」であった。博士になるかならないかは個人的な問題に過ぎないが、漱石にとっては、ニコポン宰相の強権政治を容認するか否かの試金石ではなかったのか。博士号の返上は、坊ちゃんが野だいこに鶏卵を投げつける程度の、子供っぽい義憤の発露に見えたかもしれない。確かに、それによって政府や文部省が微動だにするわけではなかった。漱石は「イヤ〳〵博士」（四月三日『万朝報』）などと揶揄されたりもした。だがもちろん、単に「イヤ〳〵」と駄々をこねたのではない。文部省に対して一人で立ち向かい、批判と抵抗を貫徹したのだ。それだけではない。博士号を辞退することは勅令に異を唱えることでもあった。

注

（1）思想弾圧ではないが、一八七八（明治十一）年の「竹橋事件」（近衛砲兵隊の反乱事件）では、五十三名の兵士が死刑（銃殺）になっている。
（2）随筆集『思ひ出す事など』の「五」による。『思ひ出す事など』は、一九一〇（明治四十三）十月二十九日から翌年三月五日まで、『朝日新聞』に断続的に掲載された。

（3）幸徳秋水が公判中、東京監獄から弁護士に宛てて書いた書簡形式の文書。「無政府主義と暗殺」「革命の性質」「所謂革命運動」「直接行動の意義」「欧州と日本の政策」「一揆・暴動と革命」「聞取書及調書の杜撰」の七項目に分けて書かれている。

（4）平成版『漱石全集 別巻』「漱石言行録」による。山本笑月（一八七三〜一九三七）は、長谷川如是閑の兄で、朝日新聞社の文芸部長、社会部長を務めた。「朝日新聞時代」の初出は、『新小説』臨時号（一九一七年一月発行）。

3　勅令三四四号学位令第二条

学位令は、「朕学位令ヲ裁可シ茲《ここ》ニ之ヲ公布セシム　御名御璽」と、明治天皇の勅令として公布されていた。そのことは漱石に授与された学位記にも、「勅令三百四十四号学位令第二条ニ依リ茲ニ文學博士ノ学位ヲ授ク」（学位令細則第四条・様式其三）と明記されていた。漱石はその学位記を文部省に突き返しただけではなく、三日後（二月二十四日）、畳みかけるように「私は、博士の学位を頂きたくないのであります」と宣言した文部省学務局長宛の手紙を新聞に公開した。のみならず、談話の形で三度にわたって自己の考えを新聞に発表した。

談話の中で漱石は――「たゞ私に学位が欲しくないと云ふ事実があつた丈です。学位令が勅令だから辞退が出来ないと云ふのですか。そんな法律の事は少しも知りません」（二月二十五日『東京朝日新聞』）、「一体前例々々と云つて人の自由意思を蹂躙するのは甚だ感服できない」（三月七日『中央新聞』）、「先例の通りに学位を受けろと云はれるのは（中略）丸で器械として人から取扱はれる様な気がします」（三月八日『東京朝日新聞』）などと、自己の意見や思いを率直に述べた。

旧帝国憲法のもと「末は博士か大臣か」という時代に、天皇の名において制定された学位令をないがしろにする（と取られかねない）博士号辞退は、文部省だけではなく、恐らくほとんどの日本国民の想定を超えた事態の出現であったろう。だからこそ、それは恰好の新聞種となり、「紛紛として議論を生」じ[1]、「多くの世評を捲き起こした」[2]。漱石の行動を、「さすが芸術家だ」「痛快だ」と支持する意見がある一方で、「売名行為だ」「大人げない」などと批判する声もあった。当然、勅令である学位令を拒否することはできないという者もいた。親類の一部には、「自分ではいらなくても、子どもたちの名誉の為めに貰つておけばいいのに、金ちゃんはすね者だから」（『漱石の思ひ出』四二 博士号問題）と残念がる者もいた。このような、さまざまな毀誉褒貶の声が漱石の耳に届くこともあったが、妻・鏡子によると、漱石は「あたりまえのことをあたりまえにした」（同右）とばかりに、平然として動じることがなかったという。

文部省は漱石の博士号辞退を認めたわけではなかったが、ちょうど「南北朝正閏問題」の対応に追われていた時期と重なったため、その処理を一時棚上げしておかざるをえなかった。二月二十七日、政府は「南朝の正統性」を何と「閣議決定」（！）する。文部省は直ちに歴史教科書編修官・喜田貞吉博士——彼は脅迫状を送り付けられたり、小学生の息子がいじめにあったりしていた——を休職処分にし、そのうえで現行の教師用歴史教科図書の使用を禁止するという通達を、各地方長官に出した。三月三日、「南朝が正統」という明治天皇の「聖断」が下る。三月六日、文部省は南朝正統論による教科書の「修正」を決定した。さらに三月十四日、「南北朝」の呼称を改め「吉野の朝廷」とするという、文部省訓令を発した。いわゆる「北朝抹殺論」の採用である。北朝の諸天皇は歴代天皇から削除されることになった。

こうして「南北朝正閏問題」は、学問・思想を政治の下僕として従えつつ収束に向かった。桂内閣は、政権の危機を政友会（西園寺公望）との妥協で切り抜け、無事、第二十七回帝国議会の閉会（三月二十二日）を迎えることができた。文部省は新歴史教科書の編集作業に入ったが、改訂の基本的な方向はすでに確定していたから、作業は大きな混乱もなく進んで行った。

しばらく鳴りをひそめていた「博士号問題」は、四月になって再び動き始めた。四月十一日午前、漱石は帝大講師時代の同僚であった二人の知人の訪問を受けた。上田万年と芳賀矢一（共に東京帝大文科大学教授）である。二人は漱石を文学博士に推薦した博士会のメンバーであった。芳賀矢一は、十年前漱石と一緒に日本を発ちヨーロッパに向かった、漱石の留学生仲間の一人でもあった。

二人の訪問は、博士号辞退について漱石の真意を聞き取るためのものであったようだ。漱石にはそれは「好意的の訪問」（「博士問題の成行」）に見えた。その日の午後、二人の報告を受けた文部省の専門学務局長・福原鐐二郎が漱石宅を訪れ、文部省の見解を説明し了解を求めたが、漱石は博士号辞退を翻意せず、話し合いは物別れに終わった。

翌四月十二日、福原学務局長は書簡をもって、博士号は「已に發令濟《ずみ》につき」辞退の途《みち》はなく、漱石が森田草平を通して返上した学位記は、「大臣の命により」返付すると連絡して来た。学位記は書簡と共に漱石の元に送り返されて来た。

翌日漱石は、次の手紙を添えて、学位記を再び文部省に突き返した。

拝啓学位辞退の儀は既に発令後の申出にかゝる故、小生の希望通り取計ひかねる旨の御返書を領し再応の御答を致します。

小生は学位授与の御通知に接したる故に、辞退の儀を申し出でたのであります。夫《それ》より以前に辞退する必要もなく、又辞退する能力もないものと御考へにならん事を希望致します。学位令の解釈上、学位は辞退し得べしとの判断を下すべき余地あるにも拘はらず、毫も小生の意志を眼中に置く事なく、一図に辞退し得ずと定められたる文部大臣に対し、小生は不快の念を抱くものなる事を茲《ここ》に言明致します。

文部大臣が文部大臣の意見として小生を学位あるものと御認めになるのは已を得ぬ事とするも、小生は学位令の解釈上、小生の意思に逆つて、御受けをする義務を有せざる事を茲に言明致します。

最後に小生は目下我邦に於る学問文芸の両界に通ずる趨勢に鑑みて、現今の博士制度功少くして弊多き事を信ずる一人なる事を茲に言明致します。

右大臣に御伝へを願ひます。学位記は再応御手元迄御返付致します。　敬具

四月十三日　夏目金之助

専門学務局長福原鐐二郎殿

漱石はそれ程長くもない手紙の中で、「茲《ここ》に言明致します」という言葉を三回使っている。この手紙は文部省に対する漱石のマニフェストであった。「一歩も引かないぞ」という気迫

に満ちている。

そして今度もまた漱石は、福原鐐二郎の書簡と共にこの手紙を、「博士問題の成行」（四月十五日『東京朝日新聞』文芸欄）の中に、そっくり引用して公開した。そこにおいて、漱石はだめを押すかのように、「余は文部省の如何《いかん》と、世間の如何とに拘らず、余自身を余の思ひ通に認むるの自由を有して居る」と、昂然と言い放った。国と世間を敵に回しても何するものぞという、「坊っちゃん」的な反骨精神の面目躍如たるものがある。

「博士問題の成行」の締めくくりに、漱石は批判の矛先を博士制度そのものに向けた。

博士制度は学問奨励の具として、政府から見れば有効に違ひない。けれども一国の学者を挙げて悉《ことごと》く博士たらんがために学問をすると云ふ様な気風を養成したり、又は左様思はれる程にも極端な傾向を帯びて、学者が行動するのは、国家から見ても弊害の多いのは知れてゐる。余は博士制度を破壊しなければならんと迄は考へない。然し博士でなければ学者でない様に、世間を思はせる程博士に価値を賦与したならば、学問は少数の博士の専有物となつて、僅かな学者的貴族が、学権を掌握し尽すに至ると共に、選に洩れたる他は全く一般から閑却されるの結果として、厭ふべき弊害の続出せん事を余は切に憂ふるものである。余は此意味に於て仏蘭西にアカデミーのある事すらも快く思つて

> 居らぬ。
> 　従つて余の博士を辞退したのは徹頭徹尾主義の問題である。此事件の成行を公にすると共に、余はこの一句丈を最後に付け加へて置く。（傍点引用者）

漱石は博士制度がもたらすであろう弊害を並べ立て、「僅かな学者的貴族が、学権を掌握し尽すに至る」とまで言い切った。そして「従つて余の博士を辞退したのは徹頭徹尾主義の問題である」というのである。

漱石は「イズムの功過」という短いエッセイ（一九一〇年七月二十三日『東京朝日新聞』文芸欄）の中で、多くの「イズム」（主義）というものは「一種の形」「輪廓」であり、「中味のないもの」であると述べている。だが、博士号辞退の結論として、漱石が「余はこの一句丈を最後に付け加へて置く」と念を押した「主義」が、中味のない単なる「輪廓」であるはずはない。

漱石の「主義」といえば、講演「私の個人主義」が思い浮かぶが、次に引用するのは、美術評論「文展と芸術」（一九一二年十月十五日～二十八日『東京朝日新聞』に掲載）の一節である。

自分の言説《げんぜい》には、兎角《とかく》個人主義の立場から物を観る傾向が多い。是は自由を愛する自分の天性から来るのでもあらうが、一つには又理論の承認を得た主義として、暗に己れの立脚地を此所《ここ》に定めてゐるからでもあらう。自分は何時か此問題をもつと深く考へてさうしてもつと明らかに語りたいと思つてゐる。さうして自分が如何に権威の局所集中を忌むかをも明らかに語りたい。同時に衆を頼んで事を仕ようとばかり掛《か》る所謂モツブなるもの、勢力の、如何に恐るべく、憎むべく、且つ軽蔑に値すべきかをも最も明らかに語りたい。

漱石にとって個人主義は、単なる「輪廓」などではなく「理論の承認を得た主義」であり、「己れの立脚地」なのであった。そしてそれが、対社会的には「権威の局所集中」を忌み嫌うことになり、「衆を頼んで事を仕ようとばかり掛《か》る所謂モツブ」に対する軽蔑にもなる。「博士号問題」においては「権威の局所集中」に対する怒りが噴出した。漱石は、「博士でなければ学者でない様に、世間を思はせる程博士に価値を賦与したならば」と留保付きではあるが、「僅かな学者的貴族が、学権を掌握し尽すに至る」と、博士制度の弊害を明確に述べている。学問の世界において、そういう「厭ふべき弊害」を招来する〈貴族と平民〉への学者の分断を、容認するわけにはいかないというのだろう。そして、漱石における個人主義の徹底化――いわゆる「自己本位」の立場は、その徹底ゆえに、いわば〈学問上の共和主義〉、あるいは〈学問における社会主義〉とでもいうべき考え方を内包しえたのであろう。

日露戦争後の社会で、この数年最も流布した「主義」といえば、自然主義、社会主義、そして無政府主義であった。自然主義は退廃思想とされ、社会主義、無政府主義は「大逆」事件に見るように徹底的に弾圧された。漱石の病気回復期に起こった「南北朝正閏問題」も、「大逆」事件に結び付けて議論にされた。

五年前（一九〇六年）のことになるが、漱石は、「小生もある点に於て社界《ママ》主義故《ゆえ》堺枯川氏と同列に加はり（電車運賃値上げ反対のデモ行進とチラシ配布に加わること。引用者注）と新聞に出ても毫も驚く事無之《これなく》候」（八月十二日付深田康算宛書簡）と述べている。これは、妻・鏡子がデモ行進とチラシ配布に参加したという新聞の誤報[3]に関するコメントであるが、誤報に便乗した冗談ではない。漱石は『野分』の白井道也の口を借りて「（おれを社会主義と）間違へたつて構はないさ。国家主義も社会主義もあるものか。只正しい道がいゝのさ」と言っていた。白井道也は「電車事件」の逮捕者の家族を救援するための集会で演説をする。

「大逆」事件から「南北朝正閏問題」に至る過程で強行された文学・思想・学問の蹂躙――――それは天皇の絶対性を盾として強行された――を眼前にして、大患中の「至福の時」から目覚めたばかりの漱石の内部に、日本に対する絶望と怒りの感情が湧きあがったとしても、それを責めることはできないだろう。

漱石は、政治・経済制度からの精神の自律と自由を、何よりも重視していた。また、一九一二（明治四十五・大正一）年六月十日及び七月二十日の日記[4]などを読むと、漱石は日本の天皇制について、「君臨すれども統治せず」的なイギリス王室風の存続を望んでいたように思われる。だが漱石にすれば、一九一〇（明治四十三）年を区切りとした日本社会の現実は、精神の自律も天皇制のあるべき〈発展〉もほとんど不可能にした、と見えたに違いない。「一九一〇（明治四十三）年」の強大な負のエネルギーは、大杉栄事件（甘粕事件）、亀戸事件、難波大助事件（虎ノ門事件）、朴烈事件[5]を引き起こしつつ、天皇の神秘性に裏打ちされた暴力的支配体制のさらなる強化と、日本国民の知性のいっそうの鈍磨をもたらしていった。日本国民は、いわゆる「大正デモクラシー」の潮流をもってしても、自らの力でその進行を押しとどめることができなかった。そのためには、悲惨なことに、アジア諸国における二千万を優に超える戦死者と、低く見積もっても三百十万に及ぶ日本人犠牲者[6]を必要としたのであった。それは、『三四郎』の広田先生が「（日本は）亡びるね」と喝破した事態の現実化であっただろう。

漱石が「余の博士を辞退したのは徹頭徹尾主義の問題である」と揚言したのは、一面において、彼の日本に対する絶望と怒りの叫び声でもあったのではないか。

四月二十日、再び文部省の福原学務局長から書簡が届いた。漱石の気迫に気押されたわけではあるまいが、そこには、博士号の取消はできないが、学位記は文部省で保管しておくと書かれていた。こうして文部省と漱石双方の〈顔を立てる〉形で、博士号問題は一件落着となった。

注

（1）平岡敏夫編『夏目漱石研究資料集成　第2巻』日本図書センター（一九九一年刊）の久津見蕨村筆「夏目漱石論」による。

（2）森田草平著『夏目漱石㊂』講談社文庫（一九八〇年刊）の「修善寺の大患とその以後」（四　博士辞退問題）による。

（3）一九〇六（明治三十九）年八月十一日付『都新聞』に、「電車運賃値上反対行列」に「堺氏の細君、夏目（漱石）氏の細君是に加はり……」と載った。しかし、黒岩比佐子著『パンとペン　社会主義者・堺利彦と「売文社」の闘い』講談社（二〇一〇年刊）の「第四章『冬の時代』前夜」によると、これは新聞記者の勘違いから出た誤報であった。

（4）すでに第二章の「4『人間の罪』と『明治の精神』」などでも述べたが、日記には、「皇室は神の集合にあらず。近づき易く親しみ易くして我等の同情に訴へて敬愛の念を得らるべし。夫が一番堅固なる方法也。夫が一番長持のする方法也」（六月十日）、「晩天子重患の号外を手にす。（中略）川開きの催し差留られたり。天子未だ崩ぜず川開を禁ずるの必要なし。細民是が為に困るもの多からん。当局者の没常識驚ろくべし」（七月二十日）などの記述がある。

（5）念のため、大杉栄事件～朴烈事件について略記すると――

〈大杉栄事件（甘粕事件）〉とは、「一九二三年（大正一二）九月六日、憲兵大尉甘粕正彦（一八九一～一九四五）らが、関東大震災の戒厳令下で、無政府主義者大杉栄・伊藤野枝らを殺害した事件」。

〈亀戸事件〉とは、「関東大震災下の亀戸警察署で社会主義者らが虐殺された事件。一九二三年（大正一二）九月五日前後に労働運動家の平沢計七・川合義虎ら一〇人、ほかに自警団員や朝鮮人を警察と軍隊が殺害」。

〈難波大助事件（虎ノ門事件）〉とは、「一九二三年（大正一二）一二月二七日摂政宮裕仁親王（昭和天皇）が第四八議会開会式に出席のため、虎ノ門通過の際、無政府主義者難波大助が狙撃し、失敗した事件。山本権兵衛内閣は責任を取って総辞職。難波は逮捕され、大逆罪で死刑」。

〈朴烈事件〉とは、「在日朝鮮人無政府主義者朴烈（一九〇二～一九七四）と妻金子文子（一九〇三～一九二六）が一九二三年（大正一二）天皇・皇太子暗殺を企てたとして二六年大逆罪で死刑判決をうけた事件。および取調中の両人の抱擁写真が流布され政治問題化した事件。朴烈怪写真事件」。

以上、『広辞苑』第六版より転記。

（6）中学校教科書『社会科 中学生の歴史 日本の歩みと世界の動き』帝国書院（二〇一六年刊）には、「第二次世界大戦の死者は、アジアと太平洋地域だけでも二〇〇〇万人をこえ、日本人では軍人約二四〇万人、民間人約八〇万人といわれています」と書かれている。平凡社『世界大百科事典』（二〇〇九年刊）では、日本人犠牲者は「合計三百十万名」「中国の犠牲者は軍人約四〇〇〇万名、民間人の死傷者二〇〇〇万名、フィリッピンでは軍民約十数万名が死亡」と述べられ、「その他の地域の犠牲者は不明」とされている。

4　二つの「文士招待会」

西園寺公望が著名な文学者たちを招いて催した懇談会、いわゆる「文士招待会」[1]（二回目から「雨声会」と呼ばれる）は、一九〇七（明治四十）年から一九一六（大正五）年にかけて七回行われたが、漱石は一度も出席しなかった。因みに、鷗外は六回出席している。鷗外欠席の一回は公務出張と重なったためである。

一九〇七（明治四十）年の第一回「文士招待会」に招かれたのは二十名。坪内逍遙、森鷗外、夏目漱石、幸田露伴、泉鏡花、國木田独歩、島崎藤村、田山花袋、二葉亭四迷など、錚々たるメンバーであった。招待を辞退したのは、坪内逍遙、二葉亭四迷、夏目漱石の三名であった。

漱石が、招待状への返書（ハガキ）の末尾に、

時鳥厠半ばに出かねたり

の句を書き添えたことは、よく知られている。漱石はその頃（六月中旬）、朝日新聞入社第一作目となる『虞美人草』の執筆に没頭しており、「文章の上にも、主題の上にも、人物の上にも、また布置結構の上にも、鏤骨《るこつ》彫心の苦心を重ねて(2)」いた。木曜会(3)も休止し、玄関に「面会謝絶」の札を貼り出していた。そういうことからすると、句の趣意は「せっかくの招待ですが、多忙につき欠席させていただきます」ということなのだろうが、それにしても、時の首相の招待に対して「ちょうどトイレ中なので、出ようにも出られません」とは、思い切ったことを言ったものである。公家宰相・西園寺侯の招待（＝時鳥の初音）よりも、小説の執筆（＝厠で用を足すこと）の方が、自分にとっては大事だということなのであろう。「相手は西園寺侯ではあり、はがきとはあんまりひどい」という義弟（鏡子の妹婿）の非難に対しても、「ナーニこれで用が足りるんだから沢山だよ(4)」と言って、漱石は意に介さなかった。「博士号問題」が起こる四年前のことであった。

文人宰相ともいわれた西園寺公望ではあるが、そのハガキを読んだ彼が、「時鳥」の句を、単なる俳諧的諧謔として笑い飛ばすことができたかどうかは疑問である。

「雨声会」に一度も出席しなかった漱石が、第二次桂内閣の文相・小松原英太郎主催の「文士招待会」（「文士懇話会」などともいう）に参加したのは、意外である。何といっても第二次桂内閣は、文学・思想の弾圧を強化したあげくに、「大逆」事件のフレームアップに突進した内閣であった。ただ「文士招待会」は内閣発足の半年後のことであり、内閣の本性は、まだ桂太郎のニコポン戦術の陰に隠されていた。

会は、一九〇九（明治四十二）年一月十九日に行われた。当時話題になっていた「文芸院（文芸委員会）」設立に関して、文学者の意見を聴くというのが、開催の趣旨とされていたが、真の狙いは、桂内閣による文学の国家統制強化の構想の中に、がっちりと組み込まれていた。そのことは、「招待会」に、文部省関係者だけではなく、内相・平田東助を始め、内務省の役人たちが列席していたことからも明らかであった。平田内相は会の冒頭の挨拶の中で、「文藝は民政と風紀の上に密接の關係がある」（傍点引用者）と述べている。

文学者側からの出席は、森鷗外、夏目漱石、幸田露伴、上田敏、島村抱月、芳賀矢一、上田万年、巌谷小波《さざなみ》（児童文学者）、塚原渋柿園《じゅうしえん》（歴史小説家）の九名であった。

出席した九人の文学者にはそれぞれの思惑があったと思われるが、国家主導の「文芸院（文芸委員会）」の設立に反対の意見を持っていた漱石が、「文士招待会」に参加したのはなぜなのか。漱石はその頃『永日小品』を執筆中ではあったが、『三四郎』の新聞連載を終えて一息ついたところで、次の小説（『それから』）の連載までにはまだ間があったから、決して「厠半ば」（超多忙）というわけではなかった。しかし、欠席の理由などいくらでも付けられる。実際漱石は、西園寺公望を囲む文士たちの「返礼会」（第二回「雨声会」）に、「当日は生憎差支にて出席仕かね候」と素っ気なく出席を断っているのだ。にもかかわらず、漱石は小松原文相の招待には応じた。「時鳥厠半ばに出かけたり」――ありがたい大臣の招待であるから、雑用の処理は後回しにして参加した――とでもいうのであろうか。そうだとすれば、露骨なダブルスタンダードということになる。それとも、半藤一利がいうように、単純に「漱石は西園寺その人が嫌い」（『漱石俳句探偵帖』角川選書　一九九九年刊）だっただけなのか。

　漱石が小松原文相の招待に応じた理由については、和田利夫が、その著『明治文芸院始末記』（筑摩書房　一九八九年刊）の中で詳しく検討している。彼の分析が、漱石の「招待会」出席の事情を最もよく説明していると思われる。

　和田利夫はいう、「漱石が桂内閣に好意的だったとは思われない。（中略）漱石は行きたくはなかったのである。だのに行った。とすれば、何か義理人情のしがらみで、しぶしぶそうせざるを得ない事情でもあったとしか考えられないのである」と。その「義理人情のしがらみ」とは、「文士招待会」に参加した文部次官・岡田良平、文部省専門学務局長・福原鐐二郎、内務次官・一木喜徳郎、それに芳賀矢一――以上四名の存在にあるというのが、和田利夫の推定である。彼らは、特に漱石と親しかったわけではないが、漱石の青春時代、つまり大学予備門時代、あるいは府立一中時代の同窓生であった。四人は共に帝大に進んだが、なかでも芳賀矢一は、漱石も加入していたサークル「紀元会」(5)のメンバーであり、大学・大学院時代を通して漱石との交流が続いた。

和田利夫によると、そういう情誼に絡めて、「(漱石の)西園寺侯招宴辞退のいきさつと以後の雨声会不出席を知っている文部省」が、「今度こそは、ぬかりなく」、事前に「福原鐐二郎をして談判に及ばせた」のであった。福原鐐二郎は「博士号問題」で文部省の窓口となり漱石と対立するが、誠実な人柄の持主であったようで、「漱石にも胸襟を開いて当ったことと思われる。漱石の方でも、福原の官僚らしからぬ人間味といったものに信用を置いていただろう。ここにおいて漱石は福原の情に棹さしてみたのである」――というのが、和田利夫の結論であった。彼は、「漱石の出席については特別の配慮がはらわれていたことを感じさせる」とも述べている。

いやいやしぶしぶ文部大臣の招待に応じたのが、そういう同窓生との「義理人情のしがらみ」であったとすると、それは、漱石が英国留学中に獲得した自己の「立脚地」、すなわち「自己本位」の実践的蹉跌だといえなくもない。だが、漱石の生き方を「自己本位」一辺倒で割り切ることはできない。そうすることは人間漱石の多面性から目を逸らすことにしかならないだろう。確かに「自己本位」は漱石のバックボーンとなったが、彼は「自己本位」のロボットではなかった。

以下は、「漱石言行録」（平成版『漱石全集 別巻』）に載っている、漱石に親しく接した人々の証言（抜粋）である。この類いの回想集では回想の対象を美化する傾向が生じがちであるが、それを割引きして読んでも人間漱石を知る一助となるであろう。

……意地張りで、親切で、義理堅くて、手軽に約束をしない代りには一旦引受けたらば間違へぬといふ美点もあつた。

中村是公（談）「意地張で親切 坊主になる勧告」

……君は博く人を容れたが、只軽佻浮薄の小才子や、弁茶羅《べんちゃら》男は大嫌ひで、彼様な人とは口も交えぬ程であつた。其の代り善良で表裏なき性格の人でさへあれば、喜んで之と交はり、其の為に親切を尽されたものである。

斎藤阿具「夏目君と僕と僕の家」

が、巧言令色、人の行為に裏と表のあることは、先生は嫌ひでしたな。私が先生の贔屓を受けたのも、いさゝかそんな点——つまりお世辞のない、間抜けな点が気に入つたんだらうと、自分では思つてゐますよ。

湯浅廉孫（談）「乞食の詩が縁」

……（漱石は）次のやうな意味のことを云つた。相手が金持であるとか権力家であるとかといふことだけでそれに近づくのを回避するのは、まだこちらに邪心のある証拠である。為めにする気持が全然なければ、相手が金持であらうと貧乏人であらうと、大臣であらうと小使であらうと、少しも変りはない。

和辻哲郎「漱石の人物」

また夏目さんは他人に頼まれたことを快く快諾する人だつたと思ふ。随分いやな頼まれごとでも快く承諾されたのは一再でない。内田魯庵（談）「温情の裕かな夏目さん」

漱石は、理不尽な圧力を加えるものに対しては頑固に「自己本位」を貫いたが、対人関係においては必ずしもそうではなかった。「軽佻浮薄」「巧言令色」「為めにする気持」を嫌い、「相手が金持であらうと貧乏人であらうと、大臣であらうと小使であらうと」「善良で裏表なき性格の人」を愛した。「自己本位」の立場において頑固であったように、対人関係においてもそういう点では徹底していた。

福原鐐二郎は文部省の高級官僚という「権力家」であったが、「善良で表裏なき性格の人」

でもあったのだろう。そして善意と誠意をもって「文士招待会」への参加を要請したのであろう。漱石は、福原鐐二郎の言動に「巧言令色」も「為めにする気持」も認めなかった。芳賀矢一や上田万年からも参加を誘われたかもしれない。彼らは後述するように、三年後、「文芸委員会」の作品審査においては漱石批判の側に回るのだが――。

漱石が小松原文相の「文士招待会」への参加を決意した前後の気持ちを、ここで再び、和田利夫著『明治文芸院始末記』の記述を借りてまとめることにする。

漱石は行きたくはなかったのである。だのに行った。とすれば、何か義理人情のしがらみで、しぶしぶそうせざるを得ない事情でもあったとしか考えられないのである。そうして出席した。出席した以上は、機会を見て、この際自分の考えを述べておこう、といった程度だったろうと思うのである。

『東京朝日新聞』（一九〇九年一月二十一日）の報道によると、「文士招待会」は、文部大臣官邸において一月十九日午後五時三〇分に始まり、十時二〇分に散会した。会はほぼ四時間に及んだことになる。参加者は、「料理は神田淡路町宝亭の出前」、また「珍酒、佳肴」でもてなされた。会合は真面目な意見交換の場というより、当たり障りのない懇談、さらには

「雑談」「珍談」が中心であったようだ（ホモセクシャルの話で盛り上がったりもした）。文学者の意見を真摯に受け止める気などさらさらない文部省としては、その方がむしろ好都合であったろう。会は、「文芸院設立など云ふ具体的の話も出ねば、出版物取締りの事に就いても更になんらの話もなし。最も酩酊せるは上田万年、塚原渋柿園の両家にして、小波、抱月氏もだいぶきこし召して居られし様子なり」という雰囲気であった。

だが、四時間も顔を突き合わせていたのであるから、文学の「保護奨励」に関しても、出席者からの発言がなかったわけではない。むしろ、断片的だが様々な意見が飛び交ったようだ。巌谷小波は会の終了後、待ち受けていた新聞記者に向かって、「皆服藏なく意見を發表し議論を闘はした 此點で一同非常に満足して居た摸様であつた[6]」とコメントをしているし、「文藝院設立問題の如きは賛否相半し[7]……」と、活発な議論があったかのように報じた記事もあった。ただ、政府主導の「文芸院」（文芸委員会）の設立に関して明確に反対意見を述べたのは、どうやら孤軍奮闘、漱石だけであったらしい[8]。漱石は主張した――「抑《そもそも》文藝の發達は社會と相待つべきものにして 其社會を組織せる人々の文藝に對する趣旨如何《いかん》が軈《やが》て文藝の發達を卜すべき最大の標識となるものなれば 如何《いか》に政府の力を以てするも少數の人を集めて以て之を左右せんとするは不可能の事たるべし[9]」云々と。

また、「招待会」翌日の『讀賣新聞』には、鷗外（彼は場違いな軍服姿であった）、小松原文相、漱石の三者の間で交わされた、次のようなやり取りが載った。

鷗外氏はシルレル、パライライス（「シラー賞」のこと。ドイツ国家が主催した文学賞。引用者注）を持出し「一年中の傑作に對して二千マークの賞與金を與へて奨勵して居るが日本でも始めたら如何《どう》です」と文相に云へば「日本でも二千圓位の金は如何《どう》にかなるから行《や》つて見ませう」と答へ（たが）漱石氏横槍を入れて「併《しか》し審判官と云ふ者があつて變な標準を立て丶は困る政府は之に干渉せぬがよからう」と横を向いた

当日の模様を伝えるこのような記事が――記事は参加者へのインタビュー取材の寄せ集めであったから――事実の正確な報道であるとは限らない。だが、大臣の発言に「横槍を入れて」、プイと「横を向いた」というのは、大人げはないが、利かん気で権威の押し付けを嫌う、いかにも漱石らしい仕草ではないか。この時、漱石の無愛想な態度に対して、鷗外と小松原文相がどんなリアクションをしたのか、知りたいところではある。

注

（1）「文士招待会」については、和田利夫著『明治文芸院始末記』筑摩書房（一九八九年刊）などを参

考にした。
（2）小宮豊隆著『夏目漱石』岩波書店（一九三八年刊）の「五〇『虞美人草』」による。
（3）「木曜会」は、漱石が面会日と決めていた木曜日に、毎週開かれた門下生たちとの会合。漱石を慕う多くの若者が集まった。
（4）夏目鏡子述・松岡譲筆録『漱石の思ひ出』の「二九 朝日入社」による。
（5）原武哲著『夏目漱石と菅虎雄 布衣禅情を楽しむ心友』教育出版センター（一九八三年刊）によると、「紀元会」は、紀元二千五百五十年（明治二十三年）に当たって結成された（と思われる）学生の親睦団体であるが、詳しい活動内容は分からない。会員の卒業後も存続し、毎年二月十一日（紀元節）に総会を開いていたらしい。漱石の多くの親しい友人たちが加入していた。
（6）一九〇九年一月二十日『讀賣新聞』の「文相の文士招待會」による。ここでは、「招待会」の全体的印象を、「要するに今度の會合は至極眞面《まじめ》な會合で談話の中心は勿論文藝、官僚側は主として聽手の方で喋舌つたのは文藝家ばかりであつた。而した《ママ》文藝院設立問題の如きは賛否相半し最後に至るまで要領を得ずに終《しま》つた」と報じており、『東京朝日新聞』の記事内容とかなり違っている。
（7）前注と同じ一九〇九年一月二十日『讀賣新聞』の「文相の文士招待會」による。
（8）和田利夫は『明治文芸院始末記』において、「文芸院および文芸保護をめぐる出席九文士の意見を分類してみる」として、「上田万年、上田敏、森鷗外のほかに島村抱月、幸田露伴、巌谷小波らが積極的に賛成の意を表したのに対し、芳賀矢一と塚原渋柿園とは明確に意見を述べなかったが異存はなかった様子。夏目漱石だけは、特に反対はしないが問題もあると指摘しているので、賛成の側に入れるのは見あわせる」と述べている。漱石は岡田文部次官の問いかけに持論を述べた上で、「然れども予は当局が是迄放任せる文芸の方面に注意を払ひ、是が奨励を謀らんとする、其の方針については満腔の謝意と満足を表する者なり」(『東京二六新聞』)と付け加えたとされるが、これは皮肉を込めた外交辞令であろう。

(9) 一九一一(明治四十四)年五月十九日『東京朝日新聞』の「文藝委員會由来」による。

5 文芸委員は何をするか

長与胃腸病院から自宅に戻り一ヶ月が過ぎた一九一一(明治四十四)年四月、漱石の健康状態は順調に快復しているように見えた。「博士号問題」も、曲がりなりにも収束に向かった。

その頃の漱石は、病気療養中世話になった医師・森成麟造の送別会(開業のために新潟に帰郷)を門下生たちを集めて盛大に行ったり、坂元雪鳥などと謡をうたったり、鏡子の従妹の結婚に際して親代わりを務めたりと、気持ちの上でゆとりのある時間を過ごしていた。

ところが翌五月になると、前節で触れたように、ここ数年文壇で話題になっていた「文芸院(文芸委員会)」設立の動きが、一挙に加速した。(1)『讀賣新聞』(五月三日)は一面トップの「論議」（社説）で、「噂のあつた文部省附属の文藝院は文藝調査委員會と云ふもの（実際は「文藝委員會」。引用者注）になつて、愈々成立すること丶なり、目下委員の人選中である」と報じた。五月十二日には『東京朝日新聞』が「自稱消息通」の話として予想される文芸委員の名前を列挙し、「鷗外博士、露伴博士 東京大學より上田（萬年）芳賀博士、之に對して上田敏博士を入るれば藤代博士もといふ事になる可きか」などと報じた。漱石については「到底承諾せざる可きは明白」ということで、候補から除外されていた。文相の「文士招待会」や「博士号問題」での言動から、漱石が敬遠されたのは当然であろう。

　五月十四日には、近く発足する「文藝院の事業」は文学作品の審査・表彰が中心になると報じられた（『東京朝日新聞』）。これが事実だとすれば、小松原文相の招待会における漱石の主張は、全く無視されたことになる。漱石は直ちに筆を執り、評論「文芸委員は何をするか」を書き始めた。

　漱石はその冒頭に、「政府が官選文芸委員の名を発表するの日は近きにありと伝へられてゐる。何人《なんぴと》が進んで其嘱に応ずるかは余の知る限りでない。余はたゞ文壇のために一言して、諸君子の一考を煩はしたいと思ふ丈である」と書いて、批判の矛先を、文芸委員になるであろう文学者及び学者たちに向けた。文部省に文句を言っても埒が明かないと考えたのであろう。

「文芸委員は何をするか」は五月十八日の「朝日文芸欄」に掲載された。この日、同じ『東京朝日新聞』の三面では、「文藝委員會」が「勅令第百六十四號」として正式に設置されたことを報じていたから、漱石の批判はちょうどよいタイミングであった。新聞には「文藝委員會委員及幹事」の一覧も載っていた。委員は森鷗外、上田万年、芳賀矢一、藤代禎輔、姉崎嘲風、上田敏、徳富蘇峰、饗庭篁村、幸田露伴、島村抱月ら十六名、[2]幹事は文部省専門学務局長・福原鐐二郎であった。委員長は官制の規定により、文部次官・岡田良平が就任することになった（九月からは次官に昇格した福原鐐二郎が委員長）。

「文芸委員は何をするか」は五月十八日〜二十日の三日間、上・中・下の三回に分けて掲載された。その主張を（雑駁ながら）要約すると次のようになる。

「上」において漱石は、文部省の委嘱に応じた文芸委員に向けて、「自己より遥に偉大なる政府と云ふものを背景に控へた御蔭で」、「突然国家を代表すべき文芸家とならなければならない」のは、「大いなる苦痛であらう」といって皮肉る。そのうえで、「諸君がもし、国家のためだから、此苦痛を甘んじても遣《や》ると云はれるなら、まことに敬服である。其代り何処《どこ》が国家の為だか、明かに諸君の立脚地を吾等に誨《をし》へられる義務が出て来るだらう」と、文芸委員の反論を促した。言うべきものを持っているなら言ってみろ、というわけである。

さて漱石にいわせれば、文学の「相互発展進歩」は、文学者が「自己の正当と信ずる評価を公けにして憚らない」、そういう自由な相互批判による以外にはないのであった。したがって――

……文芸家もしくは文学家が、国家を代表する政府の威信の下に、突如として国家を代表する文芸家と化するの結果として、天下をして彼等の批判こそ最終最上の権威あるものとの誤解を抱かしむるのは、其起因する所が文芸其物と何等の交渉なき政府の威力に本づくだけに、猶更の悪影響を一般社会——ことに文芸に志ざす青年——に与ふるものである。是を文芸の堕落と云ふのは通じる。保護と云ふに至つては其意味を知るに苦しまざるを得ない。

このように、文学において「国家を代表する政府の威信」を盾にすることが「文芸の堕落」をもたらすのであれば、それは、文芸委員と称する「文芸家もしくは文学者」の堕落ということにもなるのだろう。

「中」においても、漱石は「文芸の鑑賞に縁もゆかりもない政府の力を藉《か》りるのは卑怯の振舞である」と批判の手を緩めない。のみならず、政府が「文芸委員を文芸に関する最終の審判者の如く見立て、」、「行政上に都合よき作物《さくぶつ》のみを奨励して、其他を圧迫するは見易き道理である」と、文学の国家統制の強化を警告する。漱石はさらにいう。

……政府は今日迄わが文芸に対して何等の保護を与てゐない。寧ろ干渉のみを事とした形迹《けいせき》がある。それにも拘《かゝ》はらず、わが文学は過去数年の間に著るしい発展をした。（中略）文芸院抔《など》と云ふ不自然な機関の助けを藉《か》りて無理に温室へ入れなくても、野性の儘《まま》で放つて置けば、此先順当に発展する丈である。我々文士から云つても、好い加減な選り好みをされた上に、生中《なまなか》もやし扱ひにされるのは難有《ありがた》いものではない。

そして、「現代の文士」が求めるものは文芸委員の評価などではなく、「金である」と明言する。「彼等は見苦しい程金に困つてゐる」。文芸院が、文士たちの「米櫃の不振」を救済する仕事に乗り出すなら、「我々は折れ合つて無理にも賛成の意を表したい」という。文芸院は、〈口を出さずに金をだせ〉というのだ。

「下」では、より具体的に、「保護の為に使用すべき金が若干でもあるとすれば」、雑誌に掲載される小説の大部分に、その金を「平等に割り宛て、当分原稿料の不足を補ふ様にしたら可からう」と提言する。その一方で「文芸委員のすると云ふ選抜賞与」は、「全部に与ふべき筈の報酬を、強ひて個人の頭上に落さんとする」もので、「殆んど悪意ある取捨と一般の行為」であるとして否定する。
最後に漱石は、自分は「根本に於て文芸院の設置に反対」と駄目を押し、「政府から独立した文芸組合又は作家団」を組織し「行政者と協商」すべきことを説く。そして、権力から自立できない「今の日本の文芸家」を、次のように嘲弄して文章を締めくくった。

……惜いかな今の日本の文芸家は、時間から云つても、金銭から云つても、又精神から云つても、同類保存の途を講ずる余裕さへ持ち得ぬ程に貧弱なる孤立者又はイゴイストの寄合である。自己の劃《かく》したる檻内《かんない》に咆哮して、互に噛み合ふ術《すべ》は心得て居る。一歩でも檻外に向つて社会的に同類全体の地位を高めやうとは考へてゐない。互を軽蔑した文字を恬《てん》として六号活字に並べ立てたり抔《など》して、故《こと》さらに自分等が社会から軽蔑される様な地盤を固めつゝ、澄まし返つてゐる有様である。日本の文芸家が作家倶楽部《オーソースくらぶ》と云ふ程の単純な組織すらも構成し得ない卑力な徒である事を思へば、政府の計画した文芸院の優に成立するのも無理はないかも知れぬ。

このような厳しい批判は漱石の思いの率直な表出ではあったろうが、「今の日本の文芸家」

を十把一絡げにして批判する、その批判の仕方に対しては反感を覚える読者もいたかもしれない。当時の作家・知識人で、「文芸院（文芸委員会）」の設立に（全面的に反対ではないにしても）批判的な意見を持つ者も少なくはなかったのだ[3]。漱石はそういう人々に配慮した表現をすべきであったろう。「孤立者又はイゴイスト」という非難は、そのまま漱石自身に跳ね返って来ないとも限らない。変人・漱石の極論と片付けられないとも限らなかった。

「文芸委員は何をするか」は、文芸委員に「一考を煩はした」かもしれないが、彼らが漱石の呼びかけに応えて、官選文芸委員としての「立脚地を吾等に誨《をし》へられる義務」を果たすことはなかった。漱石の文芸委員（会）批判は、二年前の「文士招待会」の時と同様、無視されてしまう。

第一回文芸委員会が開催されたのは、六月三日、そこで文部省から「文藝委員會規定」案が提出され、ほぼ原案通り決定した。

勅令「文藝委員會官制」と文部省主導の「文藝委員會規定」を一読すれば、文芸委員会が文芸の「保護奨励」と無縁のものであることは明白であった。「文藝委員會官制」の第一条は「文藝委員會は文部大臣の監督に属し文藝に關する事項を調査審議す」（傍点は引用者。以下の傍点も同じ）と謳っている。また、「文藝委員會規定」においては、「著作物を募集し之を審査せんとする時は其募集の方法に關し決議を具し文部大臣の認可を受くべし」（第八条）、「優秀にして特に表彰するの價値ありと議決したる著作物ある時は之を文部大臣に報告すべし／文部大臣は前項の報告に基き其著作物の著作者若くは其相続人に對し授賞する事あるべし」（第十条）、「文藝委員會に於て文藝の奬勵上必要と認めたる事項は之を文部大臣に建議し又文部大臣の認可を經て之を施行する事を得」（第十五条）と規定されていた。

文芸委員会は「文部大臣の監督」を受け、委員長は「文部次官」、幹事には「文部省高等官」が就くことになった。これでは文部省への従属にほかならない。実際、文芸委員会は作品の「募集」等において文部大臣の認可を受けなければならないのに、文部大臣には、委員会が議決した優秀作品への授賞を拒否する余地（第十条）が残されていた。

文芸委員会が、治安対策的な発想に基づいて設置されたことは、当時からマスコミでも指摘されていた。

先ほど紹介した、五月三日の『讀賣新聞』の「論議」（社説）もそうである。「論議」は明け透けに、「（文芸委員会は）警察的取締りとは表面上何の關係もないことになつてゐる」が、「併しそれは表面だけのことで」あると断言し、「（その中心の目的は）國家社會の爲めになる功利主義の作物などを奬勵推選し、其の力によつて氣に入らぬ作物を逐ひ除ける筈であらう」と述べた。

しかし、新しい試みに賛否両論が起こり、それが期待と不安を生むのは珍しいことではない。鷗外を始めとした文部省当局以外の文芸委員たちも、漱石の批判を含む新聞・雑誌における文芸委員会批判を、よく知っていたはずである。彼らにも彼らなりの考えと主張があった。詳細は分からないが、彼らの最大公約数的なイメージとして、文芸委員会を、例えばアカデミーフランセーズのような組織に発展させることを目論んでいたようだ。彼らが文芸委員を引き受けたのは、単なる権力に接近しようとする上昇志向や名誉欲のみからではなかっただろう。ただ彼らには、漱石と違って、日本の現実に対する危機感――このままでは日本社会が滅びかねないという危機感がないだけであった。

文芸委員会は二年後の一九一三（大正二）年六月、廃止される。二年間の短い命であった。

注

（1）第二十七回帝国議会（一九一〇年十二月二十三日～一九一一年三月二十二日）において、二万円の文芸奨励費を盛り込んだ予算案が可決されていた。

（2）その他の文芸委員は、佐々醒雪、巌谷小波、伊原青々園、大町桂月、塚原渋柿園、足立北鷗。

（3）和田利夫著『明治文芸院始末記』による。和田利夫は『中央公論』一九一一年六月号の「文芸委員会の真相如何」という特集記事の内容を根拠として、文芸委員会は「文士の間で不評を買った」と述べている。

6　文芸委員会の混迷と崩壊

森鷗外は政府系機関や各種委員会に名を連ねる、いわばそれらの〈定連〉であった。例を挙げると、仮名遣調査委員、教科書調査委員（修身主査委員）、工場法案委員、美術審査委員、中央衛生会委員、恩賜財団済生会評議委員等々である。

鷗外は、政界の大ボスである元老・山県有朋の信任厚い軍人であり官僚であった。医学博士であると同時に文学博士でもあり、もちろん著名な小説家であった。しかもそれぞれの分野で、最高のレベルの位置にいた。「洋行帰りの保守主義者」「永遠なる不平家」(1)を自認しており、政府にすればきわめて使い勝手の良い、重宝な存在であっただろう。実際鷗外は、どの委員会においても誠実かつ熱心に役目を果たし、政府の期待に応えた。中野重治は鷗外のそういう点を取り上げ、彼を「日本の人民および日本の文学の最もすぐれた敵として認めることが必要になる」(2)と批判している。

鷗外は文芸委員会設立の一ヶ月前、「學問の自由研究と藝術の自由發展とを妨げる國は榮える筈がない」(3)（「文藝の主義」）と書いたが、「榮える筈がない」国家の中枢近くで活躍する鷗外の心境は、複雑であったに違いない。

第一回文芸委員会の続会として持たれた委員会（一九一一年六月五日）では、前回に続き「文藝奬勵の方法」について議論された。焦点になったのは、発売禁止処分と文芸委員会の審査との関わりであった。内務省が発禁にした作品を文芸委員会が優秀作品と認めた場合、表彰は可能かという問題である。この点について、真っ向から「岡田議長に肉薄した」のが島村抱月で、鷗外は姉崎嘲風と共に抱月を援護した。鷗外は「獨逸では一旦發賣禁止となつたものを或動機より禁を解くことがあるに拘らず日本には曾て此事なきは遺憾であると内務省を難じた」（六月七日『東京朝日新聞』）という。また同じ記事は、「文部省側」が文学作品の「懸賞募集」実施を主張したのに対して、鷗外、抱月、嘲風らは「頭から相手にせず」強硬に反対して、「此好問題を棚に上げてしまつた」と伝えている。

自然主義文学の理論家で新劇運動の先駆者・島村抱月（毎日新聞社『昭和史 第3巻』より）

この記事は「某文藝委員の談」となっており、「一も曖昧二も曖昧」という見出しが付けられていた。「某文藝委員」とは、恐らく朝日新聞の社員でもあった饗庭篁村だと思われる。とすれば、これはガセネタ記事ではないであろう。「某文藝委員」は、発禁問題も懸賞募集問題も「共に大なる問題なるに曖昧の裡に葬られ」

てしまった、と残念がっている。

鷗外は島村抱月、姉崎嘲風らと共に、文芸委員会の政府（特に内務省）からの自立と自律を目指して奮闘した。一方で賢明な鷗外は、その実現が不可能な政治状況にあることを、十分承知していたに違いない。しかし手を拱いているわけにはいかなかった。鷗外には（抱月にも）、漱石の「文芸委員は何をするか」を始めとする、文芸委員会に対する批判の声が聞こえていたからである。鷗外や抱月などの文芸委員会における奮闘は、文芸委員の役割を「文芸の堕落」などとこき下ろした漱石の批判に対する、彼らなりの回答であったのであろう。

結局、六月五日の文芸委員会は、外国作品の「飜譯事業」[4]、及び「神話、傳説、俗謡、俚諺等」の「蒐集編纂」[5]に取り組むことなど、（当たり障りのない）いくつかの決定をしただけで終わり、七月からは、文芸委員会規定第五条、第十条に基づく優秀作品の審査に取りかかった。七月の文芸委員会で十五の作品が予選を通過した（七月五日『東京朝日新聞』）と報じられた[6]。その後の選考経過の詳細は分からないが、この年の最後の委員会（十二月二日）で、優秀作品選考の進め方に関して以下のことが決められた。

すなわち——七月以来の審査で予選を通過した作品を、「詩歌」「小説」「戯曲」「雑」（評論など）の四部門に分類し、各部門に文芸委員を特別委員として割り当てる。そして、翌年二月九日までに各部門ごとの優秀作品の候補を絞り、年度末の委員会で「決選投票」を実施して表彰作品を確定する。投票で必要な票を得た作品はランクを付けず全て表彰する、というものであった。

およそこのような経過を経て翌一九一二（明治四十五）年三月三日、表彰作品を最終的に決定すべく、年度最後の文芸委員会が開催された。ファイナルに残った作品は、夏目漱石の『門』、島崎藤村の『家』、永井荷風の『すみだ川』、正宗白鳥の『微光』、谷崎潤一郎の『刺青』（以上小説部門）。詩歌部門では与謝野晶子の『春泥集』。戯曲部門では吉井勇の『午後三時』、秋田雨雀の『幻影と夜曲』であった。

さらに、『オセロ』『ロミオとジユリエツト』の翻訳者及び文芸協会の主宰者として、坪内逍遙の業績が、また、自由劇場の主宰者として小山内薫の業績が授賞候補に挙がり、「雑」の部からは『プラトン全集』の翻訳者・木村鷹太郎の名前が挙がっていた(7)。

ところが、三月三日の文芸委員会は、午前十時から午後四時まで五時間近くも議論を重ねたあげくに、表彰作品を決定することができなかった。決定には出席委員の四分の三の賛成を必要としたが、当日出席していた十三人の委員（欠席三名）が何度投票をやり直しても、十票以上を得る作品が出なかったのだ。何と投票は八回も繰り返された！『春泥集』と『家』はしばしば九票を獲得したが、あと一歩のところで受賞を逃した。それらが表彰に値しないとして反対票を投じた四名の文芸委員の評価は、長時間の議論を通しても揺らぐことがなかった。

漱石の『門』はどうであったかというと、審議の早い段階で授賞の対象から外されていた。『東京朝日新聞』（三月五日）の「夏目氏の排斥」という記事によると、委員の間で次のような意見の応酬があった。

官　僚　派「夏目氏は既に學位さへも辭退したる人なれば、賞を贈るも受くる氣遣ひなし」

非官僚派「夏目氏の賞を受くると受けざるとは同氏の勝手にて委員會が受賞者の心中をまで忖度して其作品の推薦を云為《うんぬん》するは不當なり、唯宜しく傑作と認むる作品を推薦す可し」

官　僚　派「夏目氏の傑作は寧ろ『猫』なり　今頃『門』を推薦するは同氏の爲めに惜しむ可きなり」

非官僚派「最近一年間の刊行物に就いてのみ選奨を行ふ次第なれば、斯る心配は無用なり」

このように賛否両論が入り乱れたが、結局「多数を以つて官僚派の勝利となれり」ということになった。

ここでいう「官僚派」とは、「風教上如何《いかゞ》はしと認めらるる物を是非とも落選せしめん」という文部省の意を受けて当日の会議に臨んだ委員をいい、芳賀矢一と上田万年がその「中堅」と名指されていた。対する「非官僚派」には、姉崎嘲風、幸田露伴、島村抱月などがいた。鷗外がどちらに属しているかの記述はないが、彼は小説部門の委員として、『門』『家』『すみだ川』『微光』『刺青』を推薦していたから、恐らく「非官僚派」と目されていたであろう。この『東京朝日新聞』の記事内容は、中《あた》らずと雖《いえど》も遠からず、それほど的外れの報告ではなかったと思われる(8)。

文芸委員長・福原鐐二郎は、数日前の貴族院予算委員会の質疑応答(9)の中で、「若《も》シ不健全ナル文学書等ヲ奨励スル如キコトノ決議ヲナシタナラバ」文芸奨励費の出費を差し止める、と箍《たが》をはめられていた。彼は、「淫靡ニ流レ、風教ヲ害スルト云フヤウナモノヲ除外スルコトハ無論ノコトデアリマス」と答弁をしてもいる。文芸委員会は、「風教道徳ヲ補益スル「健全ナル文芸」を選定しなければならなくなっていたのだ。受賞作品について頭の固い政治家にケチを付けられたら、文芸委員会は大混乱に陥るであろう。それは福原鐐二郎の責任問題に発展しかねないし、文部省の権威と面目にもかかわる。そこで、福原鐐二郎ら文部省側は作品選定の事前工作に乗り出した。しかし、事前工作の効き目があり過ぎたのか、授賞作品を決定できないという羽目に陥ってしまったのだった。

文部省は、優秀作品の選奨と懸賞募集による作品表彰との二つの事業を、文芸委員会の〈目玉商品〉と考えていた。にもかかわらず、懸賞募集が文芸委員の賛同を得られず実施されないうえに、優秀作品さえ選定できないとなれば、文部省と文芸委員会は世間（メディア）の物笑いの種になりかねない。そこで文芸委員会は、窮余の策というわけでもないのだろうが、坪内逍遙を、文芸委員会規定第十一条の「文藝の進歩に關して功労顕著なりと認むる者」として表彰することにした。そして、これは全会一致の賛同を得てすんなりと議決された。文芸委員会は、〈文芸の保護奨励〉に貢献したという体裁を、何とか整えることができた。

ところで坪内逍遙は、漱石、二葉亭四迷と共に、西園寺公望の「雨声会」出席を辞退した一人であった。

また、小松原文相の「文士招待会」への招待をも断っている。さらに、彼は文芸委員への就任をも辞退していた。文芸委員会の中には、権威嫌いの坪内逍遙が文芸功労賞をも辞退しかねないという危惧があった。そういう事態になれば、文芸委員会の面目は丸つぶれである。そこで文芸委員会は、坪内逍遙の教え子であり、逍遙の主宰する文芸協会の主要メンバーでもあった島村抱月を逍遙のもとに遣り、功労賞を受賞するよう打診した。が、案の定、逍遙は「文藝界の功労者は我一人にあらざれば 然《さ》る名義を以てしては何物をも請取《うけ》る能はず」と述べ、抱月の説得に応じなかった。事態は暗礁に乗り上げたかに見えたが、島村抱月が作戦を変更し、「文藝協會主幹者として選奨せば 賞金を請取らるゝや」（傍点引用者）と問うと、逍遙は「其名目なれば道理ある様なり」と軟化し、土壇場で受賞を受諾した。[10]

こうして、文芸功労賞の賞状と賞牌、及び賞金二千二百円が坪内逍遙に授与された。逍遙は、賞金の半額を文芸協会に寄付し、残りを生活に困窮していた二葉亭四迷、山田美妙、国木田独歩の遺族に分け与えた。

困窮している優れた作家の遺族に対して財政的援助を――という意見は、若手作家の海外派遣事業と共に、文芸委員会の発足当初から議論され、文部省に要望されていたことであった。しかし文部省は、財政難等を理由にそれらを拒否していた。坪内逍遙の賞金分与のやり方は、文部省に対する当て付けの意味があったのかもしれない。

ともあれ、一九一一（明治四十四）年度における文芸委員会の実績と呼べるものは、すったもんだの末文芸功労者の表彰にこぎつけたことと、翻訳事業におけるゲーテの『ファウスト』（森鷗外訳）の完成ぐらいのものであった。おまけに「非官僚派の委員等」は「當局は實に我々委員會を攪亂したるものなり」と怒り、文芸委員会内部に深刻な亀裂を残してしまった。

しかも、一九一二（明治四十五・大正元）年度になってすぐ（五月）、文芸委員会にとって屈辱的な事件が起こった。松井須磨子が主演し、好評を博していた文芸協会主催の演劇『故郷』が、内務省から公演禁止を言い渡されたのだ。もちろん文芸協会は、文芸功労賞を受賞したばかりの坪内逍遙が会長を務める、演劇研究団体である。『故郷』（原作ズーデルマン）は、文芸委員である島村抱月の脚本・演出になるものであった。だが、この件に関して内務省から文部省（文芸委員会）に対して、一言の連絡も説明もなかったようだ。「不肖ながら官選の文藝委員あるに 一言の談《はなし》だに無きは 實に文藝委員が侮辱せられ居るものか 又は文部省が侮辱せられ居るものか」（五月二十九日『東京朝日新聞』）と憤慨する文芸委員もいた。文芸委員会の権威（そんなものがあったとして）は足蹴にされてしまったのだ。それは〈風俗壊乱・秩序紊乱〉の取締りに関しては、文部省が高く評価する作家や作品であっても一切妥協をしないという、内務省の姿勢の現れであったろう。

島村抱月は「思想問題の点丈は興味外に棄ててもあの芝居を助けたい[11]」と、あっさり内務省に妥協・屈服し、『故郷』の脚本の結末部分を書き変えることで[12]、公演継続の許可を得た。

文芸委員会の設立に賛成した文学者の中には、文芸委員会が内務省の恣意的な発禁処分をチェックすることを通して、〈公正な発禁処分〉の実施を期待できると考える者が多かった。また文芸委員の中にも、文芸委員会の努力で、内務省ペースの発禁処分に歯止めをかけうると楽観する者もいたようだ。だが彼らの考えは甘かった。彼らは漱石と違って、国家がその公共性の裏に隠し持っている冷酷さと凶暴さに対して、余りにも無知で鈍感であった。
その後、文芸委員会は活動休止状態に陥った。翌一九一三（大正二）年五月、文部省は当時政府（第一次山本権兵衛内閣）が推進していた行財政改革に便乗して、国語調査委員会、通俗教育委員会と共に、文芸委員会の廃止を決定した。同年六月十三日、勅令によって正式に廃止が確定する。

漱石は「文芸委員は何をするか」と問いかけたが、文芸委員は、ほとんどなす術もなくその短い任務を終え、文芸委員会もまた敢えなく崩壊した。漱石のいうように、文部省当局の懐の中で文学的な事業を成し遂げることなど、もともと不可能なことであった。文芸委員会の発足から終焉に至る経過を振り返った漱石は、「それ見たことか」と、心中密かに凱歌を挙げたかもしれない。だが一九一三（大正二）年、特にその年の前半、漱石は強度の「神経衰弱」（妻・鏡子のいう「あたまの病気」）の発作に苦しんでいた。[13] それは胃潰瘍の症状と重なり、『行人』の新聞連載を一時中断（四月八日～九月十七日）しなければならないほどのものであった。恐らく当時の漱石には、文芸委員会に思いを巡らす精神的な余裕はなかったであろう。

注

（1）「洋行帰りの保守主義者」も「永遠なる不平家」も、鷗外の小説「妄想」の中に出てくる言葉。「妄想」は『三田文学』の一九一一（明治四十四）年三月～四月号に発表された。
（2）中野重治著『鷗外 その側面』筑摩叢書（一九七二年刊）の「鷗外位置づけのために」による。
（3）『鷗外全集 第二十六巻』岩波書店（一九七三年刊）による。初出は、雑誌『東洋』第五号（一九一一年四月三十日発行）。
（4）「飜譯事業」については、森鷗外、上田敏、島村抱月、姉崎嘲風の四名が担当することになった。
（5）「蒐集編纂」については、芳賀矢一、上田万年、佐々醒雪、巌谷小波の四名が担当することになった。
（6）『東京朝日新聞』には、「文部當局より參考材料として提出されありし明治四十三年四月より同四十四年六月までに刊行されたる文藝著作物目録と同目録に漏れ居りて委員の推薦に係りし物との中より選抜投票を行ひたるが其結果得票著作物十五種を出だしたり 就中小説多かりしと」とある。
（7）一九一二（明治四十五）年二月三日『東京朝日新聞』の「選奨作家と作品▽結局は骨抜選奨か」による。
（8）和田利夫著『明治文芸院始末記』筑摩書房（一九八九年刊）や、瀬沼茂樹著『日本文壇史21「新しき女」の群』講談社（一九七九年刊）なども、『東京朝日新聞』の内容に沿った記述をしている。
（9）この段落に引用した議会での発言は、和田利夫著『明治文芸院始末記』に引用されている、帝国議会議事録内容の孫引きである。
（10）坪内逍遙受賞に至るまでの経緯については、一九一二（明治四十五）年三月五日『東京朝日新聞』の記事「文藝委員會の表裏」などによる。

（11）一九一二（明治四十五）年五月二十一日『讀賣新聞』の記事「マグダの禁止問題」による。
（12）『故郷』の脚本改変部分を、瀬沼茂樹著『日本文壇史21「新しき女」の群』講談社（一九七九年刊）の第一章から引用する。

【原作】

マグダ「……父は私が死なせたも同じ事です、――せめて、残つてゐて、野辺送りがしたいと思ひます」

牧師（簡単に穏かに）「お父さんの柩に禱《いのり》をお上げなさるのを、誰れも止めるものはありますまい！」

【改訂】

マグダ（良心の呵責に苦しみ）「みんな私の罪です。あなたのお指図に従ひます」

牧師「ありがたうございます。では御一緒に神の赦しを乞ひませう。そして中佐のために祈りませう」

マグダ（無言のまゝ祈禱する）

（13）夏目鏡子述・松岡譲筆録『漱石の思ひ出』の「五一　二度目の危機」において、妻・鏡子は一九一三年（大正二）年、「例の頭」がひどくなったとして、「此の年は正月から六月迄が一番ひどくつて、挙句の果はたうとう又もや胃を悪くして寝込んで了ひました。胃が悪くなると、それで段々頭の方はなほつて来るのでしたが、此の時は始めは両方でしたから、随分大変でございました」と述べている。

あとがき

私は、官制「文芸委員会」に対する漱石のたたかいを描くことをもって、三年間断続的に書き継いできた本書執筆の筆を擱いた。原稿を出版社に送って一息ついたところで、すでに不要となった参考図書類のコピーを段ボール箱に詰め込んだ。書類は段ボールからあふれてしまい、残りは細ひもで十字にくくって段ボール共々ゴミ収集の方に回すことにした。

ところが、その翌朝になると捨てるのが急に惜しくなった。それらは、地元の図書館から県立図書館、そして大学図書館、さらには国立国会図書館に至るまで、多くの図書館でコピーさせてもらった、いわば私の「努力」の〝形見〟であったのだ。私は結んだひもを解き、卒業アルバムを眺めるような思いで、コピー類をパラパラとめくってみた。その時、ホッチキスで留めた数枚の用紙が眼にとまった。それは漱石の講演『中味と形式』からのコピーであった。

講演『中味と形式』は、大阪朝日新聞社が企画した連続講演会における漱石の四つの講演（『道楽と職業』『現代日本の開化』『中味と形式』『道徳と文芸』）の一つである。それらの講演は一九一一（明治四十四）年八月のことで、幸徳秋水らの処刑から七ヶ月後、漱石が『文芸委員は何をするか』を書いて文芸委員に挑戦状を叩きつけてから三ヶ月しか経っていなかった。長い入院生活を終えて半年、健康に自信を取り戻しつつあった漱石の、対社会的発言が目立っていた頃であった。

私は、無駄とは思いながらも、「大逆」事件につながる漱石の言葉がないだろうかと、再度講演記録を読んでみた。そして『中味と形式』の終わりの数ページに、漱石が「大逆」事件を念頭に置いて語ったと思われる文章を〝発見〟した。

漱石はそこで、「現今日本の社会状態」及び「我々の内面生活」と「社会を統べる形式」との間に乖離があれば、「社会は動いて行かない、乱れる、纏まらない」と述べていた。講演会には代議士を始め、地元の名士連が参列していたから、漱石は用心深く、日本社会の「中味と形式」に乖離があると明言するのを避けたようだ。しかし漱石の言い回しからすると、彼の真意は、明治末期の「社会を統べる形式」に対する告発としか考えられない。その告発は、当然「大逆」事件にまで及ぶものであろう。

私は「大逆」事件直後の社会状況に触れた『中味と形式』の部分を、残念ながら本文に組み込むことができなかった。そこで、以下長くなるが、漱石の「大逆」事件への思いがにじみ出ている（と思われる）部分を、捨てかけたコピー用紙から引用し、「あとがき」に代えることにする。

して見ると要するに形式は内容の為の形式であつて、形式の為に内容が出来るのではないと云ふ訳になる。モウ一歩進めて云ひますと、内容が変れば外形と云ふものは自然の勢ひで変つて来なければならぬといふ理窟にもなる、（中略）然るに今此順序主客を逆まにしてあらかじめ一種の形式を事実より前に備へて置いて、其形式から我々の生活を割出さうとするならば、ある場合には其処に大変な無理が出来なければならない、しかも其無理を遂行しやうとすれば、学校なら騒動が起る、一国では革命が起る、政治にせよ教育にせよ或は会社にせよ、わが朝日社の如き新聞にあつてすらさうである。

そこで現今日本の社会状態と云ふものは何うかと考へて見ると目下非常な勢ひで変化しつつある、それに伴《っ》れて我々の内面生活と云ふものも亦、刻々と非常な勢ひで変りつゝある、瞬時の休息なく運転しつゝ進んで居る、だから今日の社会状態と、二十年前、三十年前の社会状態とは、大変趣きが違つて居る、違つて居るからして、我々の内面生活も違つてゐる、既に内面生活が違つてゐるとすれば、それを統一する形式と云ふものも、自然ヅレて来なければならない、若し其形式をヅラさないで、元の儘に据ゑて置いて、さうして何処までも其中に我々の此変化しつゝある生活の内容を押込めやうとするならば失敗するのは眼に見えてゐる、（中略）

……要するに斯《かく》の如き社会を統べる形式と云ふものはどうしても変へなければ社会が動いて行かない、（中略）教育者が一般の学生に向ひ、政府が一般の人民に対するのも無論手心がなければならない筈である、内容の変化に注意もなく頓着もなく、一定不変の型を立てゝ、さうして其の型は唯だ在来あるからと云ふ意味で、又其型を自分が好いて居ると云ふだけで、さうして傍観者たる学者の様な態度を以て、相手の生活の内容に自分が触れることなしに推して行つたならば危ない。

一言にして云へば、明治に適切な型と云ふものは、明治の社会的状況、もう少し進んで言ふならば、明治の社会的状況を形造る貴方方《あなたがた》の心理状態、それにピタリと合ふやうな、無理の最も少ない型でなければならないのです、（後略）

以上を読んだだけでも明らかなように、「大逆」事件における明治政府の「社会を統べる形式」は、漱石にとって「明治に適切な型」ではなかったはずだ。「大逆」事件は、「五箇条の御誓文」と自由民権運動を通して形成された「漱石の明治」の終焉を意味するものであった。

二〇一八年九月

小宮　洋

主な参考文献

『漱石全集 全28巻・別巻1』岩波書店（一九九三年〜一九九九年刊）
『漱石全集 月報』「昭和三年版・昭和十年版」岩波書店（一九七五年刊）
夏目鏡子述・松岡譲筆録『漱石の思ひ出』岩波書店（一九二九年第一刷刊）
奥田光盛著『漢詩の作り方』中央佛教社（一九三一年刊）
雑誌『飲光 第五号』飲光社（一九二三年五月刊）
荒正人著・小田切秀雄監修『増補改訂 漱石研究年表』集英社（一九八四年刊）
小宮豊隆著『夏目漱石』岩波書店（一九三八年刊）
小宮豊隆著『漱石の藝術』岩波書店（一九四二年刊）
森田草平著『夏目漱石㈠〜㈢』講談社文庫（一九八〇年刊）
平岡敏夫編『夏目漱石研究資料集成 全十巻』日本図書センター（一九九一年刊）
小森陽一・中村三春・宮川健郎編「総力討論 漱石の『こゝろ』」翰林書房（一九九四年刊）
石原千秋著『漱石の記号学』講談社（一九九九年刊）
小森陽一・石原千秋編『漱石を語る 2』翰林書房（一九九八年刊）
江藤淳著『漱石とその時代「第一部」〜「第五部」』新潮選書（一九七〇〜一九九九年刊）
柄谷行人『漱石論集成』第三文明社（一九九二年刊）
桶谷秀昭著『増補版夏目漱石論』河出書房新社（一九八三年刊）

佐々木英昭著『夏目漱石と女性―愛させる理由―』新典社（一九九〇年刊）
伊豆利彦『漱石と天皇制』有精堂（一九八九年刊）
水川隆夫著『夏目漱石と戦争』平凡社新書（二〇一〇年刊）
中村文雄著『漱石と子規 漱石と修 大逆事件をめぐって』和泉書院（二〇〇二年刊）
和田利夫著『明治文芸院始末記』筑摩書房（一九八九年刊）
小谷野敦著『男であることの困難 恋愛・日本・ジェンダー』新曜社（一九九七年刊）
『明治文學全集42』「徳冨蘆花集」筑摩書房（一九六六年刊）
瀬沼茂樹著『日本文壇史23』講談社（一九七九年刊）
松本三之介『明治精神の構造』新NHK市民大学叢書（一九八一年刊）
田中彰著『近代天皇制への道程』吉川弘文館（一九七九年刊）
安丸良夫著『近代天皇像の形成』岩波書店（一九九二年刊）
稲田雅洋著『自由民権の文化史――新しい政治文化の誕生』筑摩書房（二〇〇〇年刊）
小木新造著『東京庶民生活史研究』日本放送出版協会（一九七九年刊）
高島千代・田崎公司編著『自由民権〈激化〉の時代』日本経済評論社（二〇一四年刊）
松沢裕作著『自由民権運動〈デモクラシー〉の夢と挫折』岩波新書（二〇一六年刊）
福井純子筆「『青年』の登場――民権運動の新世代として――」（『近代熊本』第二十三号）
福井純子筆「青年自由党の時代――メディアと市場《マーケット》――」（『近代熊本』第二十五号）

主な参考文献

『作家の自伝12 佐藤春夫』日本図書センター（一九九四年刊）
遠山茂樹著『福沢諭吉』東京大学出版会（二〇〇七年刊 新装版）
松尾正人編『日本の時代史21 明治維新と文明開化』吉川弘文館（二〇〇四年刊）
田中彰著『日本の歴史24 明治維新』小学館（一九七六年刊）
永井秀夫著『日本の歴史25 自由民権』小学館（一九七六年刊）
宇野俊一著『日本の歴史26 日清・日露』小学館（一九七六年刊）
竹内洋著『日本の近代12 学歴貴族の栄光と挫折』中央公論新社（一九九九年刊）
熊野新聞社編『大逆事件と大石誠之助――熊野100年の目覚め――』現代書館（二〇一一年刊）
神崎清著『革命伝説 大逆事件 全四巻』子どもの未来社（二〇一〇年刊）
池田浩士編・解説『逆徒「大逆事件」の文学』インパクト出版会（二〇一〇年刊）
山泉進編著『大逆事件の言説空間』論創社（二〇〇七年刊）
中村文雄著『大逆事件と知識人 無罪の構図』論創社（二〇〇九年刊）

※本文中に掲載の画像3点（Ｐ21、Ｐ49、Ｐ205）については権利関係が不明なため、使用許可を得ていません。ご存知の方はご一報頂ければ幸いです。

小宮　洋（こみや　ひろし）

1943年福岡県大牟田市の生まれ。福岡教育大卒。大学卒業後、福岡県内の高校で国語教師を勤める。退職後はジョギング＆ウォーキングを日課とし、10年ほど前から習い始めたピアノの練習を続けている。また、高卒認定試験を受ける刑務所の受刑者のために、月2回国語（古典）の授業を担当している。他方、福岡県高等学校国語部会（福岡地区）の研究誌『つくし野』に、漱石関連の文章を発表してきた。著書に『漱石の新婚旅行』（海鳥社）がある。

夏目漱石の明治 —自由民権運動と「大逆」事件を中心にして—

2018年10月13日　第1刷発行

著　者　小宮　洋
発行人　大杉　剛
発行所　株式会社 風詠社
〒553-0001　大阪市福島区海老江5-2-2
大拓ビル5 -7階
TEL 06（6136）8657　http://fueisha.com/
発売元　株式会社 星雲社
〒112-0005　東京都文京区水道1-3-30
TEL 03（3868）3275
装幀　2DAY
印刷・製本　シナノ印刷株式会社

ISBN978-4-434-25270-9 C0095